페터 카멘친트

Peter Camenzind

—

Hermann Hesse

Hermann Hesse
헤르만 헤세

◇◇◇◇◇◇

페터 카멘친트

김주연 옮김

문학과지성사

2013

페터 카멘친트

펴낸날 2013년 1월 30일

지은이 헤르만 헤세
옮긴이 김주연
펴낸이 홍정선
펴낸곳 ㈜문학과지성사
등록번호 제10-918호(1993. 12. 16)
주소 121-840 서울 마포구 서교동 395-2
전화 02) 338-7224
팩스 02) 323-4180(편집) 02) 338-7221(영업)
전자우편 moonji@moonji.com
홈페이지 www.moonji.com

ISBN 978-89-320-2383-0

차례

일러두기

1. 이 책은 헤르만 헤세의 『페터 카멘친트』(김주연 옮김, 현대소설사 출판부, 1992)
   를 수정·보완한 것이다.
2. 맞춤법과 외래어 표기는 1989년 3월 1일부터 시행된 「한글 맞춤법 규정」과 『문교
   부 편수자료』『표준국어대사전』(국립국어원)을 따랐다.

1

처음에 신화가 있었다. 위대한 신은, 인도인이나 그리스인, 게르만인의 영혼 안에 신화를 창조하고 뜻을 표현하려고 애썼듯이, 모든 어린아이의 영혼에도 매일 또다시 신화를 창조한다.

내 고향의 호수와 산과 시내의 이름이 무엇인지, 나는 아직 알지 못했다. 그러나 나는 작은 햇빛을 받아 반짝이는 푸르고 잔잔한 호수, 풍성한 꽃에 둘러싸여 햇빛 속에 누워 있는 가파른 산, 그 높은 봉우리 사이로 빛나는 눈 덮인 골짜기, 과일나무와 오두막과 회색빛 알프스 젖소들이 있는 산발치의 경사진 밝은 목장을 보아왔다. 내 여리고 작은 영혼은 깨끗하고 고요했으며 기다림 속에 있었으므로, 호수와 산의 정령들은 그들의 아름답고 대담한 행적을 내 영혼 속에 새길 수 있었다. 가파른 절벽과 암벽들은, 그들의 아버지었던 시절, 그때의 상처가 아직도 남아 있는 시절에 대해 자랑스럽고 경건하게 이야기했다. 그들은 갈라지고 뒤틀리고, 몸부림치던 땅덩이로부터 산봉우리와 산등성이가 솟아나던 때를 이야기하였다. 암석으로 이루어진 산들이 울부짖으며 으르렁거리며 솟아올라서 무턱대고 봉우리를 이루며 무너져 꺾였다. 쌍둥이 산들이 서로 자리를 차지하려는 치열한 싸움은, 한 봉우리가 형제 봉우리를 옆으로 밀어 던지고 부숴버릴 때까지 계속됐다. 높은 곳의 골짜기에는 당시 그곳에서 꺾여져 내린 봉우리며 밀려나고 부서진 바위들이 아직 매달려 있어서, 해마다 눈이 녹을 때면 급류가 집채만 한 바위들을 굴려 내려 마치 유리 조각처럼 산산조각 내거나, 부드러운 풀밭 속으로 사정없이 쏟아부었다.

이 암벽 산들은 언제나 똑같은 이야기를 했다. 그 산들의 가파른 절벽과 꺾이고, 휘어지고, 부서지고, 긁힌 상처투성이의 협곡들을 보고 있으면, 그들을 쉽게 이해할 수 있었다. "우리는 끔찍한 고통을 겪었다"고 그들은 말하고 있었다. "그리고 아직도 고통받고 있다." 그러나 그들은 마치 불굴의 투사와도 같이, 자랑스럽고 당당하고 준엄하게 말했다.

그렇다, 투사. 나는 이른 봄의 무시무시한 밤, 잔인한 푄 바람이 그들의 늙은 피부를 할퀴고 지나갈 때, 불어난 계곡물이 그들 옆구리의 싱싱한 새 살을 찢어낼 때, 그들이 급류와 폭풍을 맞아 싸우는 것을 보았다. 그런 밤이면 그들은 어두운 얼굴로 숨죽이고 찌푸

린 채, 폭풍 속의 그 작렬하는 번개와 비바람에 맞서, 완강하게 버티고 선 뿌리로 대항하는 것이었다. 그리고 고집스럽게 고개를 숙이고는 온 힘을 다해 싸우는 것이었다. 그들은 상처 입을 때마다 분노와 고통으로 무시무시한 소리를 질러, 먼 곳까지 퍼져가는 격류에 실고 그들의 끔찍한 신음 소리를 울리게 만들었다.

　나는, 옛날 사람들이 기묘하고 신비한 이름을 붙여주었던 풀과 꽃과 양치류와 이끼들이 우거진 풀밭과 비탈과 흙을 머금은 바위틈을 보아왔다. 산의 아이들이고 손자들인 그들은 자기 자리에서 색색으로, 천진하게 살고 있었다. 나는 그들을 느끼고 살펴보고 향기를 맡고, 그 이름을 익혔다. 특히, 나무를 보며 나는 진심으로 깊이 감동했다. 그들은 각자 나름대로의 삶을 살아가고, 자신의 독특한 모양과 가지를 만들어가고, 자신의 고유한 그림자를 던지는 것을 나는 보았다. 정착민으로서, 투사로서 그들 각자는, 특히 산 높은 곳에 사는 나무일수록, 자신들의 생존과 깨어 있음을 위해 바람과 돌과 날씨에 대항해 고요히, 그러나 끈질기게 투쟁하고 있었다. 그들은 각자 자신의 짐을 감당하고 스스로 버텨내야 했으며, 그럼으로써 각자 고유한 모습과 독특한 상처를 지니고 있었다. 폭풍 때문에 가지가 한쪽으로만 자랄 수밖에 없는 소나무가 있었고, 붉은 줄기가 마치 뱀처럼, 튀어나온 바위 주위를 감고 있는 것도 있었다. 그렇게 해서 나무와 바위는 서로서로를 누르고 지탱해주는 것이었다. 내 눈에 그들은 마치 전쟁을 치르는 사나이들처럼 보여 내 마음속에 두려움과 존경심을 불러일으켰다.

그런데 우리 인간인 남자와 여자도 그들과 비슷했다. 그들은 강건하고 깊이 주름 잡힌 얼굴에 말이 별로 없었다. 말은 적을수록 좋은 것이다. 그로 인해 나는 인간을 나무나 바위처럼 바라보는 법과 그들에 대해 생각하는 법을 배웠고, 그들을 말없는 소나무와 똑같이 존경하고 똑같이 사랑하는 법을 배웠다.

우리 마을 니미콘은 호숫가, 두 산줄기 사이에 긴 비스듬한 삼각형 평지에 있었다. 길 한 줄기는 수도원으로 통하고, 두번째 길은 네 시간 반 걸리는 이웃 마을로 통했다. 나머지 호숫가 마을은 배로 왕래했다. 우리의 집들은 오래된 목조 양식이었고, 지어진 연대는 확실치 않았다. 집이 새로 지어지는 법은 거의 없었다. 낡은 집은 그때그때 필요에 따라 부분적으로 수리했다. 올해는 마루를, 다음번에는 지붕을 약간 손보는 정도였다. 전에는 방의 벽에 쓰였던 들보나 횡목을 지붕의 서까래로 만들거나, 그렇게 쓸 수는 없지만 태워버리기에는 너무 아까울 때, 그때는 외양간이나 건초장을 수리하는 데 쓰거나 집 대문의 빗장으로 사용하는 경우가 많았다. 그 안에서 살고 있는 사람들도 비슷했다. 모두들 할 수 있는 한 가지 역할을 하고, 그런 뒤 쓸모없는 사람들 속에 우물쭈물 섞이게 되고, 마침내는 별 주목도 받지 못하고 어둠 속으로 사라진다. 몇 해 동안 집을 떠나 있던 사람이 돌아와도, 낡은 지붕 몇 개가 수리되고 새 지붕 몇 개가 낡아졌다는 것 외에는 달라진 것을 발견할 수 없다. 예전의 노인들은 죽었지만, 그 집에는 여전히 또 노인이 살고 있고, 같은 이름을 갖고 있으며, 예전과 똑같이 검은 머리의 아이들을 키우고, 얼굴이나 옷도 죽은 노인들과 전혀 구별되지 않는다.

우리 마을에는 외부로부터 신선한 혈통이나 사람이 들어오는 일은 드물었다. 상당히 튼튼한 혈통인 주민은, 거의 대부분이 서로 가까운 친척 간으로, 4분의 3 가량이 카멘친트라는 성을 갖고 있다. 그 이름은 교회 교적부를 채우고, 교회 묘지의 비석에 새겨져 있고, 집집마다 문패에 페인트칠로 쓰이거나 조각되어 있고, 역마차에서도, 물통에서도, 보트에서도 읽을 수 있다. 우리 아버지 집 대문에도 이렇게 씌어 있었다. "이 집은 요스트 프란치스카 카멘친트가 지었다." 하지만 그것은 내 아버지가 아니라 증조할아버지였다. 아마 언젠가 내가 아이 없이 죽어도, 어떤 카멘친트가 그 낡은 둥지에 들어와 살게 되리라는 것은 틀림없다. 아니면 그럴 때까지 여전히 그 문패는 거기 있으면서 지붕을 지키고 있을 것이다.

겉으로 나타나 보이는 깊은 신앙심에도 불구하고, 우리 주민 사이에는 선한 사람과 악한 사람, 고귀한 사람과 천한 사람, 세력 있는 사람과 보잘것없는 사람이 섞여 있었다. 똑똑한 사람도 많은가 하면, 타고난 백치를 제외하더라도 바보의 무리가 상당히 있었다. 그것은 큰 세계의 축소판 같았다. 큰 사람과 작은 사람, 교활한 사람과 멍청한 사람이 서로 끊을 수 없는 친척 관계에 있었고, 대부나 대모 노릇을 서로 하기도 했는데, 때로는 한 지붕 아래에서 대단한 교만과 우매한 경솔이 서로 맞부딪치기도 했다. 그리하여 우리의 삶은, 인간이 닿을 수 있는 영역의 모든 심오함과 우스꽝스러움을 제공하고 있었다. 다만 숨겨진, 혹은 무의식적으로 의기소침한 영원한 베일이 마을을 뒤덮고 있을 뿐이었다. 자연의 힘에 좌우된다는 사실과, 끊임없이 일해야 한다는 걱정이, 시간이 지나면서 점차 늙어가는 사람들에게 깊은 그늘을 만들었다. 그 그늘은 마을 사람들의 날카롭고 무뚝뚝한 얼굴에 전혀 어울리지 않는 것은 아니었으나, 그뿐, 그 외에 무슨 소득, 최소한 기분 좋은 성과를 가져다주는 것은 아니었다. 그런 이유로 해서 사람들은 몇몇 바보를 보는 것을 즐거워했다. 이 바보들은 얌전하고 진지했지만, 가끔 폭소와 놀림을 불러일으키는 상황과 분위기를 만들어내곤 했다. 그들 중 하나가 뭔가 새로운 말썽으로 사람들 입에 오르내리면, 니미콘 사람들의 주름 잡히고 그을린 얼굴에는 즐거운 빛이 떠올랐다. 그리고 즐거워하는 것 이외에도, 자기는 그런 바보짓이나 실수로부터 안전하다는 만족감에 넘쳐, 기뻐하며 입맛을 다시는 것이었다. 그렇게 현명한 자와 어리석은 자 중간에 서서 양쪽으로부터 즐거움을 맛보는 많은 사람들 중에는 우리 아버지도 끼어 있었다. 뭔가 바보짓을 하면 아버지는 재미있어서 어쩔 줄을 몰랐다. 그러면서 그 바보에 대한 약간의 경탄과, 자기 자신의 흠잡을 데 없음에 대한 만족스러운 자의식 사이에서 기묘하게 왔다갔다 흔들리곤 했다.

그런 바보들 중의 한 사람이 콘라트 외삼촌이었다. 그가 우리 아버지나 다른 남자들보다 이해력이 뒤떨어지는 것은 아니었다. 오히려 훨씬 머리가 좋았고, 쉼 없이 뭔가 발명하는 일에 몰두하고 있었다. 그런 면에서는 다른 사람들이 은근히 질투해도 좋을 정도였다. 그러나 물론 아무것도 성공한 것은 없었다. 그래도 그는 고개를 떨구고 맥없이 우울해하지 않고 언제나 뭔가 새로운 일을 시작하였으며, 자기 계획의 그 희비극성에 묘하게도 생기 있는 감정을 갖는 것이었다. 그것은 확실히 그의 장점이었으나, 마을 사람들에게 그를 구제불능의 멍청이로 여기게 만드는 우스꽝스러운 특징이기도 했다. 아버지가 그를 대하는 태도는, 경탄과 경멸 사이의 끝없는 왕복이었다. 처남의 새로운 계획은 그에게 언제나 강한 호기심과 흥분을 불러일으켰다. 그것을 조롱조의 질문과 야유 뒤에 숨겨보려고는 하지만 별 소용은 없었다. 외삼촌이 성공을 확신하며 그 거창한 일을 시작할 때면, 아버지는 언제나 열광해서 이 천재와 특별한 형제애로 맺어졌다. 그러나 그 운명적인 실패가 닥치면, 외삼촌은 어깨를 으쓱하고 말지만 아버지는 분노를 터뜨리며 조소와 모욕을 퍼붓고는 몇 달 동안이나 말도 않고 눈길도 주지 않는 것이었다.

우리 마을에서 처음으로 돛단배를 보게 된 것도 콘라트 외삼촌 덕분이었다. 거기에 아버지의 작은 배가 징발되었다. 외삼촌은 달력의 판화를 본떠서 돛과 닻줄을 솜씨 있게 만들었다. 그러니 우리 작은 배가 돛배를 만들기에는 너무 작았었다는 게 결코 콘라트 외삼촌의 잘못은 아니었다. 준비는 몇 주 동안 계속되었다. 그동안 아버지는 흥분과 기대와 걱정으로 안절부절못했으며, 마을 전체가 콘라트 카멘친트의 새로운 계획에 대해 그 어느 때보다도 맹렬히 떠들어댔다. 어느 바람 부는 늦여름 아침, 그 배가 처음으로 호수를 항해하던 날은, 우리들에게는 기념할 만한 날이 아닐 수 없었다. 아버지는 어떤 불상사에 대한 희미한 예감 때문에 멀찌감치 떨어져 있었다. 나한테도 그 배를 같이 타는 걸 금지해서 나는 대단히 실망해 있었다. 빵집 아들 퓌슬리가 그 돛단배 예술가와 단독 동행하게 되었다. 하지만 온 마을 사람 전부가 자갈밭과 작은 정원에 서서 이 전대미문의 구경거리를 지켜보고 있었다. 경쾌한 동풍이 호수 앞쪽으로 불어오고 있었다. 처음에는 빵집 아들이 노를 저어야 했다. 바람을 받자 돛이 부풀어 오르고, 배는 의기양양하게 떠나갔다. 우리는 배가 다음 산모퉁이를 돌아 사라지는 것을 감탄하며 지켜보았고, 그 영리한 외삼촌이 승리자로서 귀향하는 것을 맞아주리라, 우리가 비웃었던 일을 뉘우치리라, 고 마음을 가다듬고 있었다. 그러나 밤이 되어 배가 돌아왔을 때, 돛은 사라지고 두 선원은 거의 초죽음이 되어 있었다. 빵집 아들이 기침을 하며 말했다. "신나는 일이 생길 뻔했어요. 자칫했으면 이번 일요일에 장례식 두 건이 있을 뻔했다고요." 아버지는 작은 배에 널빤지 두 개를 대어 손봐야 했다. 그 후로 두 번 다시 푸른 호수로 돛단배가 나타나는 일은 없었다. 그리고 오랫동안, 콘라트 외삼촌이 어디론가 급히 가고 있으면 사람들은 놀라곤 했다. "돛단배를 띄워야지, 콘라트!" 아버지는 분을 삼키고는, 그 후 한동안 이 가엾은 처남을 만날 때마다 흘겨보고, 말할 수 없는 경멸의 표시로, 커다란 포물선을 그리는 침을 뱉곤 했다. 이 일은 어느 날 콘라트 외삼촌이 내화성 오븐 계획을 말할 때까지 계속되었다. 이 계획은, 발명가에게는 영원한 비웃음을 가져다주었고, 아버지에게는 멀쩡한 4탈러의 손실을 가져다주었다. 이 4탈러의 이야기를 그에게 상기시키는 사람은 혼쭐이 났다. 한참 후에, 언젠가 집에 급한 일이 생겼을 때, 어머니가 지나가는 말로 그 낭비해버린 돈이 지금 있다면 좋겠다고 말한 적이 있었다. 그러자 아버지는 목까지 시뻘개졌지만, 가까스로 진정하고 이렇게 내뱉을 뿐이었다. "그걸로 일요일 날 술이나 퍼마셔버릴 걸 그랬어!"

매해 겨울의 끝 무렵에는, 깊은 울림의 울부짖음과 함께 푄이 불어왔다. 알프스 사람들은 두려워 떨며 그 소리를 듣지만, 타향에 나가서는 애절한 향수에 젖어 그 소리를 그리워하게 된다.

푄이 가까이 오면, 남자고 여자고 산이고 야생동물이고 가축이고 할 것 없이 몇 시간 전부터 느낌을 받는다. 거의 언제나 서늘한 마파람이 먼저 불고 난 다음, 따뜻하고 깊은 술렁거림이 그것을 알려준다. 청회색의 호수는 눈 깜짝할 새에 먹물처럼 새까매지고, 갑자기 사납고 하얀 물거품이 솟아난다. 그러면 몇 분 전만 해도 그럴 수 없이 평화롭게 누워 있던 호수가, 방파제 옆의 바다처럼 파도를 일으키며 날뛴다. 그와 동시에 온 산천이 불안한 듯 서로 가까이 다가선다. 평소에는 희미하게 멀리 보이던 산봉우리도 이제는 바위들을 셀 수 있을 정도가 된다. 멀리서 보면 갈색 반점 같던 이웃 마을들도 이제는 지붕이며 덧문이며 창문까지 구별할 수 있다. 산도 목장도 집들도, 마치 불안에 떠는 가축 떼처럼 모여든다. 그러면 으르렁거리는 술렁거림, 땅의 흔들림이 시작된다. 채찍질 당한 듯 호수의 파도가 연기처럼 공중에 수직으로 솟아올라 흩뿌려진다. 밤이면 사람들은 폭풍과 산의 치열한 싸움 소리를 듣는다. 그런 뒤 곧, 불어 넘친 시내, 부서진 집, 조각난 배, 실종된 아버지들과 형제들의 소식이 마을에서 마을로 전해진다.

어린 시절 나는 푄을 무서워했고, 증오하기까지 했다. 그러나 자라서 소년이 됨에 따라 나는 그 정복자를, 영원한 젊음을, 교만한 투사를, 봄의 전령을 사랑하게 되었다. 그것이 생명과 희망과 넘치는 힘에 가득 차서, 으르렁거리며 웃으며 신음하며 격렬하게 싸울 때, 울부짖으며 계곡을 달려 나갈 때, 산꼭대기의 눈을 먹어치우며 그 거친 손으로 낡은 소나무를 구부려 한숨 쉬게 할 때는 참으로 장관이었다. 후에 내 사랑은 더 깊어졌고, 푄에 묻어오는 그 달콤하고 아름답고 지극히 풍요로운 남쪽 나라의 기운을 반기게 되었다. 그것은 항상 즐거움과 따뜻함과 아름다움의 물결을 불러일으키다가, 산에 부딪쳐 피곤해져서는, 평평하고 서늘한 북쪽 나라로 사그라져갔다. 무엇보다도 희한하고 진기한 것은, 푄이 부는 시기가 되면 산간 지방에 사는 사람들, 특히 여자들에게서 일어나는 달콤한 푄의 열기였다. 사람들은 밤잠을 잊었고, 모든 관능은 부드럽게 자극받았다. 냉랭하고 초라한 북쪽 나라의 가슴에 언제나 새롭게 밀려들어, 가까운 이탈리아의 호수에는 벌써 벚꽃과 수선화와 복숭아꽃이 피어 있다는 소식을 눈 덮인 알프스 마을에 전해주는 것이, 바로 그 남쪽 나라의 바람이었다.

푄이 잠잠해지고 마지막 더러운 눈 더미가 녹고 나면 곧 가장 아름다운 계절이 온다. 그러면 산록 사방에는 꽃으로 뒤덮인 연노랑 초원이 생겨나고, 눈 덮인 봉우리와 계곡은 높은 곳에 깨끗하고 행복하게 서 있으며, 호수는 푸르고 따뜻해져서 태양과 흐르는 구름 조각을 비춰준다.

이 모든 것들은 유년 시절뿐 아니라 경우에 따라 일생을 풍족하게 채워준다. 이 모든 것들은, 인간의 입술에는 절대로 오를 수 없는 신의 언어를 큰 소리로, 쉼 없이 말해주기 때문이다. 어린 시절 그것을 경험한 사람에게 그것은 일생 동안 강력하고 달콤하고 풍요롭게 울려와서, 절대로 거기서 벗어날 수가 없다. 산에서 태어나 자란 사람은, 오랫동안 철학과 자연과학을 공부해서 옛날의 신을 밀쳐놓을지라도—푄을 다시 한 번 느끼거나 눈사태가 나무를 부러뜨리는 소리를 듣게 되면, 가슴이 떨려오고 다시 신과 죽음에 대해서 생각하게 되는 것이다.

아버지의 작은 집 경계에는 울타리도 없는 아주 작은 정원이 있었다. 거기서는 상추와 당근, 양배추가 자랐다. 그 외에 어머니는 눈물 날 정도로 좁고 옹색한 꽃밭을 가꿨다. 거기에는 두 그루의 장미와 한 송이 달리아, 레세다 한 줌이 절망적으로 쓸쓸히 시들어 있었다. 정원에는 또 아주 작고 자갈투성이인 공터가 호수까지 이어져 있었다. 그곳에는 부서진 물통 두 개와 널빤지와 말뚝 몇 개, 그리고 물가에는 우리 작은 배가 매어져 있었다. 당시에는 그 배를 몇 년에 한 번 수선하고 타르 칠을 하곤 했었다. 배를 수선하고 타르 칠하는 날은 내 기억 속에 언제나 또렷이 남아 있었다. 그것은 초여름 따뜻한 오후의 일이었다. 정원 위로는 노랑나비가 햇빛 속을 날아다니고, 호수는 기름칠한 것처럼 매끄러우며 푸르고 조용하고 영롱하게 반짝거렸다. 산꼭대기에는 안개가 엷게 끼어 있고, 작은 자갈밭에서는 역청과 페인트 냄새가 코를 찔렀다. 그리고 여름 내내 배에서는 타르 냄새가 났다. 몇 년이 지나 후에도 어느 호숫가에선가 물 특유의 냄새와 타르 냄새가 섞여 내 코를 자극하면, 나는 즉시 우리 호숫가 공터를 눈앞에 떠올리고, 아버지가 윗도리 소매를 걷어 올린 것을 보았다. 그리고 아버지의 파이프에서 나오는 푸르스름한 연기가 고요한 여름 공기 속으로 올라가고, 샛노란 나비가 놀란 듯 눈에 보이지 않을 정도로 재빨리 날갯짓하는 것도 보았다. 그런 날이면 아버지는 전에 없이 기분이 좋아져 우연히 떠오르는 곡조를 휘파람으로 불거나, 아마도 유일하게 아는 요들을 반쯤 소리 내어 부르기도 했다. 그러면 어머니는 저녁 식사로 뭔가 맛있는 것을 요리했다. 지금 생각해보면 아마 어머니는 아버지가 그날 저녁은 술집에 가지 않으리라는 희망을 가졌던 것 같다. 그러나 아버지는 여전히 술집을 찾았다.

　부모님이 내 어린 정서의 성숙에 특별히 도움을 주었는지 방해가 되었는지는 말할 수가 없다. 어머니는 항상 할 일이 산더미 같았고, 아버지는 도대체 내 교육 문제에 관심이 없었다. 아버지는 과일나무 몇 그루를 돌보고, 작은 감자 밭을 갈고, 건초를 손질하기에도 바빴다. 그러나 대충 몇 주에 한 번 간격으로, 아버지가 외출하시기 전 저녁에 나를 끌고, 외양간에 쌓아놓은 건초더미 위로 말없이 데려가곤 했다. 그리고 거기서 아주 기묘한 벌을 내리는 것이었다. 나는 호되게 얻어맞았지만, 아버지도 나도 그 이유를 정확히 알지 못했다. 그것은 네메시스 여신의 제단에 바치는 희생 같은 것이었다. 아버지의 꾸짖음도 없고 나의 비명도 없이, 그저 어떤 비밀스러운 힘에 죄의 제물을 바치는 것이었다. 나는 몇 년 후 '맹목적인' 운명에 대해 하는 말을 들은 적이 한 번 있었는데, 그때 이 알 수 없었던 장면이 머리에 떠올랐고, 그것이 바로 그 개념을 구체적으로 표현하는 것으로 여겨졌다. 아버지는 자신도 모르는 사이에, 인생 스스로가 우리를 훈련시킨다는 단순한 교육학 이론을 따르고 있었던 셈이다. 마치 우리가 가끔 마른하늘에 뇌성이 울리는 것을 들을 때마다, 우리가 무슨 나쁜 짓을 저질러 하느님을 노하게 만들었나를 반성하게 만드는 것과 같은 이치였다. 그러나 불행하게도 내게는 이런 반성이 전혀 들지 않았다. 이 분할 납부식 벌을 바람직한 자기 훈련으로 여기는 게 아니라, 오히려 그런 날 저녁이면, 이제 세금을 냈으니 몇 주 동안은 벌 받는 일이 없겠구나, 생각하고 기뻐했던 것이다. 그보다 더욱 자발적으로, 나는 내게 일을 시키려는 아버지의 노력에서 벗어나기만 했다. 때로 이해가 안 되는, 낭비벽이 있는 천성은 내 안에 두 가지 상반된 선물을 함께 주었다. 그 하나는 유달리 튼튼한 몸, 또 하나는 불행하게도 일하기 싫어하는 경향이었다. 아버지는 나를 쓸모 있는 아들이자 조수로 만들려고 무진 애를 썼지만, 나는 온갖 꾀를 다 부려서 내게 맡겨진 일을 피했다. 고등학생이었을 때, 유명한 어려운 일은 모두 도맡아 해야 했던 헤라클레스만큼 나의 동정심을 불러일으킨 고대 영웅은 없었다. 그리고 나는 바위나 풀밭이나 호숫가에서 빈둥거리며 돌아다니는 것보다 더 좋은 일을 알지 못했다.

산, 호수, 폭풍과 태양은 나의 친구였다. 그들은 나에게 이야기를 들려주고, 나를 길러주었으며, 오랫동안 어떤 인간이나 인간 운명보다도 더 친근하고 익숙한 것이었다. 그러나 빛나는 호수, 슬픈 소나무, 햇볕 쬐는 바위들보다 내가 더 사랑했던 것은, 구름이었다.

이 넓은 세상에, 나보다 더 구름을 잘 알고 나보다 더 구름을 사랑하는 사람이 있다면 보여달라! 혹은 이 세상에 구름보다 더 아름다운 것이 있다면 보여달라! 구름은 유희이고, 눈의 위안이고, 축복이고, 신의 선물이며, 그들은 분노이고 죽음의 힘이다. 그들은 갓 태어난 아기의 영혼처럼 부드럽고 연약하고 평화스러우며, 천사처럼 아름답고 풍요롭고 너그러우며, 죽음의 사자처럼 어둡고 피할 수 없고 용서가 없다. 그들은 엷은 층을 지어 은빛으로 움직이며, 웃으면서 황금빛 테두리의 흰색으로 항해하며, 노랑 빨강 파랑 색깔 안에서 쉬며 서 있다. 그들은 살인자처럼 음울하게 천천히 기어가고, 내달리는 기수처럼 머리를 쳐들고 쉬쉬 소리 내며 질주하고, 창백한 하늘 높은 곳에서 기운 없는 사람처럼 슬프게 걸려 꿈꾼다. 그들은 행복한 섬의 모습이기도 하고, 축복 받은 천사의 모습이기도 하고, 위협하는 손, 펄럭이는 돛, 방랑하는 학과 비슷하기도 하다. 그들은 인간이 갈망하는 모든 것의 아름다운 표상으로서, 하느님의 하늘과 가련한 땅 사이를, 그 양편의 모두에 속하면서 떠돌아다닌다―그들은 펄럭이는 영혼을 무구한 하늘 쪽으로 향하고 있는 대지의 꿈이다. 그들은 모든 방랑, 모든 탐색, 갈망 그리고 향수의 영원한 상징이다. 그리고 그들이 하늘과 땅 사이에서, 수줍어하고 그리워하며 고집스럽게 걸려 있는 것처럼, 인간의 영혼은 시간과 영원성 사이에 걸려 있다.

오, 아름답고 끊임없이 떠도는 구름이여! 나는 철없는 아이 때부터 구름을 사랑하여 들여다보았다. 나 자신도 하나의 구름으로서 인생을 떠돌아다닐 것이라는 사실을 알지 못한 채―방황하며, 어디를 가든 이방인인 채, 시간과 영원성 사이를 떠돌아다닐 것을. 어린 시절부터 그들은 나의 사랑스러운 여자 친구였고, 누이였다.

내가 길을 갈 때마다 우리는 서로 끄덕이며 인사를 나누었고, 잠시 서로의 눈을 들여다보았다. 나는 당시 그들로부터 배웠던 것을 잊지 못한다. 그들의 형태, 색깔, 행동, 유희, 원무, 꿈 그리고 휴식을. 그리고 그들의 기묘한, 지상적이고도 천상적인 이야기들을.

그 이야기는 '눈의 공주'였다. 이야기의 배경은 초겨울 따뜻한 바람이 부는 산속이다. 눈의 공주는 시녀 몇을 데리고 높은 하늘에서 내려온다. 그리고 널찍한 산마루나 평평한 산꼭대기에서 쉴 곳을 찾는다. 심술궂은 북동풍이, 순결한 그녀가 눕는 것을 음험하게 바라보다가 슬그머니 탐욕스럽게 산으로 다가와, 갑자기 난폭하게 성난 듯 덮친다. 바람은 아름다운 눈의 공주를 검은 조각구름 속에 던지고, 조롱하고, 구박하며, 쫓아버리려고 한다. 공주는 잠시 불안해하고, 기다리고, 참고, 가끔 머리를 흔들며 날아오르지만 다시 제자리로 조용히, 비웃듯이 돌아온다. 때때로, 걱정스러워하는 시녀들을 주위로 불러 모으고, 베일을 걷어 그녀의 빛나는 귀족적인 얼굴을 드러내고는, 차가운 손으로 마귀에게 물러가라고 손짓을 한다. 마귀는 머뭇거리다가, 울부짖고는, 도망간다. 그러면 그녀는 조용히 앉아 주변을 안개로 넓게 감싼다. 안개가 물러가면, 산마루도 산등성이도 풍성하고 하얀 새 눈으로 깨끗하게 빛난다.

이 이야기에는 뭔가 숭고한 것, 미의 영혼과 승리가 깃들어 있어서, 나를 매혹시키고 내 작은 심장을 무슨 기쁜 비밀처럼 감동시켰다.

곧 내가 구름에 더 가까워지고 구름 사이로 걸어가며 더 높은 곳에서 구름 무리를 관찰할 수 있는 때가 왔다. 처음으로 젠알프스 산맥의 한 산꼭대기에 올랐을 때 나는 열 살이었다. 그 산발치에는 우리 마을 니미콘이 누워 있었다. 거기서 나는 처음으로 산의 놀라움과 아름다움을 보았다. 얼음과 눈 녹은 물이 가득한 깊은 협곡, 푸른 유리 같은 빙하, 무시무시한 빙하퇴적물, 그 모든 것 위로 하늘이 마치 종처럼 높이 둥글게 매달려 있었다. 가까운 곳에 압박하듯 둘러서 있는 높은 산과 호수 사이에 바짝 붙어서 10년 동안 살아온 사람이라면, 머리 위로 크고 넓은 하늘이 펼쳐지고, 눈앞으로는 끝없는 지평선이 놓여 있는 광경을 처음 본 날을 잊지 못할 것이다. 올라가면서부터 벌써 나는, 밑에서 친숙하게 보아왔던 절벽이나 암벽이 그토록 압도적으로 크다는 사실을 발견하고는 놀라고 있었다. 그리고 한순간, 불안과 경이와 더불어 갑자기 어마어마한 넓이가 내 눈앞에 펼쳐졌다. 이 세상은 이토록 환상적으로 큰 것이었구나! 우리 마을 전체가 저 아래 길 잃은 듯 누워 있는데, 아주 작고 밝은 반점 정도로밖에 보이지 않았다. 골짜기에서는 아주 가까이 붙어 있는 것처럼 보이던 산봉우리들도 몇 시간 거리쯤은 떨어져 있는 것 같았다.

그때 나는 처음으로 내가 세계에 대해 아주 좁은 시야와 전혀 견실하지 못한 눈을 갖고 있었다는 것을 알기 시작하였다. 그리고 이 산 바깥에는, 우리같이 외진 산골 마을에서는 조금도 알지 못할 큰 사건들이 일어날 수 있다는 것을 느끼기 시작하였다. 그와 동시에 컴퍼스의 바늘 같은 것이 그 넓은 바깥세상 쪽으로 향하면서, 무의식적으로 세차게 떨렸다. 그리고 구름의 아름다움과 우울함을 그 때서야 나는 완전히 이해할 수 있었다. 그들이 얼마나 끝없는 먼 곳까지 방랑하는가를 알았기 때문이었다.

내 산행에 동행했던 두 어른은 내 등산 실력을 칭찬했다. 그들은 차가운 산마루에서 잠깐 쉬면서 내 끝없는 찬탄을 보고 웃었다. 그러나 나는 그 엄청난 첫 경이감이 지나가고 나자, 즐거움과 흥분에 넘쳐 맑은 대기에 대고 마치 황소처럼 소리를 질러댔다. 그것은 아름다움에 바치는 내 엉성한 첫 송가였다. 우렁찬 산울림이 되돌아오리라고 기대했지만, 내 외침은 새의 가냘픈 쩍쩍거림처럼 고요한 하늘 속으로 흔적 없이 사라져버렸다. 나는 몹시 머쓱해져서 잠자코 입을 다물었다.

이날, 내 삶에 어떤 실마리가 풀렸다. 왜냐하면 어떤 사건들이 잇달아 일어났기 때문이었다. 사람들은 그 후에 더 자주 나를, 더 어려운 등산에도 데리고 갔다. 나는 높은 곳의 큰 비밀에 대한 벅차오르는 흥미에 밀려 쫓아다녔다. 그리하여 나는 염소 치는 목동 노릇을 하게 되었다. 내가 즐겨 염소를 몰고 가는 산허리 중의 한 곳에 바람을 막아주는 아늑한 장소가 있었는데, 푸른 용담초와 붉은 범의귀가 가득 자라고 있었다. 그곳은 내가 세상에서 제일 좋아하는 장소였다. 거기서는 마을도 보이지 않았고, 호수도 바위 너머로 멀리 가늘고 빛나는 띠 모양으로 보일 뿐이었다. 웃음을 머금은 싱싱한 색깔의 꽃들이 다투어 피었고, 푸른 하늘은 눈 덮인 산봉우리 사이에 천막처럼 걸려 있었다. 염소 목에 걸린 방울의 맑은 소리 외에도, 그리 멀리 떨어져 있지 않은 폭포의 소리가 끊임없이 들려왔다. 나는 따뜻한 햇볕 속에 드러누워 하얀 구름을 쳐다보면서 반쯤 소리 내어 요들을 흥얼거리곤 했다. 염소들은 곧 나의 게으름을 알아차리고는, 금지된 싸움이나 즐거움을 찾아 돌아다녔다. 그리하여 일을 시작한 첫 주에 이 사치스럽고 즐거운 생활은 끝장이 났다. 내가 달아나던 염소 한 마리와 함께 골짜기로 굴러 떨어진 것이었다. 염소는 죽고 나는 머리를 다쳤다. 그 외에도 아버지에게 실컷 얻어맞고 도망을 갔는데, 애걸복걸하고 울고불고한 끝에 다시 집으로 들어갈 수 있었다.

이런 모험은 이걸로 시작이자 끝이 되었다. 그렇지 않았으면 이 책은 쓰이지 않았을 것이고, 다른 고난과 고통도 생기지 않았을 것이다. 나는 아마 어떤 시골 처녀와 결혼했거나, 아니면 어떤 빙하에서 얼어 죽었을 것이다. 그것도 과히 나쁘지는 않다. 그러나 모든 것이 달라졌고, 일어난 일과 일어나지 않은 일을 비교한다는 것은 부질없는 일이다.

아버지는 벨스도르프 수도원에서 이따금 잔일을 했다. 어느 날 처음으로 몸이 아파 나가지 못하게 되었을 때 나에게 거기 가서 말을 전하라고 시켰다. 물론 나는 그 일을 하지 않았다. 옆집에서 종이와 펜을 빌려 수도사에게 멋들어진 편지를 쓰고는, 심부름하는 여자에게 건네준 뒤, 그길로 산으로 달려 올라간 것이었다.

다음 주 어느 날, 집으로 돌아와 보니, 신부가 집에 앉아서 그 멋진 편지를 쓴 사람을 기다리고 있었다. 나는 좀 걱정을 했었지만 그는 나를 칭찬했고, 나를 가르쳐야 한다고 아버지를 설득했다. 콘라트 외삼촌이 그때 마침 아버지와 다시 사이가 좋아졌기 때문에 의논 상대가 되었다. 당연히 그는 즉시, 내가 공부를 해야 하고 나중에 대학에도 가서 학자가 되어야 한다고 열을 올렸다. 아버지는 심사숙고했다. 바야흐로 내 장래가 이제, 내화성 오븐이나 돛단배 등, 다른 많은 공상처럼 외삼촌의 그 위험천만한 계획 중의 하나가 되었다.

곧 나는 라틴어, 성경 역사, 식물학과 지리학을 집중적으로 공부하게 되었다. 모두가 무척 재미있었다. 이런 외래의 공부 때문에 필경 내가 고향과 아름다운 날을 희생해야 하리라는 것을 나는 생각지 못했다. 라틴어 때문만은 아니었다. 내가 라틴어 성인전을 자유자재로 통달했다 할지라도 우리 아버지는 날 농부로 만들었을 것이다. 그러나 현명한 아버지는 내 본질의 근원을 보고 있었다. 나의 중심된 근본 성향이 어쩔 수 없이 게으르다는 것을 알았던 것이다. 나는 일에서 달아나, 그 대신 산과 호수를 어슬렁거리거나 산기슭에 대자로 누워 책을 읽고 공상을 하고 빈둥거렸다. 그걸 알고 있던 아버지는 마침내 나를 떠나보냈다.

이 기회에 내 부모님에 대해 잠깐 언급해야겠다. 어머니는 전에는 상당한 미인이었지만, 그 흔적은 오직 꼿꼿한 몸매와 우아한 검은 눈에만 남아 있을 뿐이었다. 그녀는 몸집이 크고 힘이 세고 부지런했으며 조용했다. 아버지만큼이나 머리가 좋고 힘은 훨씬 더 셌지만 표내지 않았고, 집에서는 아버지에게 지배권을 맡기고 있었다. 아버지는 중키에, 팔다리는 가늘고 약했다. 완고하고 영리한 머리에, 얼굴빛은 밝았고 아주 가느다란 잔주름이 잔뜩 잡혀 있었다. 이마에는 짧은 수직의 주름이 있어서, 미간을 움직일 때면 어두워지면서 수심에 싸인 것 같은 표정을 만들었다. 그럴 때면 그는 뭔가 몹시 중요한 것을 생각해내려는 것처럼, 그러나 희망은 없는 것처럼 보였다. 거기서 뭔가 고독의 그림자를 알아볼 수도 있었지만, 아무도 거기에 주의를 기울이는 사람은 없었다. 왜냐하면 우리 마을 사람은 거의 모두가 한 가지 근심거리는 갖고 있었기 때문이었다. 그 원인은, 긴 겨울이라든가, 여러 위험이라든가, 세상에서 동떨어짐이라든가, 혼자 헤쳐가야 할 어려움 같은 것이었다.

내 특성 중 중요한 몇 가지는 부모님으로부터 물려받은 것이다. 어머니로부터는 특별한 삶의 지혜와 약간의 신앙심과 조용하고 말없는 성품, 아버지로부터는 우유부단함, 무능한 경제력 그리고 생각에 잠겨 술을 퍼마시는 기술이었다. 이 (술 마시는) 기술은, 당시에는 아직 발휘되지 못했다. 그 외에도 나는 아버지의 눈과 입을, 어머니의 무겁고 끈질긴 걸음과 몸집 그리고 강인한 근육을 닮았다. 아버지와 마을 사람 전체로부터는 농부다운 현명한 분별력을 배웠지만, 비관적인 성품과 이유 없이 우울증에 빠지는 성향도 같이 몸에 배게 되었다. 나는 오랫동안 고향을 떠나 낯선 사람들과 어울릴 운명이었으니, 그 대신에 활동적이고 명랑하며 경쾌한 성격을 물려받는 편이 훨씬 나았을 것이다.

이런 성품과 새로 얻어 입은 옷 한 벌을 가지고 나는 삶의 여행길에 뛰어들었다. 그때부터 나는 세상을 혼자 힘으로 살아가야 했으므로, 부모님으로부터 물려받은 성품은 소중한 것이었다. 그럼에도 불구하고 나에게는 뭔가가 결여되어 있었고, 세상살이와 학문도 그걸 채워주지는 못했다. 지금도 나는 예전처럼 산을 오를 수 있고, 몇 시간 동안 걷거나 노를 저을 수 있고, 필요하다면 한 사람쯤 거뜬히 때려눕힐 수도 있다. 하지만 그때나 지금이나 나는 여전히 세상살이의 기교를 익히지 못했다. 어렸을 때부터 땅과 식물과 동물하고만 접촉했을 뿐 사회적인 능력은 전혀 기르지 못했던 것이다. 지금까지도 동물이 되어 살아가는 꿈을 자주 꾼다는 게 그것을 증명해준다. 나는 아주 종종 동물—대체로 물개—이 되어 바닷가에 누워 있는데, 너무나 아늑하고 좋은 기분이어서, 꿈에서 깨어난 내가 사람이라는 사실을 깨닫게 되면 기쁘거나 자랑스러운 게 아니라 오히려 후회로 가슴이 아파지는 것이다.

나는 통례대로 학비와 식비가 면제되는 고등학교에 들어가 공부한 뒤 언어학자가 되기로 되어 있었다. 이유는 아무도 모른다. 나

한테 그렇게 쓸모없고 지루한 학과도 없고, 나하고 그렇게 동떨어
진 학과도 없을 것이다.

학창 시절은 빨리 지나갔다. 싸움질과 공부 사이사이 한껏 향수
에 젖는 시간이 있었고, 터무니없는 장래 희망으로 가득 찬 시간도
있었고, 학문에 대한 불타는 정열의 시간도 있었다. 여기서도 내
타고난 게으름은 어쩔 수 없어서 내게 온갖 꾸지람과 벌을 가져다
주었지만, 뭔가 새로운 정열이 생기면 씻은 듯 없어지기도 했다.

"페터 카멘친트." 내 그리스어 선생은 말했다. "너는 고집쟁이
인 데다 별난 놈이다. 언젠가는 그 단단한 머리가 깨질 날이 있을
거다." 나는 그 뚱뚱한, 안경 쓴 남자를 바라보면서 그의 말에 귀
기울이면서, 그가 참 우스꽝스럽다고 생각했다.

"페터 카멘친트." 수학 선생이 말했다. "너는 게으름 피우는 데
는 천재로구나. 빵점 아래의 점수가 없는 게 유감이다. 오늘 네 점
수는 마이너스 2.5야." 나는 그를 유심히 뜯어보았다. 사팔뜨기라
안됐구나 싶었고, 몹시 따분한 사람이라고 생각했다.

"페터 카멘친트." 한번은 역사 교수가 말했다. "너는 좋은 학생
은 아니지만 그래도 언젠가는 훌륭한 사학자가 될 거다. 게으르긴
해도 큰일과 작은 일을 구별할 줄 알거든."

그것도 내게 특별히 중요한 얘기는 아니었다. 그럼에도 나는 선
생들을 존경했다. 왜냐하면 그들은 학문에 통달해 있다는 생각이
들었고, 학문에 대해 나는 어렴풋하나마 강한 경외감을 느끼고 있

었기 때문이었다. 선생들 모두 내가 게으르다는 데 의견의 일치를 보였음에도 불구하고 나는 계속 진급을 했고, 성적도 중상이었다. 학교나 학업이 불충분한 일부분에 지나지 않는다는 것을 나는 잘 알고 있었다. 그러나 나는 훗날을 기다렸다. 이 준비 기간과 까다로운 학교생활 뒤에는 아마도 순수한 정신적인 것, 의심할 바 없이 확고한 진실의 학문이 기다리고 있을 거라고 기대했다. 거기서 나는 역사의 어두운 혼돈이나 민족 간의 전쟁이나 개개인의 영혼 안에 들어 있는 불안한 의문을 규명할 수 있을 것이었다.

그러나 내 안에는 더 강렬하고 더 생생한 소원이 있었다. 나는 정말 친구를 갖고 싶었다.

나보다 두 살 위인, 갈색 머리의 진지해 보이는 소년이 있었다. 이름은 카스파르 하우리였다. 그는 언행이 확고하고 조용했으며 남자답게 머리를 꼿꼿이 세우고 다녔다. 그는 진지했고, 동료들과도 별로 대화가 없었다. 나는 몇 달 동안 존경하는 눈으로 그를 지켜보며, 길에서도 뒤를 따라다니면서 그의 눈에 띄기를 갈망하였다. 나는 그가 인사하는 모든 속물들이나, 그가 드나드는 것이 눈에 띄는 모든 집에까지 질투를 느꼈다. 그러나 나는 그보다 두 학년이나 아래였고, 그는 자기 학년 수준보다도 훨씬 높아 보였다. 우리 사이에는 한마디 말도 없었다. 그 외에도 내 의사는 아니었지만, 한 작고 병약한 소년이 내게 접근해왔다. 그 애는 나보다 어렸고 수줍어했고 재능도 없었지만, 아름답고 상처받은 듯한 눈과 얼굴을 지니고 있었다. 그는 약하고 약간 불구였기 때문에 학급 아이들에게서 받는 숱한 놀림을 피해, 힘세고 튼튼한 나를 보호자로 삼고 싶었을 것이었다. 그는 곧 병이 중해져서 학교에 나올 수 없게 되었다. 아쉬운 일도 아니었고, 나는 그를 금방 잊어버렸다.

우리 반에 장난을 좋아하는 금발 아이가 하나 있었다. 재주가 많고 음악가에다 흉내도 잘 내는 어릿광대였다. 나는 꽤 힘을 들여 그의 친구가 되었다. 민첩하고 자그마한 이 동갑나기는 점차로 내 보호자 티를 냈다. 어쨌든 나는 친구를 하나 사귄 것이었다. 나는 그의 방에 찾아가서 함께 책을 읽거나 그의 그리스어 숙제를 해주었고, 대신 수학 숙제를 도움받았다. 우리는 자주 산책을 했는데, 마치 곰과 족제비 같은 꼴이었다. 항상 그가 떠들고 웃겼고 농담을 했으며, 당황하는 법도 없었다. 나는 늘 듣고 웃었으며 그런 쾌활한 친구가 생긴 것을 기뻐하였다.

그러나 어느 날 오후 나는 우연히, 이 어릿광대가 복도에서 학생들에 둘러싸여 그의 특기인 우스운 연기를 하고 있는 것을 보게 되었다. 그는 방금 한 선생의 흉내를 내고 난 후였다. 그런 뒤 그는 외쳤다. "이게 누군지 맞춰봐!" 그러고는 큰 소리로 호머의 시 몇 줄을 읽기 시작했다. 내 흉내를 기막히게 내고 있는 것이었다. 당황하는 태도, 자신 없는 듯한 낭독, 산악 지방의 억센 사투리, 그리고 내가 주목할 때 항상 하는 버릇인, 눈 깜빡이는 것과 왼쪽 눈 감는 짓 따위였다. 그것은 몹시 우스웠으며, 실제보다 더 재치 있고 유쾌해 보였다.

그가 책을 덮고 주위의 박수갈채를 받고 있을 때, 나는 뒤쪽에서 앞으로 나와 복수를 해주었다. 할 말은 찾지 못했지만, 온 힘을 다해 막강한 따귀 한 대로 내 분노와 부끄러움을 표현한 것이었다. 곧 수업이 시작되었다. 선생은 흐느껴 우는 소리와 내 옛 친구의 시뻘게진 뺨을 발견했다. 마침 녀석은 그 선생의 귀염둥이었다.

"누가 널 이렇게 만들었지?"

"카멘친트가요."

"카멘친트, 앞으로 나와! 그게 사실인가?"

"예."

"왜 그를 때렸나?"

묵묵부답.

"이유가 없단 말인가?"

"없습니다."

그래서 나는 신나게 얻어맞으며 죄 없이 고문당하는 자의 비장한 기쁨에 젖어들었다. 그러나 나는 엄숙주의자도 아니고 성인이 아닌 학생에 지나지 않았기 때문에, 고통스러운 벌이 지난 후 내 적을 향해 혀를 최대한 길게 빼보였다. 선생이 놀라서 내게 달려왔다.

"부끄럽지도 않은가? 그건 무슨 뜻이지?"

"이건 저쪽에 야비한 녀석이 있고 내가 그를 경멸한다는 뜻입니다. 저 녀석은 겁쟁이이기도 합니다."

그 어릿광대와의 우정은 이렇게 끝났다. 그는 친구를 찾지 못했고, 나도 성숙해가는 소년 시절을 친구 하나 없이 지내야 했다. 인생과 인간에 대한 내 시각이 그 후로 몇 번이나 달라지긴 했지만, 그때의 따귀를 생각할 때마다 나는 지극히 만족스러워진다. 그 금발머리도 그걸 절대 못 잊으면 좋겠다.

열일곱 살에 나는 한 변호사의 딸을 사랑하게 되었다. 그녀는 아름다웠다. 나는 일생 동안 아주 아름다운 여자들만 사랑했다는 것을 자랑스럽게 생각한다. 그녀나 다른 여자들 때문에 마음 상했던 것은 다음 기회에 이야기하겠다. 그녀는 뢰지 기르타너라고 불렸는데, 지금은 나와는 전혀 다른 남자의 애인이다. 당연한 일이다.

당시 내 몸에는 쓰일 길 없는 젊음의 힘이 넘쳐흘렀다. 나는 학급 동료와 온갖 쓸데없는 싸움질을 벌였다. 결투나 축구·달리기 경주·노 젓기에서는 최고라는 자부심도 가졌지만, 그 외에는 늘 우울했다. 그건 내 연애 사건과는 관계가 없다. 그것은 이른 봄에 생기는 달콤한 우울증 같은 것이었다. 그건 다른 누구보다도 강력하게 나를 사로잡아서, 죽음에 대한 생각이나 비극적인 생각 같은 슬픈 상상을 즐기곤 했다. 물론 하이네의 『노래의 책』 염가판을 내게 읽으라고 주는 친구도 있었다. 그건 정확히 말해 독서가 아니었다—나는 내 모든 가슴을 그 허무한 시 속에 쏟아부었다. 나는 함께 가슴 아파하고, 함께 시를 지으며, 서정적인 정열 속으로 빠져들었다. 아마 그건 내게는, 돼지에게 흰 속옷을 입혀놓은 꼴이었을 것이다. 그때까지 나는 '문학'이라는 데 대해서는 아무것도 몰랐다. 그러나 이제 레나우와 실러 그리고 괴테와 셰익스피어를 잇달아 읽었고, 갑자기 이 문학이라는 희미한 환상이 내게 위대한 신성이 되어버렸다.

달콤한 전율과 함께 인생의 감미롭고 서늘한 바람이 그 책들에게서 내게로 불어왔다. 그것은 지상에는 없었던 것이었고, 이제부터 내 사로잡힌 마음 안에서 파도치며 자신의 삶을 살아내려는 것 같았다. 지붕 밑 방 내 책상에는, 가까운 종탑의 시계 소리와 근처에 둥지를 튼 황새가 부리에서 내는 건조한 딱딱 소리만이 들려올 뿐이었으며, 괴테와 셰익스피어의 인물들이 내 방을 드나들고 있었다. 인간 존재에는 신성함과 우스꽝스러움이 함께 있다는 것을 나는 알게 되었다. 우리들의 분열되고 제어할 수 없는 마음, 세계사의 깊은 본질, 우리의 짧은 인생을 빛내주고 인식의 힘을 통해 우리의 왜소한 존재를 필요불가결한 영원한 영역으로 끌어올려주는 영혼의 놀라운 경이를 깨닫게 된 것이었다. 좁은 들창으로 머리를 내밀 때면, 나는 지붕과 좁은 길로 햇빛이 비치는 것을 보았고, 일상생활과 일에서 나오는 작은 소음들이 얽히고설켜 쏟아져 나오는 것을 놀라워하며 들었고, 놀랍도록 아름다운 동화처럼 위대한 영혼들로 가득 찬 내 지붕 밑 방의 고독함과 비밀스러움을 느꼈다. 그리고 책을 읽으면 읽을수록, 지붕과 길과 일상생활을 바라보는 것이 내게 더욱 놀랍고 낯설어질수록, 나는 아마도 내가 예언자이고, 내 앞에 펼쳐진 삶은 나를 기다리고 있을지도 모른다는 생각이, 더욱 자주 조심스레 가슴을 죄며 떠올랐다. 내가 세상 보물 중의 일부를 찾아내고, 우연과 비천의 베일을 벗기고, 시인의 힘으로 발견한 것을 소멸로부터 보호하며 영원하게 만들 것을 이 세상이 기다리리라는 생각이었다.

나는 수줍어하며 뭔가를 쓰기 시작했다. 점차 공책 몇 권이 시와 스케치와 단편으로 가득 차게 되었다. 지금은 없어져버렸고, 별 가치도 없는 것이지만, 그것은 내 가슴을 뛰게 하고 비밀스러운 기쁨을 주기에는 충분한 것이었다. 이러한 시도 뒤로 비평과 자기 점검이 따랐고, 졸업반이 되어서야 처음으로 큰 실망에 사로잡혔다. 내가 초기 작품들을 정리하면서 내 글쓰기에 대해 전적으로 불신하기에 이르렀을 때 우연히도 고트프리트 켈러의 책 몇 권이 내 손에 들어왔다. 나는 곧 그 책들을 두세 번 되풀이 읽었다. 그리고는 내 미숙한 백일몽이 진짜 고상하고 진지한 예술과 얼마나 거리가 있는가를 갑자기 깨닫게 되었다. 나는 내 소설과 시들을 불태워버리고, 고통스러운 자책과 함께 냉정하고 슬픈 눈으로 세상을 바라보게 되었다.

2

내 사랑에 대해 이야기하자면—그 문제에 관한 한 나는 평생 소년으로 머물러 있다. 여자에 대한 사랑이란 내게는 가장 순수한 기도였으며, 나의 슬픔으로부터 타오르는 수직의 불꽃이었으며, 푸른 하늘을 향해 들어 올린 기도하는 손이었다. 어머니를 닮은 성품과 내 자신의 희미한 느낌으로 인해 나는, 대체로 여자란 것은 낯설고 아름답고 수수께끼 같은 종족으로 우러러왔다. 그 종족은 타고난 아름다움과 존재의 조화로움 때문에 남자를 능가하며, 별이나 푸른 산봉우리처럼 우리에게서는 멀고 신에게 더 가깝게 있는 것처럼 보였기 때문에, 성스럽게 대해야 할 것 같았다. 사나운 인생이 거기다가 겨자까지 듬뿍 얹어주었기 때문에 여자에 대한 나의 사랑은 달콤하다기보다는 쓰디쓴 것이었다. 게다가 여자들은 높은 대좌에 올라선 채였으므로, 기도하는 목사라는 화려한 역할이 나에게는 너무나 괴롭고 우스꽝스러운, 바보 같은 어릿광대의 역할로 바뀌어버렸다.

나는 식당에 가면 뢰지 기르타너를 거의 매일 만났다. 그녀는 건강하면서도 나긋나긋하게 자란 열일곱 살 처녀였다. 갈색 피부의 갸름하고 싱싱한 얼굴에 고요하고 재기 있는 아름다움이 깃들어 있었는데, 당시 그녀의 어머니에게도 그런 아름다움이 있었다. 그것은 그녀의 할머니, 증조할머니에게서 물려받은 것이었다. 그 유서 깊고 축복 받은 집안에서는 대대로 미인들이 많이 나왔다. 모두들 기품 있고 고요하고 싱싱하고 귀족적인, 흠잡을 데 없는 아름다움을 지니고 있었다. 한 무명의 화가가 푸거 집안의 한 소녀를 그린 16세기의 그림이 있는데, 그것은 내가 본 중 가장 훌륭한 그림 가운데 하나였다. 기르타너 집안 여자들이 그와 비슷했고, 뢰지도 그랬다.

물론 나도 당시에는 그런 것들을 전부 다 알지는 못했다. 나는 다만 그녀가 경쾌하게 사뿐히 걸어가는 모습을 보고 그 꾸밈없는 존재의 기품을 느낄 뿐이었다. 저녁이면 나는 황혼 속에서 생각에 잠겨, 그녀의 영상을 선명하게 그려내고 상상할 수 있을 때까지 앉아 있었다. 그러면 어떤 달콤하고도 비밀스러운 슬픔이 내 소년다운 영혼 위로 지나가는 것이었다. 그러나 곧 그 즐거움의 순간이 사라지고 내게는 찌르는 듯한 고통이 찾아들었다. 그녀가 내게서 얼마나 멀리 떨어져 있는 존재인가, 나에 대해 아는 것도 없고 알생각도 없으며, 내 아름다운 꿈속의 영상은 그녀 영혼을 도둑질한 결과에 지나지 않는다는 것을 갑자기 깨닫게 되는 것이다. 그것을 그토록 똑똑히 고통스럽게 깨달을 때에도, 나는 언제나 그녀의 영상을 너무나 선명하게, 숨도 쉴 수 없을 만큼 생생하게 눈앞에 떠올렸다. 그러면 어둡고도 뜨거운 물결이 내 심장으로 몰려와, 손끝의 맥박까지도 아픔을 주는 것이었다.

낮에 공부하는 시간 중간이나 격렬한 싸움질 중간에도 그 물결은 밀려들곤 했다. 그러면 나는 눈을 감고 손을 늘어뜨리고는 몽롱한 심연으로 빠져들어, 선생이 부르거나 친구한테 얻어터지고 난 후에야 정신을 차렸다. 나는 가끔 야외로 뛰쳐나가 꿈꾸듯 놀라운 기분에 사로잡혀 이 세상을 보았다. 모든 것이 얼마나 아름답고 환상적인가, 모든 사물에 얼마나 빛과 숨결이 넘치는가, 강은 얼마나 선명한 녹색인가, 그리고 산은 얼마나 푸른가. 나를 둘러싼 이 아름다움도 그러나 나를 만족시키지는 못했다. 나는 조용히, 슬프게 그것을 감상했다. 모든 것이 아름다울수록 내게는 더 낯설어 보였다. 나는 그중 어느 부분에도 속하지 못하고 밖에서 서성거리고 있었다. 그리하여 나의 무감각해진 상념은 뢰지에게로 돌아갔다. 내가 이 시간에 죽는다 하더라도 그녀는 알지도 못할 뿐더러 묻지도 않을 것이며, 슬퍼하지도 않을 것이다!

그렇지만 나는, 그녀가 나를 알아주기를 원하지 않았다. 나는 그녀를 위해, 들어보지도 못했던 일을 기꺼이 할 것이며 누구의 것인지 그녀가 알지 못하게 선물할 것이었다.

실제로 나는 그녀를 위해 많은 일을 했다. 짧은 휴가 기간 중 고향으로 돌아갔을 때, 거기서 나는 매일매일 온갖 힘든 일을 해냈다. 모든 것이 뢰지에게 경의를 표하려는 뜻이었다. 험한 산봉우리를 가장 가파른 쪽으로 올라갔다. 호수에서는 널빤지 석 장으로 만든 배로 먼 거리를 짧은 시간 안에 항해하기도 했다. 그런 항해 후에 저녁때까지 아무것도 먹고 마시지 않았다. 모두가 뢰지 기르타너를 위해서였다. 나는 멀리 떨어진 산마루와 인적 없는 골짜기에서 그녀의 이름을 부르며 찬미하였다. 그러면서, 교실에 얽매여 있던 내 젊음이 다시 즐거움을 회복하였다. 어깨는 튼튼하게 딱 벌어지고, 얼굴과 목은 갈색으로 그을었으며, 온몸에 근육이 꿈틀거리게 되었다.

개학 이틀 전날 나는 내 사랑에게 힘들여 꺾은 꽃을 가져가기로 마음먹었다. 몇 군데 험한 경사면의 좁은 흙 길에 에델바이스가 피어 있었지만 향기도 색깔도 없는, 병든 듯한 은빛 꽃이 내게는 영혼도 없어 보여 예뻐 보이지 않았다. 그 대신 깎아지른 낭떠러지의 틈새에 알프스 들장미 몇 송이가 외롭게 피어 있는 것을 알고 있었다. 가기 힘든 곳이었지만 꼭 해야만 했다. 젊음과 사랑에 불가능이란 없었기 때문에 나는 찢긴 손과 후들거리는 다리로 마침내 목적을 이룰 수 있었다. 그 질긴 가지를 조심스레 잘라 꽃을 손에 넣었을 때, 위험한 곳이라 환성을 지르지는 못했지만, 가슴은 기쁨으로 환호하고 있었다. 나는 꽃을 손에 들고 뒤로 기어 내려와야 했다. 아무리 겁 없는 소년이었다지만, 어떻게 절벽 아래까지 내려왔는지는 정말 모를 일이다. 산 전체에 알프스 장미가 진 지 오래였는데 나는 그해 마지막으로 피어 있는 꽃을 손에 넣은 것이었다.

다음 날 나는 다섯 시간이 걸리는 여행을 하면서 내내 그 꽃을 손에 들고 있었다. 아름다운 뢰지가 사는 도시로 향해 가면서 처음에는 심장이 강하게 고동쳤다. 그러나 고향의 산에서 멀어지면 멀어질수록 고향에 대한 타고난 사랑이 점점 더 나를 끌어당겼다. 그 기차 여행을 나는 아직도 생생하게 기억한다! 젠알프스 봉우리는 이미 볼 수 없었고, 높은 산들도 차례차례 사라져갔다. 그 산 하나하나가 모두 내게 가슴 깊은 곳으로부터의 서글픔을 불러일으켰다. 이제 고향의 산들은 모두 자취를 감추고, 넓고 나지막하고 환한 녹색의 들판 풍경이 펼쳐졌다. 그것은 첫번째 여행 때는 전혀 날 감동시키지 못했었다. 그러나 이번에는 걱정과 슬픔으로 안절부절못했다. 마치 내게, 언제나 평평한 땅을 여행해야 하고 고향의 산과 시민권을 다시는 얻지 못하리라는 판결이 내려진 것 같았다. 그와 동시에, 언제나 아름답고 갸름한 뢰지의 얼굴이 내 앞에 떠올랐다. 너무나 예쁘고 낯설며 냉정하고, 나한테는 아랑곳없는 얼굴이어서, 나는 고통과 씁쓸함으로 숨이 멎을 듯했다. 창밖으로는 높은 탑과 하얀 지붕이 있는 깨끗한 마을이 지나갔고, 사람들은 말하고 인사하고 웃고 담배 피우고 농담하면서 타고 내렸다. 사심 없이 유쾌한 저지대 사람들 ─ 노련하고 세련된 사람들이었다. 그러나 무뚝뚝한 고지대 청년인 나는 그들 가운데에서 입을 다물고 쓸쓸하게 우두커니 앉아 있었다. 나는 내가 더 이상 고향에 속해 있지 않다고 생각했다. 나는 평생 산과 떨어져 있을 것이며, 그러면서도 저지대 사람들처럼 그렇게 유쾌하고 세련되고 노련해지지도 못하리라는 것을 어렴풋이 알았다. 이런 사람들 중 어떤 사람은 나를 언제나 조롱할 것이며, 어떤 사람은 뢰지 기르타너와 결혼할 것이며, 어떤 사람은 언제나 나를 앞서 나갈 것이었다.

나는 그런 생각을 품은 채 도시로 왔다. 인사를 하고 나서 지붕 밑 방으로 올라간 나는, 내 가방을 열어 커다란 종이 한 장을 꺼냈다. 그리 고급 종이는 아니어서, 내 알프스 장미를 거기다 싸고 집에서 가져온 색 끈으로 묶어도, 전혀 사랑의 선물처럼 보이지 않았다. 그러나 나는 그것을 진지하게 기르타너 변호사가 사는 거리로 들고 갔다. 기회를 봐서 열린 문으로 들어간 나는 저녁 빛이 희미하게 비치는 현관 앞에서 잠시 둘러보고는, 내 볼품없는 선물 꾸러미를 널찍하고 호화로운 계단 위에 올려놓았다.

나를 본 사람은 아무도 없었다. 나 또한 뢰지가 내 선물을 보았는지조차 모른다. 하지만 나는 그녀 집 계단에 들장미 한 송이를 놓기 위해 절벽을 기어오르며 목숨을 걸었고, 그것은 뭔가 달콤하고, 슬프면서도 기쁘고, 시적인 감상을 오늘날까지도 기분 좋게 불러일으켜준다. 그 장미 모험이 내 다른 연애 사건처럼 돈키호테 짓이라는 생각이 든 것은, 신을 믿지 않았던 잠깐 동안뿐이었다.

나의 이 첫사랑은 아무 결실도 없이, 내 젊은 시절 안에 의문과 여운을 남긴 채 희미해졌다. 그리고 이후의 내 연애에 마치 의젓한 큰언니처럼 따라다녔다. 고요한 시선을 보내던 그 명문가의 아가씨보다 더 귀족적이고 순결하고 아름다운 것을 나는 아직도 상상할 수가 없다. 수년이 지난 후 뮌헨에서 있었던 전람회에서, 수수께끼처럼 사랑스러웠던 푸거 집안 딸의 그 이름 없는 초상화를 보았을 때, 내 정열적이고 슬펐던 젊은 날이 내 앞에 살아나면서, 그 깊이를 알 수 없는 눈이 그윽하게 나를 바라보는 듯했었다.

그러는 동안 나는 차츰 소년티를 벗고 완전한 청년이 되었다. 그때 찍은 사진을 보면 낡은 교복을 입은, 뼈가 굵고 웃자란 시골 소년의 모습이 있다. 눈은 약간 흐릿하고, 몸매는 엉성하고 촌스러운데, 머리만은 약간 조숙하고 단단해 보인다. 나는 일종의 놀라움을 가지고 내 소년 시절이 지나가는 것을 보았고, 불안한 기쁨을 가지고 대학 시절을 기다렸다.

나는 취리히에서 대학에 다니기로 되어 있었다. 내 후원자는, 특별히 성적이 좋은 경우 연구 여행도 할 수 있는 가능성이 있다고 말해주었다. 그런 것이 나에게는 아름답고 고전적인 그림처럼 떠올랐다. 호머와 플라톤의 흉상이 있는 기분 좋은 정자 안에 내가 앉아 커다란 책 위로 몸을 수그리고 있다. 사방으로 도시와 산과 호수와 아름다운 원경이 멀리 선명히 보인다. 나는 진지해졌지만 또한 몹시 흥분하기도 했다. 나는 미래의 내 행운의 확실성과 당연함에 들떠 있었다.

마지막 학년에 나는 이탈리아어 공부에 몰두했다. 고전 단편들을 처음 접하고는, 그것을 샅샅이 공부하는 것을 내 취리히 대학 공부의 첫번째 과업으로 삼아두었다. 그리고 졸업 날이 왔다. 나는 선생들과 하숙집 주인에게 작별 인사를 하고, 작은 상자에 짐을 꾸려 못질을 한 뒤 시원섭섭한 마음으로 뢰지의 집 근처를 어슬렁거림으로써 작별을 고했다.

뒤이은 휴가 기간은 내게 인생의 쓴맛을 보여주고 내 아름다운 꿈의 날개를 재빨리, 거칠게 꺾어버렸다. 우선 나는 어머니가 병중인 것을 보았다. 그녀는 침대에 누워 거의 아무 말도 못했고, 내가 오는 것을 보고도 일어나시도 못했다. 슬프지는 않았지만, 내 기쁨과 철없는 자만심에 맞장구쳐주는 사람이 없는 것이 섭섭했다. 아버지는 내가 대학에 가는 데 반대하지는 않지만 돈을 대줄 수는 없노라고 말했다. 그 장학금으로 부족하다면, 필요한 건 내 손으로 벌어 써야 한다는 것이었다. 아버지는 내 나이 때부터 벌써 밥벌이를 시작했다는 것이었다.

이번에는 어슬렁거리기도, 노 젓기도, 산 타기도 별로 많이 하지 않았다. 집과 들에서 할 일이 많았기 때문이었다. 일이 없는 날 역시 아무것도 하고 싶지 않았고, 심지어 책을 읽고 싶은 생각조차 들지 않았다. 평범한 일상의 삶이 입을 커다랗게 벌리고 자기 권리를 주장하면서 내가 가지고 돌아온 정열을 오만하게 몽땅 삼켜버리는 것을 보는 것이 내게는 화가 치밀고 피곤한 일이었다. 비록 돈 문제를 냉정하게 잘라 말하는 바람에 한때 마음이 상하기는 했지만, 아버지가 나를 냉대한 것은 아니었다. 그러나 나는 그것이 기쁘지 않았다. 내 학업과 내 책들에 아버지가 별로 경의를 표하지 않는 것이 나를 괴롭혔다. 그래서 나는 종종 뢰지를 생각했고, 내 촌스러운 천성이나 환경 때문에 절대로 '세상'에서 확실하고 활동적인 남자가 되지는 못할 거라는 고약하고 독선적인 느낌을 다시 받았다. 그래서 나는 종일, 여기 이대로 눌러앉아 내 라틴어 실력과 모든 희망을 이곳 가난한 고향의 질기고 고통스러운 삶에 파묻어버리는 게 낫지 않을까 생각하게 되었다. 나는 싱숭생숭하고 어쩔 줄 몰라 이리저리 돌아다녔는데, 병석의 어머니 곁에서도 아무런 위안과 평온을 찾을 수 없었다. 호머의 흉상이 있는, 그 꿈 같은 정자가 가끔 비웃듯이 떠올랐다. 그러면 나는 그것을 때려 부수고, 번민에 시달린 내 몸에서 나오는 모든 적의와 원한을 그 위로 부어버렸다. 몇 주일이 견딜 수 없이 지루하게 흘러갔다. 이 분노와 갈등의 절망적인 시간 때문에 내 젊음이 몽땅 소멸되어버리는 것 같았다.

내 행복한 꿈 같은 삶이 그토록 급격히, 철저히 무너지는 것을 보며 나는 놀라워했고 분통을 터뜨렸다. 그러나 이제는 현재의 고통을 극복할 수 있는 힘이 이토록 빠르고도 쉽사리 성장하는 것에 또한 놀랐다. 삶은 나에게 지루한 일로 채워진 일상의 면을 보여주다가, 갑자기 편견에 사로잡힌 내 눈앞에 그 영원한 깊이를 펼쳐 보이고는, 내 젊음을 소박하고도 힘찬 체험으로 채워주었다.

어느 더운 여름날 아침 일찍 나는 목이 말라 침대에서 일어나 신선한 물이 담긴 물통이 있는 부엌으로 가려고 했다. 그러자면 부모님의 침실을 지나야 했는데, 어머니가 이상한 신음 소리를 내는 것이 들려왔다. 나는 어머니의 침대로 다가갔지만, 어머니는 날 보지도 않았고 대답도 하지 못했다. 그 대신 건조하고 불안한 신음 소리를 내며 눈꺼풀을 달싹거렸고, 경련을 일으켰다. 얼굴은 푸른빛이 돌 정도로 창백했다. 나는 그다지 크게 놀라지는 않았지만 좀 걱정스러워졌다. 그러나 나는 다음 순간 어머니의 두 손이 홑이불 위에 마치 잠자고 있는 수녀처럼 고요히 놓여 있는 것을 보았다. 그 손을 보고야 나는 어머니가 죽어가고 있다는 것을 알았다. 그 손은 기이하게 지쳐 보였고 아무 의지도 없어 보였으며, 아무런 생명의 표시도 없는 것 같았기 때문이었다. 나는 갈증도 잊어버리고 어머니의 침대 옆에 무릎을 꿇고는 이마에 손을 얹어 어머니의 시선을 잡아보려고 했다. 그 시선은 선하고 평온했지만 곧 꺼질 듯했다. 옆 침대에서 커다란 숨소리를 내며 잠들어 있는 아버지를 깨워야 한다는 생각은 들지 않았다. 그렇게 나는 거의 두 시간을 무릎 꿇고 앉아서 어머니의 임종을 지켜보았다. 어머니는 평소에 당신

방식대로 조용하고 진지하고 용감하게 죽음을 맞으면서 내게 훌륭한 모범을 보여주고 있었다.

방 안에 차츰 밝아오는 아침의 빛이 차오르기 시작했다. 집들과 마을은 잠속에 빠져 있고, 나는 상상 속에서 죽어가는 사람의 영혼과 동행하여 집과 마을과 호수와 눈 덮인 산봉우리 위를 지나, 맑은 새벽하늘 안의 서늘한 자유 속으로 날아 들어가는 마음의 여유를 누리고 있었다. 고통스럽지는 않았다. 놀라움과 외경심에 사로잡힌 채, 거대한 수수께끼가 어떻게 풀리는지, 삶의 순환 고리가 조용한 전율 안에서 어떻게 닫히는지를 볼 수 있었기 때문이었다. 불평 없이 용감하게 이별을 맞는 어머니는 너무나 숭고해 보여서, 당신의 준엄한 영광으로부터 한 줄기 서늘하고 맑은 빛이 내 영혼 안으로도 비쳐들었다. 아버지가 곁에 잠들어 있다는 것, 신부님이 없다는 것, 고향으로 돌아가는 영혼을 복되게 동행해주는 성사도 기도도 없다는 것을 나는 깨닫지 못하였다. 나는 오직 그 밝아오는 방을 통해 쏟아져 들어오는 영원의 입김이 나의 존재와 함께 섞이고 있음을 느끼고 있을 뿐이었다.

마지막 순간, 눈은 이미 감겼지만, 나는 생전 처음으로 어머니의 싸늘하고 주름 잡힌 입에 키스를 했다. 그 접촉의 기묘한 차가움이 갑작스런 비탄과 함께 나를 엄습했다. 나는 침대 가장자리에 앉아, 내 뺨과 턱과 손 위로 커다란 눈물방울들이 천천히, 하염없이 흘러내리는 것을 느끼고 있었다.

곧 아버지가 깨어나 내가 거기 앉아 있는 것을 보고 잠에 취한 목소리로 무슨 일이냐고 물었다. 나는 대답을 하려고 했지만 말을 할 수가 없었다. 방을 나와 마치 꿈속인 양 내 방으로 돌아와서는 천천히, 무의식적으로 옷을 입었다. 곧 아버지가 내 방으로 왔다.

"어머니가 돌아가셨다." 그는 말했다. "너 알고 있었냐?"

나는 고개를 끄덕였다.

"왜 날 그냥 자게 내버려뒀냐? 신부님도 모셔 오지 않고! 넌 대체—" 그러고는 심한 욕설을 내뱉었다. 그때 내 머리에 뭔가 심한 통증이 왔다. 마치 혈관이 터지는 듯했다. 나는 아버지에게로 다가가 양손으로 그를 꼭 붙잡고—힘으로 말하자면 아버지는 나에 비하면 소년 같았다—얼굴을 들여다보았다. 나는 아무 말도 할 수 없었고, 아버지도 말없이 못 박힌 듯 서 있었다. 우리가 함께 어머니에게로 건너갔을 때, 아버지 역시 죽음의 위력에 사로잡혀 엄숙한 얼굴이 되었다. 그러고는 주검 위에 엎드려서는 아주 낮게 울며, 어린애처럼, 거의 새처럼 높고 연약한 목소리로 한탄을 하기 시작했다. 나는 밖으로 나가 이웃에게 소식을 알렸다. 그들은 내말을 듣고 아무것도 묻지 않은 채, 손을 잡아주고는 집안일을 도와주겠다고 했다. 한 사람이 신부를 부르러 수도원으로 달려갔고, 내가 집으로 돌아오자 벌써 한 이웃집 여자가 우리 외양간에서 소를 돌봐주고 있었다.

신부가 오고, 마을의 여자들도 거의 모두 모여들었다. 모든 일이 마치 저절로 일어나는 것처럼 정확하게 착착 진행되어갔다. 우리는 심지어 관까지도 준비할 필요가 없었다. 나는 처음으로, 어려운 처지에 놓이게 되면 고향에 있다는 게 얼마나 좋은지, 작고 탄탄한 공동체에 속한다는 것이 얼마나 좋은 일인지를 똑똑히 보았다. 나로서는 훗날 좀더 깊이 생각해봐야 할 일이었다.

장례 의식 후 하관까지 끝나고, 불쌍할 정도로 낡고 뻣뻣한 실크 모자를 쓴 마을 사람들이 뿔뿔이 흩어져버렸다. 아버지의 모자도 상자에 넣어져서 옷장 속으로 들어갔다. 그러자 아버지는 기가 죽었다. 갑자기 신세 한탄을 하며, 성경 구절을 인용해가면서 기묘한 말투로 당신의 불행에 대해 내게 푸념을 하는 것이었다. 이제 마누라도 땅에 묻히고, 아들 녀석까지도 낯선 고장으로 떠나는 걸 봐야 하는구나. 한탄은 끝이 없어서, 듣고 있던 내가 놀라 하마터면 그냥 머물러 있겠다고 약속할 뻔했다.

내가 막 말을 하려는 찰나, 뭔가 이상한 일이 일어났다. 아주 짧은 순간에 느닷없이, 내가 어렸을 때부터 생각하고 바라고 간절히 희망했던 것들이 한꺼번에, 내 내면의 눈앞에 떠올랐던 것이었다. 나를 기다리고 있을 위대하고 아름다운 일들을 나는 보았다. 읽어야 할 책, 써야 할 책, 나는 퓐이 부는 소리를 들었고, 멀리 고요한 호수와 언덕이 남국의 색채 안에서 빛나는 것을 보았다. 현명하고 지적인 얼굴의 남자들, 아름답고 깨끗한 부인들이 거니는 것을 보았고, 알프스를 넘어가는 오솔길과 뻗어 있는 큰길들, 온 나라를 돌아다니는 철도를 보았다. 이 모든 것 하나하나가 선명하게 떠올랐으며, 그 뒤로는 구름이 떠가는 지평선의 그 끝없는 아득함이 자리 잡고 있었다. 배우고 창작하고 보고 방랑한다—이런 것으로 가득 찬 삶이 내 눈앞에서 화려한 은빛으로 빛났다. 소년 시절처럼 내 안에서, 이 넓은 세상으로 나가고자 하는 알 수 없는 거센 충동이 다시 떨려 나왔다.

나는 입을 다물고 아버지의 말을 들으면서 그냥 고개만 흔들었다. 그리고 아버지의 흥분이 가라앉기를 기다렸다. 아버지는 저녁 때나 되어서야 진정했다. 그래서 나는, 계속 공부를 할 것이고 내 미래의 고향을 정신세계에서 찾을 것이며, 아버지로부터는 아무 뒷받침도 기대하지 않는다는 내 확고한 결심을 토로하였다. 아버지는 더 이상 나에게 호소하지 않았다. 그저 머리를 흔들며 마음 상한 듯 바라볼 뿐이었다. 아버지도, 이제는 내가 나 자신의 길을 갈 것이며, 당신의 삶에서는 곧 완전히 멀어질 것이라는 사실을 알고 있었기 때문이었다. 당시 일을 돌이키면서 이 글을 쓰고 있노라니, 그날 저녁 아버지가 창가 의자에 앉아 있던 광경이 떠오른다. 가는 목 위로 날카롭고 현명한 농부의 머리가 흔들림 없이 얹혀 있고, 짧은 머리카락은 희끗희끗해지기 시작한다. 엄격하고 완강한 모습 뒤에는 남자로서의 굳은 의지가 늙어가는 나이와 슬픔을 맞아 싸우고 있는 것이 엿보인다.

아버지와 한지붕 아래서 지내던 당시에 일어났던 한 작은, 그러나 꽤 중요한 사건을 이야기해야겠다. 내가 떠나기 전주 어느 날 저녁, 아버지는 모자를 쓰고 문손잡이를 잡았다. "어디 가세요?" 나는 물었다. "너하고 상관있는 일이냐?" 아버지가 대답했다. "지장 없으시다면 좀 얘기해주셔도 되잖아요?" 나는 말했다. 그러자 아버지는 웃으며 큰 소리로 말했다. "너도 이제 어린애는 아니니까 같이 가도 좋다." 그래서 나는 아버지와 함께 나갔다. 술집으로. 농부 몇 명이 할라우주 병을 앞에 놓고 앉아 있었고, 두 나그네가 압생트를 마시고 있었다. 한 테이블에는 젊은 친구들이 가득 앉아 카드놀이를 하며 맹렬히 떠들어대고 있었다.

그동안 포도주 한 잔쯤 마시는 일에는 익숙해 있었지만, 별 까닭도 없이 술집에 들어온 것은 이번이 처음이었다. 아버지가 대단한 술꾼이라는 건 들어서 알고 있었다. 아버지는 많이 마셨고, 즐겨 마셨다. 아버지가 집안일까지 팽개쳐놓고 다니는 건 아니었지만, 우리는 그것 때문에 항상 희망 없는 근심에 싸여 있었다. 술집 주인과 손님들이 얼마나 아버지를 반기는지, 나는 놀랐다. 아버지는 바틀란트 술 1리터를 시켜서는 나에게 따르라고 이르고, 어떻게 따르는지도 가르쳐주었다. 처음에는 낮게 따르고, 다음에는 콸콸 나오도록, 그리고 마지막에는 가능한 한 병을 낮춰 따르라는 것이었다. 그리고 지금까지 마셨던 술과, 드물긴 했지만 도시나 이탈리아에 나갈 기회가 있을 때마다 맛보았던 술에 대해 이야기하기 시작했다. 아버지는 새빨간 바틀란트산 술에 대해 지대한 존경을 표하면서 그것을 세 종류로 나누어 설명하였다. 그 뒤 낮고 은근한 목소리로 바틀란트 술에 대해 말했다. 그리고 마지막으로 거의 속삭이듯, 마치 동화를 이야기하듯, 뇌샤텔 포도주에 대해 가르쳐주었다. 그중 오래된 어떤 것은, 따를 때 거품이 마치 별 모양으로 인다는 것이었다. 그러면서 집게손가락을 물에 적셔 테이블 위에 별 모양을 그려 보였다. 그리고는, 한 번도 마셔본 적은 없지만, 한 병만으로도 두 사람쯤은 쉽게 곤드레만드레로 만든다고 굳게 믿고 있는 샴페인의 맛에 대한 어마어마한 상상 속으로 빠져 들어갔다.

아버지는 침묵을 지킨 채 생각에 잠겨 파이프에 불을 붙였다. 그때 나한테 피울 것이 없다는 것을 발견하고는 시거를 사오라고 10라펜을 주었다. 우리는 마주앉아 서로의 얼굴에 연기를 내뿜으며 천천히, 첫 1리터의 술을 바닥까지 긁어 마셨다. 노랗고 자극적인 바틀란트 술은 꽤 맛이 좋았다. 옆자리의 농부들이 차츰 우리 대화에 끼어들다가 드디어는 하나둘씩 헛기침을 하며 조심스럽게 우리 자리로 건너왔다. 곧 내가 화제의 중심이 되었는데, 등산가로서의 내 명성이 아직 그대로라는 것이었다. 신비스럽게 과장된 온갖 무모한 등산과 대담한 하산에 대한 이야기가 오갔고, 터무니없다느니 정말이라느니, 티격태격거리기도 했다. 그러는 동안 우리는 2리터째의 술을 바닥내고 있었고, 내 눈은 충혈되었다. 본성과 전혀 달리 나는 큰 소리로 떠들어대기 시작했고, 젠알프스 절벽 위쪽으로 뢰지 기르타너를 위해 알프스 들장미를 꺾으러 용감하게 올라갔던 일을 이야기하고 있었다. 사람들은 믿지 않았다. 나는 맹세까지 했으나 그들은 여전히 웃기만 했다. 나는 불같이 화를 냈다. 나를 믿지 않는 사람은 나오라고 외치고는, 필요하다면 (그들) 모두를 상대할 수도 있다는 뜻을 나타내 보였다. 그러자 한 구부정하고 늙은 농부가 찬장으로 가서는, 커다란 사기 술병을 가져와 식탁 위에 눕혀놓고 말했다.

"내 한마디 하지." 그는 웃으며 말했다. "자네가 그렇게 힘이 세다면, 이 병을 주먹으로 깨뜨려보게. 그러면 거기 담을 수 있을 만큼의 술을 우리가 사지. 하지만 못할 때에는 자네가 사야 하네."

아버지는 즉시 찬성했다. 그래서 나는 일어나 손에 손수건을 감고, 내리쳤다. 처음 두 번은 아무 효과도 없었다. 세번째에 술병은 산산조각이 났다. "자, 술을 사!" 아버지가 신이 나서 외쳤다. 노인은 동의하는 것 같았다. "좋아" 하고 그는 말했다. "술병에 담기는 만큼 사는 거네. 그리 많지는 않을 거야." 깨진 술병에는 4분의 1리터도 채 들어가지 않을 것 같았다. 나는 손이 아픈 데다가 놀림까지 받게 되었다. 아버지까지도 웃음을 터뜨리고 있었다.

"좋아요. 당신이 이겼어요." 나는 소리치고 깨진 병에 우리 술병의 술을 가득 따라 노인의 머리 위로 부어버렸다. 우리는 다시 승리자가 되어 손님들의 박수갈채를 받았다.

그런 심한 장난은 좀더 계속되었다. 그런 뒤 아버지가 날 끌고 집으로 돌아왔고, 어머니 관이 놓여 있은 지 3주도 지나지 않은 방에서 우리는 언짢음과 흥분으로 마구 소란을 피웠다. 나는 죽은 듯이 잠들었고 다음 날 아침 완전히 녹초가 되어 일어났다. 아버지는 말짱하고 쾌활했는데, 당신이 나보다 낫다는 데 기뻐하며 나를 놀려댔다. 그러나 나는 절대로 과음하지 않으리라고 굳게 맹세하고는, 떠나는 날만 간절히 기다렸다.

마침내 그날이 와서 나는 떠났다. 그러나 그 맹세는 지키지 못했다. 노란 바틀란트, 새빨간 벨트린, 노이엔부르크의 별표 술, 그 외에 많은 포도주가 그 후로 내 좋은 친구가 되었다.

3

답답하고 짓누르는 듯한 고향의 공기에서 벗어나, 나는 환희와
자유의 날갯짓을 했다. 내가 인생에서 때때로 실패하기는 했지만,
젊은 시절의 독특하고 꿈 같은 분위기는 충분히 순수하게 즐겼다고
본다. 마치 꽃 피는 초원에서 쉬고 있는 젊은 병사처럼, 나는 싸움
과 휴식 사이의 행복한 불안 속에서 살고 있었던 것이다. 그러면서
나는 예지로 가득 찬 예언자처럼 어두운 심연가에, 거대한 폭풍과
홍수가 몰아치는 옆에 서서, 만물의 결합과 모든 삶의 조화를 위해
영혼을 무장시키고 있었다. 나는 젊음이 가득 찬 술잔을 마음껏 행
복하게 비우며, 아름답고 기품 있는 여성에 대한 애정의 달콤한 고
통을 겪기도 하며, 남자답게 순수하고 기쁨이 넘치는 우정의 고귀
한 행복을 맛보기도 했다.

나는 새 양피 옷을 입고, 책이 가득 들어 있는 작은 상자와 그 밖의 물건을 가지고 길을 떠났다. 세상 한쪽을 정복하여 되도록 빨리 고향의 촌놈들에게, 나는 다른 카멘친트와는 다르다는 것을 증명해 보일 준비가 되어 있었다. 나는 3년 동안 전망 좋고 바람이 잘 통하는 지붕 밑 방에서 계속 살면서, 공부하고 시를 쓰고 갈망하며, 나를 따뜻하게 감싸고 있는 지상의 모든 아름다움을 느꼈다. 매일 좋은 음식을 먹는 것은 아니었지만, 매일 낮 매일 밤 그리고 매시간 노래하고 웃고 강렬한 기쁨에 가득한 마음으로 울고, 그 사랑스러운 인생을 뜨겁고 열렬하게 끌어안았다.

시골뜨기인 나로서 취리히는 처음 보는 대도시였다. 몇 주 동안 나는 줄곧 놀란 토끼눈을 하고 다녔다. 하지만 도시의 삶에 진심으로 경탄한다든가 부러워하는 마음은 없었다. 그러기에는 원래 농부 체질이었으니까. 하지만 갖가지 길과 집과 사람들은 흥미로웠다. 나는 탈것들로 분주한 거리며, 부두, 광장, 정원, 고층 건물, 교회 들을 바라보았다. 부지런한 사람들이 떼를 지어 일하러 가는 것을 보았고 학생들이 거리를 쏘다니는 것을 보았고 귀족들, 뻐기는 멋쟁이들, 외국인들이 여기저기 돌아다니는 것을 보았다. 최신 유행으로 차려입은 우아한 부잣집 마나님들이, 마치 닭장 속의 공작처럼 예쁘고 자랑스럽게, 약간은 우스꽝스럽게 나를 스쳐 지나갔다. 나는 원래 수줍어하는 편은 아니고, 단지 좀 완고하고 무뚝뚝할 뿐이었다. 나는 내가 이 도시의 활기찬 생활을 속속들이 알게 되고, 후에는 내 확고한 위치도 차지하게 될 바로 그런 사람이라는 것을 믿어 의심치 않았다.

청춘은 한 젊고 아름다운 남자의 모습으로 내게 다가왔다. 그는 그 도시의 대학에서 공부하면서, 우리 집 2층에 멋진 방 두 개를 세내어 살고 있었다. 나는 매일 그가 아래층에서 피아노 치는 소리를 들었고, 그 지극히 여성적이고 달콤한 예술인 음악의 매력을 처음으로 느꼈다. 그리고 나는 그 멋진 젊은이가, 왼손에는 책이나 노트를, 오른손에는 담배를 들고, 가벼운 발걸음 뒤로 연기를 흩날리며 집을 나서는 것을 지켜보았다. 내 안에서 그에 대한 수줍은 호감이 생겨났지만, 접근하지는 않았다. 나는 가볍고 자유롭고 부유한 종류의 인간과 교류하는 것을 두려워하고 있었다. 그 곁에서는 내 가난한 생활의 빈곤함이 나를 더욱 의기소침하게 만들 것이기 때문이었다. 그러자 그가 내게로 왔다. 어느 날 저녁 내 방문을 두들기는 소리가 들렸다. 그때까지 방문객이라고는 하나도 없었기 때문에 나는 약간 놀랐다. 그 아름다운 학생이 들어와 악수를 청하고는 자기 이름을 밝혔다. 그리고 마치 우리가 오랜 친구이기나 하듯이 스스럼없이 유쾌하게 굴었다.

"당신이 나하고 같이 뭔가 음악을 즐길 생각이 있는지 물어보러 왔습니다." 그는 친근하게 말했다. 하지만 나는 생전 악기라고는 만져본 적이 없었다. 나는 그에게 그렇게 말하고, 요들 이외에는 어떤 예술도 이해하지 못하지만, 그의 피아노 연주가 종종 아름답고 매혹적으로 들리더라는 말도 덧붙였다.

"이렇게 착각할 수가 있나!" 그는 유쾌하게 소리쳤다. "정말이지, 당신 외양만 보고는 틀림없이 음악가일 거라고 생각했거든요. 묘하군요! 하지만 요들을 하신다고요? 그러면 제발 한번 불러주시겠습니까! 전 정말 듣고 싶습니다."

나는 정말로 당황하고 말았다. 그래서 이렇게 요청을 받고서는, 그것도 방 안에서는 도대체 요들을 부를 수가 없다고 설명했다. 요들은 산 위거나 아니면 적어도 야외에서, 그것도 흥이 나야 부를 수 있는 것이었다.

"그러면 산에서 요들을 불러주십시오! 내일이 어떨까요? 정말 부탁합니다. 아마 저녁 무렵 같이 외출할 수 있겠지요. 거리를 쏘다니고, 뭐 이야기도 좀 하고, 그리고 요들도 불러주시고요. 그리고 그 후에 밤이 되면 어딘가 교외에서 저녁을 먹지요. 그런데 시간이 있으십니까?"

오 물론, 시간은 충분했다. 나는 얼른 승낙했다. 그리고 뭔가 연주를 해달라고 부탁하고는, 그의 아름답고 큰 방으로 내려갔다. 몇 개의 현대식 액자 속의 그림들, 피아노, 꽤 어수선하게 늘어져 있는 것들, 좋은 담배 냄새가 그 멋진 공간에서 뭔가 자유롭고 기분 좋은 우아함과 아늑한 분위기를 만들어내고 있었다. 나에게는 전혀 새로운 분위기였다. 리하르트는 피아노 앞에 앉아 몇 소절을 연주했다.

"이거 아시죠?" 그가 피아노를 치면서 그 아름다운 머리를 들고 빛나는 눈으로 나를 바라보는 모습은 정말 근사해 보였다.

"아니요." 나는 말했다. "난 아무것도 몰라요."

"바그너예요." 그는 다시 말했다. 「마이스터징거」에 나오는 대목이죠." 그러고는 계속 연주했다. 가볍고도 힘차게, 그리움에 넘치면서도 뜨겁게, 그리고 마치 노곤하면서도 자극적인 목욕물처럼 그것은 나를 감쌌다. 그와 동시에 나는 연주자의 날씬한 목과 등, 그의 음악가다운 하얀 손을 향수에 젖은 기분으로 바라보았다. 그러면서, 예전에 그 검은 머리의 학생을 보았을 때와 같은, 수줍고도 놀라운 애정과 존경의 감정에 사로잡혔다. 이 아름답고 우아한 사람이 내 진정한 친구가 되어줄 것이다. 그러한 우정을 바라는 내 옛날부터의 잊지 못할 희망을 실현시켜줄 것이다 하는 수줍은 예감이 들었다.

다음 날 나는 그를 데리러 갔다. 우리는 나지막한 언덕 위로 천천히, 이야기를 나누며 올라가서 도시와 호수와 정원 들을 내려다보며 이른 저녁의 풍성한 아름다움을 즐겼다.

"이제 요들을 불러주시죠!" 리하르트가 소리쳤다. "아직도 쑥스러우면 돌아서서 해요. 하지만 큰 소리로!"

그는 만족했을 것이다. 나는 열심히 신나게, 불그스레한 저녁 하늘을 향해서 기교를 다해 노래를 불렀다. 노래를 끝냈을 때 그가 뭔가 말하려 했지만, 갑자기 멈추고 산 쪽으로 귀를 기울였다. 멀리 높은 곳에서 응답이 들려오고 있었다. 양치기나 아니면 어느 방랑자의 것인 듯한 인사가 나지막하게, 오래 이어지며 떨려 울려왔다. 우리는 기쁨에 넘쳐 잠자코 듣고 있었다. 이렇게 함께 서서 귀를 기울이는 동안, 처음으로 친구 곁에 서서 둘이 같이 아름다운 장밋빛 구름이 가득한 넓은 인생을 바라보고 있다는 소중한 느낌이 나를 스쳐 갔다. 저녁 호수는 그 부드러운 색채 놀이를 시작했고, 해넘이 바로 전에 나는 흩어지는 안개 사이로 몇 개의 당당하고 위용이 넘치는 톱날 모양의 알프스 산봉우리가 떠오르는 것을 보았다.

"저기에 내 고향이 있습니다" 하고 나는 말했다. "가운데 있는 절벽이 로테플루이고, 오른쪽이 가이스호른, 왼쪽 멀리 있는 것이 둥근 젠알프스 봉우리입니다. 나는 열 살하고 삼 주 되던 날 처음으로 저 넓은 봉우리에 올라갔었어요."

나는 더 남쪽에 있는 산꼭대기를 찾으려고 눈에 힘을 주었다. 잠시 후 리하르트가 뭐라 말을 했는데 나는 알아듣지 못했다.

"뭐라고 하셨죠?" 내가 물었다.

"당신이 어떤 예술을 하는지 이제 알겠다고 말했어요."

"뭔데요?"

"당신은 시인입니다."

그러자 나는 얼굴을 붉히며 화를 냈고, 동시에 어떻게 그걸 알았을까 놀라워했다.

"아닙니다." 나는 외쳤다. "난 시인이 아니에요. 학교 다닐 때 시를 쓴 적은 있지만, 오래전 일이죠."

"내가 한번 봐도 될까요?"

"태워버렸습니다. 하지만 아직 있다고 해도 보여주진 않을 겁니다."

"아마 현대적인 거겠죠? 니체적인 요소가 많이 있는."

"그게 뭡니까?"

"니체요? 이런 세상에 맙소사, 그를 모른단 말입니까?"

"몰라요. 내가 그걸 어떻게 알겠습니까?"

그는 내가 니체를 모른다는 것에 깜짝 놀랐다. 그러나 나는 화가 나서 그에게, 빙하에 얼마나 많이 가봤느냐고 물었다. 그가 한 번도 못 가봤다고 대답하자, 나는 그가 내게 했듯이 비웃듯 놀라는 태도를 취했다. 그러자 그는 내 팔을 두 손으로 꽉 잡고 아주 진지하게 말했다. "당신은 예민하군요. 하지만 당신은 자신이 얼마나 부러울 정도로 순진한 사람인지, 그런 사람이 얼마나 드문지 전혀 모르고 있어요. 아마 일이 년 후에는 당신이 니체나 다른 예술가들에 대해서 나보다 더 잘 알게 될 겁니다. 당신은 나보다 훨씬 철저하고 영리하니까요. 하지만 지금 그대로의 당신도 나는 정말 좋아합니다. 당신은 니체도 바그너도 모르지만, 눈 덮인 산에 많이 올라가봤고, 튼튼한 산사람의 얼굴을 갖고 있어요. 그리고 확실히 당신은 시인입니다. 당신의 눈빛과 이마에서 그걸 읽을 수 있어요."

그가 이토록 솔직하고 기탄없이 나를 관찰하고 자기 의견을 말하는 바람에 나는 깜짝 놀랐고 기분이 이상해졌다.

그러나 내가 더 놀라고 행복했던 것은, 여드레 후 그가 손님이 가득한 맥줏집에서 나와 의형제를 맺고는, 벌떡 일어나 사람들 앞에서 나를 껴안고 키스한 뒤, 나를 붙들고 미친 듯이 테이블 주위를 돌며 춤을 추었던 일이었다.

"사람들이 뭐라고 생각하겠어?" 나는 민망해서 그에게 주의를 주었다.

"이렇게 생각하겠지. 저 치들 무지무지하게 행복하거나 아니면 무지무지하게 취한 모양이구나. 하지만 대부분은 전혀 개의치도 않을 거야."

리하르트는 나보다 나이도 많고 지혜롭고 좋은 가정에서 자라고, 모든 일에 능숙하고 세련되었지만, 나하고 비교할 때 때로는 아주 천진한 어린애처럼 보였다. 길거리에서 어린 여학생들에게 장난스러운 농담을 하며 치근덕거리기도 하고, 진지하게 피아노를 치다가도 갑자기 멈추고는 느닷없이 유치한 농담을 하기도 했다. 한번은 반쯤 장난으로 교회에 갔었는데, 설교가 진행되는 동안 그가 갑자기 심각하고 무게 있게 나한테 말하는 것이었다. "저 목사, 마치 늙은 토끼처럼 보이지 않아?" 그 비유는 아주 적절했지만, 그런 건 나중에 얘기해도 될 것 같아서 그에게 그렇게 말했다.

"맞는 얘기라면 무슨 상관이야!" 그는 얼굴을 찡그렸다. "좀 지나면 틀림없이 잊어버린단 말이야."

그의 농담이 항상 격조 있는 것만은 아닌 데다가 자주 부시의 시를 인용하기도 했지만, 나나 다른 사람이나 상관하지 않았다. 우리가 그에게 경탄하고 그를 사랑하는 이유는, 그의 농담과 지성에 있는 것이 아니라, 밝고 어린애다운 품성에서 자연스럽게 나오는 명랑함에 있었다. 그 명랑함은 매순간 튀어나와 그를 경쾌하고 즐거운 분위기로 둘러쌌다. 그것은 나지막한 웃음이나 유쾌한 눈빛으로 위장되기도 했지만, 오래 감추어질 수는 없었다. 나는 그가 잠자는 중에도 때로 웃거나 재미있는 제스처를 취할 것이라고 믿었다.

리하르트는 때때로 나를 데리고 학생, 음악가, 화가, 작가, 온갖 외국 사람들의 모임에 갔다. 그 도시의 유쾌한 예술 애호가들과 특수한 계층의 사람들은 모두 그와 교제하고 있었다. 그중에는 철학자, 미학자, 사회주의자 같은 진지한, 열띤 논쟁을 벌이는 사상가도 있어서, 나는 그들로부터 상당히 많은 것을 배울 수 있었다. 그런 다양한 그룹들을 통해 얻은 지식 외에도 나는 맹렬한 독서를 통해 모자라는 것을 보충했으며, 차츰 그 시대의 활동적인 두뇌들을 열중시키는 문제들에 대한 윤곽을 잡아갔다. 그리고 그 국제적인 정신세계에 대한 유익하고도 고무적인 관점을 갖게 되었다. 나는, 찬성이냐 반대냐로 함께 논쟁을 벌일 필요 없이 그들의 희망과 예감, 일과 이상에 매료되었고, 그들을 이해하였다. 그들 대부분은 모든 사상과 정열의 에너지를, 사회와 국가와 학문과 예술과 교육

방법의 연구와 실천에 쏟아붓고 있다는 것을 발견하였다. 하지만 외면적인 목표가 아니라, 자기 자신을 정립하고 시간과 영원에 대한 자기 개인의 관계를 설명해야 할 필요를 알고 있는 사람은 거의 없었다. 나 자신 속에서도 이런 욕구는 아직 희미한 상태였다.

나는 친구를 더 이상 사귀지 않았다. 리하르트만을 전적으로, 질투까지 해가며 좋아했기 때문이었다. 심지어는 그가 깊이 사귀고 있는 여자들까지도 그에게서 떼어놓으려고 했다. 그와 만나는 약속은 아무리 사소한 것이라도 틀림없이 지켰으며, 그가 나를 기다리게 만들면 속상해했다. 한번은 그가, 보트를 타러 가자며, 어느 시간에 자기를 데리러 오라고 말했었다. 나는 그 시간에 갔지만 그가 집에 없는 것을 보고는 세 시간을 기다렸고, 결국은 허탕을 쳤다. 다음 날 나는 그의 무심함을 맹렬히 비난했다.

"그럼 왜 그냥 혼자라도 보트 타러 가지 않고?" 그는 놀란 듯 웃었다. "난 정말 까맣게 잊고 있었어. 하지만 뭐 큰 난리 날 일은 아니었잖나."

"난 약속을 정확히 지키는 데 습관이 돼 있어." 나는 감정이 격해져서 대답했다. "하지만 어디선가 내가 자네를 기다린다는 것을 알면서도 자네가 전혀 상관 않는 데도 습관이 돼버렸지. 하긴 뭐, 자네처럼 친구가 많은 사람이라면!"

그는 정말 놀라서 나를 쳐다보았다.

"아니, 그런 사소한 일을 정말 그렇게 심각하게 받아들인단 말야?"

"나한테 내 우정은 사소한 일이 아냐."

"그 말이 그의 심금을 울려,

그는 그 즉시 개과천선했다네……"

리하르트는 유쾌하게 시구절을 인용하면서 내 머리를 감싸 안고, 동양식의 애정 표현법을 흉내 내어 자기 코끝을 내 코끝에 대고 비벼대면서, 내가 결국 화를 내면서도 웃음을 터뜨리며 그를 떠밀게 만들었다. 그리고 우정은 다시 회복되었다.

내 지붕 밑 방에는 도서관에서 빌려온 근대 철학자·시인·비평가의 저서, 독일이나 프랑스의 문학잡지, 최근의 연극 작품, 파리의 예술 신문, 빈의 최신 유행의 미학에 대한 책들—종종은 고급책—이 쌓여 있었다. 이런 책들은 대강 훑어보는 정도였지만, 고이탈리아의 단편 작가들과 역사 공부에는 훨씬 진지하게 매달렸다. 내 소원은, 가능하면 빨리 어학을 해치우고, 역사 하나만 공부하는 것이었다. 역사 일반과 역사학 방법에 대한 책들 외에도 나는 이탈리아와 프랑스의 후기 중세에 관한 자료와 논문을 읽었다. 그러면서 나는 처음으로, 여러 성인들 가운데서도 가장 거룩하고 성스러운 아시시의 성 프란체스코에 대해서 더 자세히 알게 되었다. 내 앞에 펼쳐졌었던 생기와 영혼으로 가득 찬 꿈들이 매일매일 현실화되었고, 자랑과 기쁨과 젊음의 자만심이 내 마음을 따뜻하게 만들어주었다. 교실에서 진지하고도 뭔가 까다로운, 때로는 좀 지루한 강의를 받아야 하는 일은 성가신 것이었다. 그러나 집으로 오면 나는 중세의 그 낯익은 성스러운 이야기, 혹은 무서운 이야기로 되돌아가곤 했다. 그 아름답고 기분 좋은 세계는 마치 어둑어둑한 그림자가 드리워져 있는 동화 속의 방처럼 내 주위를 둘러쌌다. 나는 또한 근대 세계의 이상과 정열의 거친 파도가 내 위로 물결치는 것을 느꼈다. 그러는 중에도 나는 음악을 듣고, 리하르트와 웃어댔고, 그의 친구들과도 함께 어울렸으며, 프랑스인·독일인·러시아인들과 사귀었다. 나는 아주 최신의 묘한 책을 읽는 것도 들었고, 여기저기 얼굴을 내밀면서 화가들 모임에 끼어들거나 저녁 모임에 얼굴을 내밀기도 했다. 그런 곳에는 한 떼의 흥분한, 정체불명의 젊은이들이 모여 있어서 나는 마치 환상적인 카니발에 있는 듯한 느낌을 받곤 했다.

어느 일요일, 나와 리하르트는 현대화를 전시한 작은 전람회에 갔다. 내 친구가 한 그림 앞에 멈춰 섰다. 염소 몇 마리가 있는 고원의 목장 그림이었다. 열심히, 꼼꼼하게 그리긴 했지만 약간 구식인 듯했고, 진짜 예술가다운 혼은 보이지 않았다. 예쁘지만 별 의미는 없는 그런 그림은 어느 전람회에서도 흔히 볼 수 있는 것이었다. 어쨌든 그 그림이 내 고향 알프스의 목장을 제법 충실히 묘사하고 있는 것이 마음에 들었다. 나는 리하르트에게, 이 그림 어디가 그렇게 마음에 드느냐고 물었다.

"여기, 이거." 그는 귀퉁이의 화가 서명을 가리키며 말했다. 나는 그 적갈색 글씨를 알아볼 수가 없었다. "이 그림은," 리하르트가 말했다. "전혀 걸작은 아냐. 더 아름다운 그림도 많지. 하지만 이걸 그린 여자보다 더 아름다운 화가는 없다네. 에르미니아 알리에티라고 하는데, 자네가 원한다면, 내일 그녀에게 가지. 가서 그녀에게, 당신은 아주 훌륭한 화가라고 말해주는 거야."

"그녀를 아나?"

"물론. 그림이 그 여자만큼이나 아름답다면 벌써 옛날에 부자가 돼서 그림 같은 건 그리지 않고 있을걸. 별로 그림을 그리고 싶어 하지 않는데, 먹고 살 기술을 배운 건 그거밖에 없으니 어떡하겠어."

리하르트는 그 일을 잊어버렸다. 그리고 몇 주가 되어서야 다시 생각해냈다.

"어제 그 알리에티를 만났다네. 우리, 조만간에 그녀를 찾아가기로 했었지? 자, 가세! 그런데 자네 칼라는 깨끗한가? 그 여자, 거기에 관심이 많아."

칼라는 깨끗했다. 우리는 함께 알리에티 집으로 갔다. 하지만 나는 속으로 약간의 갈등을 겪고 있었다. 리하르트와 그 친구들이 여류 화가나 여학생과 자유스럽게, 약간은 방종하게 사귀는 것이 마음에 들지 않았기 때문이었다. 남자들은 대체로 방약무인하고 거칠며 아이러니컬했다. 여자들은 현실적이고 교활하며 약아빠졌다. 내가 여자들에게서 좋아하고 존경했던 맑은 향기 같은 것은 어디에도 없었다.

나는 약간 머뭇거리며 화실로 들어갔다. 화실의 분위기에는 대체로 익숙해져 있었지만, 여자의 아틀리에에 들어온 것은 처음이었다. 몹시 말끔하고 질서 정연해 보였다. 완성된 그림 서너 개가 액자에 걸려 있었고, 이젤에는 밑그림도 아직 덜 된 그림이 하나 세워져 있었다. 나머지 벽은 몹시 깨끗해 보이는 연필 스케치와 반쯤 빈 책장으로 채워져 있었다. 여류 화가는 우리 인사에 냉랭하게 대답했다. 그녀는 붓을 놓고 앞치마를 입은 채 찬장 쪽으로 기대섰다. 우리 때문에 시간을 허비하고 싶지는 않다는 태도였다.

리하르트는 전람회의 그림에 대해 어마어마한 칭찬을 퍼부었다. 그녀는 웃음으로 흘리며 그러지 말라고 했다.

"하지만, 나도 그 그림을 사고 싶은 생각이 들었다니까요. 게다가 그 소들은 정말 실물처럼……"

"그건 염소예요." 그녀가 조용히 말했다.

"염소요? 물론 염소죠! 난 날 놀라게 한 것에 대해서 말하려고 했던 겁니다. 그건 살아 있는 염소 바로 그 자체였습니다. 내 친구 카멘친트에게 물어보세요. 이 친구는 산의 아들이라고 해도 좋을 사람이니까요."

나는 약간 어리둥절한 채 재미있어 하며 그 대화를 듣고 있는데, 그때 이 화가의 시선이 나에게 날아와 유심히 살피는 것을 느꼈다. 그녀는 나를 오랫동안 주저하는 빛도 없이 쳐다보았다.

"산악 지방에서 오셨나요?"

"네, 그렇습니다."

"그렇게 보이는군요. 당신은 내 염소에 대해서 어떻게 생각하죠?"

"아, 정말 좋았습니다. 적어도 리하르트처럼 소로 착각하지는 않았으니까요."

"상당히 자비로우시군요. 당신은 음악가인가요?"

"아뇨, 학생입니다."

그녀는 더 이상 나하고 이야기하지 않았다. 그래서 나는 그녀를 지켜볼 여유를 찾을 수 있었다. 기다란 앞치마를 두르고 있어서 몸 매는 알 수 없었고, 얼굴은 내게는 그리 예뻐 보이지 않았다. 얼굴 형은 날카롭고 좁았으며, 눈매는 약간 엄격해 보였다. 머리는 풍성 하고 검고 부드러웠다. 나를 방해하고 거의 거부감까지 주는 것은 얼굴빛이었다. 그것은 꼭 고르곤졸라 치즈 빛을 연상시켰는데, 거 기서 녹색의 핏줄을 보았다 해도 나는 놀라지 않았을 것이다. 그렇 게 창백한 얼굴을 나는 본 적이 없었다. 때마침 공교롭게도 아틀리 에로 들어오는 아침 햇살 속에서 그녀는 놀랍게도 돌조각처럼 보였 다—대리석이 아니라, 풍화되어 하얗게 바랜 돌. 나는 여자의 얼 굴을 그런 형태로 보는 일에 익숙해져 있지 않았다. 그저 아직도 소년 같은 눈으로 그 윤기와 장밋빛 뺨, 애교 같은 것이나 찾을 뿐 이었다.

리하르트에게도 그날의 방문은 기분 좋은 것이 아니었다. 그래 서 한참 후 그가 나에게, 알리에티가 나를 그리고 싶어 한다고 말했을 때, 나는 그저 놀랐다기보다는 거의 충격을 받을 정도였다. 스케치 몇 장을 했으면 좋겠다는 것이었는데, 얼굴은 필요 없고, 내 널찍한 체형이 뭔가 전형적인 모델감이라는 소리였다.

그 얘기가 진행되기 전에, 내 전 생애를 바꿔놓고 내 미래를 확정 지어놓은 작은 사건이 하나 발생했다. 어느 날 아침 일어나보니, 내가 작가가 되어 있었던 것이었다.

리하르트가 독촉하는 바람에 나는 그저 문장 연습 삼아 우리 주위 사람들, 작은 체험들, 대화와 다른 잡다한 일을 할 수 있는 한 사실적으로 묘사해보았고, 문학과 역사에 대해서도 몇 개의 에세이를 써놓았었다.

그런데 어느 날 아침 아직 침대에 누워 있는데 리하르트가 들어오더니, 내 침대 이불 위에 35프랑을 올려놓는 것이었다. "이건 자네 거야." 그는 아주 사무적으로 말했다. 내가 머리를 짜내 온갖 추측을 다하며 질문을 퍼붓고 나자 그는 비로소 주머니에서 신문을 꺼내어 내 짧은 단편 중 하나가 인쇄되어 있는 것을 보여주었다. 그는 내 원고 중 상당수를 베껴가지고 있다가 그중 하나를 잘 아는 신문 기자에게 가져가서는 온갖 방법을 동원해 팔아먹은 것이었다. 나는 처음으로 인쇄된 내 글과 고료를 손에 받아들게 되었다.

기분이 그다지 썩 좋은 것은 아니었다. 오히려 리하르트의 지나친 배려에 짜증이 났다. 그러나 첫 출판의 자랑스러움과, 보기에도 신이 나는 돈과, 문필가로서의 명성에 대한 기대감 같은 것들이 더 강했고, 결국은 화를 눌렀다.

내 친구는 그 기자와 나를 어느 카페에서 만나게 해주었다. 그는, 리하르트가 보여준 다른 원고들을 가져도 되겠느냐고 청하면서, 다른 새 원고들도 보내달라고 부탁했다. 내 글, 특히 역사에 관한 글에는 뭔가 독특한 어조가 있는데, 그런 것들을 더 받고 싶다는 것이었다. 물론 지불은 정확하게 해준다는 것이다. 나는 그제야 사안의 중대성을 깨달았다. 그것은 내가 매일 규칙적으로 먹을 수 있으며, 지고 있는 적은 빚도 갚을 수 있다는 소리일 뿐 아니라, 할 수 없이 해야 했던 공부를 집어치우고 아마도 머지않아 내가 좋아하는 분야만 공부하면서 전적으로 내 수입에 의지해서 살 수 있다는 것을 의미했다.

그 기자가 서평을 써달라고, 새로 나온 책 몇 권을 집으로 보내왔다. 나는 탐욕스럽게 책을 읽어댔고, 일주일 동안 일에 매달렸다. 그런데 원고료는 3개월 후에 나온다는 것이었다. 이 원고료를 믿고 전보다 좀 풍족하게 돈을 써버렸기 때문에 어느 날은 드디어 동전 한 푼까지 다 써버리고 또다시 굶주림의 지경으로 떨어질 것이 불을 보듯 뻔했다. 며칠 동안은 내 방에서 빵과 커피로 때웠지만, 배고픔이 드디어 나를 식당으로 몰아넣었다. 나는 음식 값 대신 담보로 잡히려고 서평을 쓴 책 중 세 권을 들고 갔다. 전당포에는 벌써 갔었는데 값이 터무니없어서 다시 가져온 것이었다. 먹을 때는 좋았지만, 커피를 마시면서 나는 마음을 졸였다. 나는 주저하면서 계산하는 여자에게, 돈이 없으니 책을 두고 가겠다고 말했다. 그녀는 그중에서 시집 한 권을 집어 들더니 호기심에 차서 책장을 넘기며 읽어도 되겠느냐고 물었다. 읽는 것을 좋아하지만 책은 가져본 적이 없다는 것이었다. 나는 살았다 싶어서, 식사 값 대신 책을 맡기겠다고 제안했다. 그녀는 찬성하였고, 이런 식으로 15프랑어치의 책을 맡아주었다. 작은 시집은 치즈와 빵 값으로, 소설은 포도주 값으로, 단편소설집은 커피 한 잔과 빵 값으로 계산되었다. 내 기억으로 그것은 좀 격한 최신 유행 문체로 쓴 하찮은 작품이었는데, 이 마음 좋은 아가씨는 현대 독일 문학에 대해 아주 특별한 인상을 받았던 것 같다. 점심때까지 일을 끝마치고 그걸 뭔가 먹을 걸로 바꾸기 위해, 오전 중은 얼굴에 땀을 줄줄 흘리며 책 한 권을 대충대충 읽어치우고 그에 대해 몇 줄 쓰던 일을 생각하면 아직도 기분이 좋다. 리하르트에게는 내 재정난을 숨기려고 애를 썼다. 그것을 몹시 부끄럽게 여겼고, 도움을 받아도 기분은 언짢은 데다 단시일 내에 갚아야 할 것 같았기 때문이었다.

나는 나 자신을 작가로 여기지 않았다. 내가 때때로 썼던 것은 잡문이지 문학이 아니었다. 그러나 어느 날인가는 그리움과 삶을 그린 위대하고 대담한 시를 쓸 것이라는 은근한 희망을 늘 품고 있었다.

내 영혼의 환하고 맑은 거울에는 가끔 일종의 우울함이 그림자를 드리우기도 했지만 그다지 심각한 것은 아니었다. 그것은 어느 날 낮 혹은 밤에 마치 꿈같은, 은자 같은 슬픔으로 나타났다가는 흔적도 없이 사라져서, 몇 주 혹은 몇 달 후에 다시 나타났다. 나는 차츰 그 슬픔에 마치 친숙한 여자 친구처럼 익숙해졌다. 그것은 나에게 고뇌스러운 것이 아니라, 독특한 달콤함을 지닌, 들뜬 피로감 같은 것이었다. 밤에 그것이 찾아오면 나는 침대에 눕지도 않고 몇 시간이고 창가에 서서 검은 호수와 희뿌연 하늘 아래 윤곽만 드러난 산, 그 위로 아름답게 빛나는 별들을 바라보았다. 그러면 마치 그 아름다운 밤의 풍경이 나를 질책하는 것 같은, 불안스럽게 감미로우면서도 강렬한 감정에 사로잡히는 것이었다. 별과 산과 호수는, 말 없는 자신들의 아름다움과 고통을 이해하고 말로 표현해줄 어떤 사람을 찾고 있으며, 내가 바로 그 사람이고, 그 말 없는 자연을 시로 표현하는 것이야말로 내 진짜 사명인 것처럼 여겨졌다. 어떻게 해야 그것이 가능할지에 대해서는 생각해본 적이 없었다. 그저 그 아름답고 진지한 밤이 침묵으로 독촉하면서 나를 기다린다는 것만 느낄 뿐이었다. 나는 그런 기분을 쓴 적이 없었다. 그런데도 나는 그 어두운 목소리에 책임감을 느끼고, 그런 밤이 지나면 여러 날 동안 걸어서 여행을 하곤 했다. 그렇게 함으로써 말없이 애원하는 대지에게 약간의 애정을 증명해 보인 것처럼 생각되었는데, 그런 상상 후에는 또 그런 나 자신에 대해 웃곤 했다. 이런 도보 여행은 후에 내 삶의 한 근본이 되었다. 그때부터 삶의 대부분을 방랑자로 지내면서 몇 주 혹은 몇 달간을 여러 나라로 떠돌아다녔던 것이었다. 나는 호주머니에 적은 돈과 빵 한 쪽을 넣고 먼 길을 걸어가며 종일 고독하게 길 위에서 보내고, 자주 들판에서 밤을 지새우곤 했다.

글 쓰는 소동 덕분에 나는 그 여류 화가를 완전히 잊어버리고 있었다. 그런데 어느 날 그녀에게서 전갈이 왔다. "목요일 몇몇의 남녀 친구들이 차를 마시러 올 것입니다. 당신도 와주세요. 친구 분도 함께요."

우리는 가서, 작은 예술가 모임에 어울렸다. 거의 무명이거나 잊혔거나 실패한 인사들이었다. 모두들 무척 만족스럽고 명랑해 보였음에도 나는 약간의 동정심이 일었다. 차, 버터 바른 빵에 샐러드와 햄이 나왔다. 나는 거기 아는 사람도 없고 대화에 끼어들 생각도 없어서, 배고픈 김에 30분 동안이나 혼자, 다른 사람들이 차나 홀짝거리며 수다를 떠는 동안, 조용하고도 꾸준하게 먹어대고 있었다. 그래서 사람들이 하나둘씩 뭔가 먹을 것을 찾기 시작했을 때는 내가 거기 있던 햄을 거의 모두 먹어치운 후였다. 나는 음식을 담은 쟁반이 최소한 하나쯤은 더 있을 거라고 느긋하게 믿고 있던 터였다. 사람들은 낮게 웃었다. 나는 몇몇의 빈정거리는 듯한 눈길을 느끼고는 화가 치밀어 이탈리아 여류 화가와 그녀의 햄을 저주하였다. 나는 벌떡 일어나 그녀에게 짤막하게 인사를 한 뒤, 다음번에는 내 저녁은 직접 가져오겠다고 말하고는 모자를 집어 들었다.

그러자 알리에티는 내 손에서 모자를 빼앗았다. 그녀는 놀란 눈으로 조용히 나를 쳐다보면서 그냥 있어달라고 진지하게 부탁했다. 스탠드의 불빛이 명주 갓을 통해 그녀의 얼굴을 비췄다. 그때 나는 화가 나는 중에도, 갑자기 이 여인의 놀랍고도 성숙한 아름다움에 눈이 뜨이게 되었다. 나는 스스로를 매우 버릇없고 멍청하다고 느끼면서 벌을 받는 학생처럼 구석 자리에 가서 앉았다. 거기 앉아서 나는 코머 호수의 사진첩을 뒤적였다. 다른 사람들은 차를 마시고, 이리저리 돌아다니고, 마구 뒤섞여 이야기하고 있었다. 어디선가 뒤쪽에서 바이올린과 첼로의 현을 고르는 소리가 들려왔다. 커튼이 젖혀지더니 네 명의 젊은이가 즉석에서 만든 임시변통의 보면대 앞에 앉아 현악사중주를 연주할 준비를 하고 있는 것이 보였다. 이 순간 그 여류 화가가 내 옆으로 오더니 앞 테이블에 차를 올려놓고 상냥하게 고개를 끄덕이고는, 내 옆자리에 앉았다. 현악사중주가 시작되었다. 그것은 꽤 오랫동안 계속되었지만 나는 듣고 있지 않았다. 그저 눈을 크게 뜨고, 그 날씬하고 품위 있고 아름답게 차려입은 여인만을 쳐다보고 있었다. 나는 그런 그녀의 아름다움을 의심했고, 그녀가 차려놓은 것을 먹어 치워버렸던 것이다. 나는 기쁨과 불안이 뒤섞인 가운데, 그녀가 날 그리고 싶어 했다는 것을 기억했다. 그런 뒤 뢰지 기르타너와 알프스 들장미가 피어 있던 절벽을 오른 일과, 눈의 여왕 이야기를 생각해냈다. 그 모든 것이 이제는 오늘 이 순간을 위한 준비였었던 것으로 여겨졌다.

음악이 끝난 뒤에도 여류 화가는 가지 않고 내 옆에 앉아 이야기를 시작했다. 나는 은근히 기뻤다. 그녀는 최근 신문에서 읽은 내 소설에 대해 축하의 말을 했다. 그리고 젊은 아가씨 몇몇에 둘러싸여, 때때로 다른 소리가 다 묻혀버릴 정도로 호탕한 웃음소리를 내고 있는 리하르트에 대해 뭔가 농담을 하였다. 그런 뒤 그녀는 다시 나를 그리게 해달라고 청하였다. 그때 내게 어떤 생각이 떠올랐다. 나는 갖가지 대화를 이탈리아어로 끌어나갔다. 그 덕분에 남국의 생기 넘치는 눈에서 즐겁고도 놀라워하는 빛을 끌어낼 수 있었을 뿐 아니라, 그녀가 자기 나라 말로 이야기하는 것을 듣는 값진 즐거움도 누릴 수 있었다. 그 언어는 그녀의 입과 눈과 모습에 잘 어울리는 것이었다. 그 기분 좋고 우아하고 재빨리 날아가는 듯한 토스카나어에는 약간의 매력적인 사투리가 섞여 있었다. 나는 훌륭하게 말한 것도, 유창하게 말한 것도 아니었지만, 그런 것은 문제가 되지 않았다. 나는 그녀가 나를 그릴 수 있도록 다음 날 다시 오기로 했다.

"아 리베데를라(안녕)." 헤어질 때 나는 최대한 깊이 절하면서 말했다.

"아 리데베르치 도마니(안녕, 내일 만나요)." 그녀는 웃으며 고개를 끄덕였다.

그녀의 집을 떠나 나는 계속해서 걸었다. 길이 끝나고 자그마한 언덕에 다다랐다. 갑자기 그 어두운 땅이 아름다운 밤의 모습으로 내 앞에 나타났다. 빨간 등불을 단 보트 단 한 척이 호수 위를 저어 가며 검은 물 위에 불타는 듯한 진홍색 줄 몇 개를 던지고 있었다. 그 외에는 여기저기에서 좁은 물마루가 하나씩, 희미한 은빛 윤곽을 드러내며 떠오르고 있을 뿐이었다. 가까운 정원에서 만돌린 켜는 소리와 웃음소리가 들려왔다. 하늘은 거의 절반쯤 어둠에 덮여 있었고, 언덕 위로는 강하면서도 따뜻한 바람이 불어왔다.

바람이 과일나무의 가지와 밤나무의 검은 수관을 어루만지고 쓰다듬고 구부려서 신음 소리를 내고 웃고 떨게 만들듯, 뜨거운 정열이 나를 그렇게 흔들고 있었다. 언덕마루 위에서 나는 무릎을 꿇고 땅 위에 몸을 던졌다가, 갑자기 뛰어 일어나 신음 소리를 내고, 발을 쾅쾅 구르고, 모자를 내던지고, 얼굴을 풀에 비비고, 나무둥지를 흔들어대고, 울고, 웃고, 흐느끼고, 미쳐 날뛰고, 창피해하고, 행복해하고, 죽고 싶도록 괴로워했다. 한 시간이 지나자 맥이 풀리면서 불안이 엄습했다. 나는 아무것도 생각하지 않았고, 아무것도 결정하지 않았고, 아무것도 느끼지 않았다. 몽유병자처럼 언덕을 걸어 내려와 시내 절반을 배회하다가, 늦게까지 문을 열고 있는 변두리의 작은 술집을 발견하고는 습관적으로 그 안으로 들어가 바틀란트 술 2리터를 마신 뒤, 아침 무렵이 되어서야 정신없이 취해 집으로 돌아왔다.

그날 오후에 찾아간 나를 보고 알리에티는 깜짝 놀랐다.

"무슨 일이에요? 어디 아프세요? 꼴이 엉망이에요."

"뭐, 별일 아닙니다." 나는 말했다. "어젯밤에 몹시 취했었나 봐요. 그것뿐입니다. 어서 시작하시죠!"

그녀는 나를 의자에 앉히고 가만히 있으라고 말했다. 나는 진짜로 그렇게 했다. 곧 졸음이 쏟아져서는, 그날 오후 내내 아틀리에에서 쿨쿨 자버렸기 때문이었다. 내가 그런 꿈을 꾼 것은 아마 화실의 테레빈유 냄새 때문이었을 것이다. 고향 집의 작은 배에 칠을 새로 하고 있었다. 나는 그 옆의 자갈밭에 누워 아버지가 페인트 통과 붓을 다루고 있는 것을 보았다. 어머니도 거기 있었다. 내가, 어머니는 돌아가신 게 아니었냐고 묻자, 어머니는 나직이 말했다. "아니다. 내가 없으면 너도 결국 네 아버지처럼 주정뱅이가 될 테니까."

깨어나면서 나는 의자에서 굴러 떨어졌다. 그리고 내가 에르미니아 알리에티의 화실에 있다는 사실을 발견하고 어리둥절했다. 그녀의 모습은 보이지 않았지만 옆방에서 컵과 식기가 달그락거리는 소리가 들렸기 때문에 저녁 먹을 때가 된 모양이라고 추측할 수 있었다.

"깨어났어요?" 그녀가 소리쳤다.

"예. 내가 오래 잤습니까?"

"네 시간 동안요. 창피하지도 않으세요?"

"창피하죠. 하지만 아주 아름다운 꿈을 꿨습니다."

"얘기해주세요!"

"그러죠. 우선 거기서 나와서 날 용서해주신다면요."

그녀는 나왔지만, 내가 꿈 이야기를 해주기 전에는 용서할 수가 없다는 것이었다. 그래서 나는 꿈 이야기를 시작했고, 그러다 보니 잊어버렸던 어린 시절 속을 깊이 빠져 들어가게 되었다. 나는 그녀와 나 자신에게 내 어린 시절 이야기를 모두 해주었다. 내가 입을 다물었을 때 날은 완전히 어두워져 있었다. 그녀는 나와 악수를 하고, 내 주름진 옷을 바로잡아주더니, 내일 다시 모델이 되어달라고 청하였다. 나는 그녀가 오늘의 내 무례를 용서해준 모양이라고 생각했다.

그 후 며칠 동안 나는 몇 시간이고 그녀 앞에 앉아 있었다. 말은 거의 하지 않았다. 나는 마치 마술에 걸린 것처럼 그저 거기 앉거나 서서는, 목탄이 부드럽게 사각거리는 소리를 듣거나 은은한 유화물감 냄새를 맡거나 하면서, 내가 사랑하는 여인이 내 곁에 있고 그녀의 눈길이 끊임없이 나에게 머무른다는 사실만을 느낄 뿐이었다. 화실의 하얀 불빛이 벽 위로 흐르고, 졸린 듯한 파리들이 유리 위에서 웅웅거리고, 옆방에서는 알코올램프의 불꽃 소리가 들려왔다. 그렇게 앉아 있은 후에는 커피 한 잔을 대접받곤 했다.

집에서도 나는 종종 에르미니아를 생각했다. 내가 그녀의 예술을 높이 평가할 수 없다는 점이 내 정열을 감소시키거나 해치지는 못했다. 그녀 자신이 그토록 아름답고 선하고 맑고 분명한데, 그녀의 그림이 무슨 상관이 있는가? 나는 그녀의 그 부지런한 작업에서 오히려 뭔가 영웅적인 것을 보았다. 살아나가기 위해 싸우는 여인, 고요하고 참을성 있고 용감한 여주인공, 게다가 자기가 사랑하는 사람에 대해 이것저것 생각하는 것만큼 헛수고인 일은 없을 것이다. 그런 잡다한 생각들은, 수백 가지 가사가 등장하면서도 전혀 어울리지 않는 후렴이 고집스럽게 되풀이되는 민요나 군가 같은 것이었다.

내가 기억하고 있는 그 아름다운 이탈리아 여인의 모습도 그렇다. 친한 사람보다는 처음 보는 사람에게서 더 잘 발견되는 여러 가지 자잘한 특징들이 나에게는 하나도 명확하게 생각나지 않는다. 나는 그녀 머리 모양이 어땠는지, 그녀가 어떤 옷을 입었는지, 심지어는 그녀의 키가 컸는지 작았는지도 알 수가 없다. 그녀 생각을 할 때면, 검은 머리에 우아한 두상, 그렇게 크지는 않지만 꿰뚫어 보는 듯한 눈, 창백하지만 생기에 넘치는 얼굴, 그리고 몹시 성숙한 느낌의 작고 아름다운 입만이 떠오를 뿐이다. 그녀와, 그녀를 사랑했던 그 시절을 생각하면, 따뜻한 바람이 호수 위로 불어오던, 내가 울고 환호하고 외치며 날뛰던 그 언덕 위에서의 그날 저녁이 으레 떠오른다. 그리고 내가 지금 이야기하려는 어느 날 저녁의 일도.

그 여류 화가에게 어떻게든 고백을 하고 그녀의 사랑을 구해야 한다는 것이 확실해졌다. 그녀와 멀리 떨어져 있었다면 그저 그녀를 흠모하면서 입을 다문 채 그녀로 인한 고통을 맛보고만 있었을 것이다. 하지만 거의 매일 그녀를 보고, 함께 이야기하고, 악수를 하고, 그녀의 집에 드나들면서 언제나 심장이 가시에 찔린 듯한 느낌을 갖고 있어야 한다는 것을 나는 더 이상 견딜 수가 없었다.

예술가들과 그 친구들이 주최하는 조촐한 여름 축제가 열리던 날이었다. 그것은 부드럽고 나른한 한여름 날 저녁, 호숫가의 한 아름다운 정원에서였다. 우리는 포도주와 얼음물을 마셨고, 음악을 들었고, 나무 사이에 걸린, 긴 화환으로 장식된 붉은 종이 등을 바라보았다. 우리는 지껄이고, 농담을 던지고, 웃고, 드디어는 노래까지 불렀다. 어떤 초라한 젊은 화가는 낭만적인 척하면서, 괴상한 베레모를 쓰고 난간 옆에 드러누워 목이 긴 기타를 뜯고 있었다. 몇몇 유명한 예술가들은 아예 오지 않았거나, 왔더라도 노인들 곁에서 눈에 띄지 않게 앉아 있었다. 몇몇 나이든 부인들이 가벼운 여름옷 차림을 하고 떼를 지어 나타났고, 다른 여자들은 평상복 차림으로 돌아다녔다. 좀 나이 들고 못생긴 여대생 하나가 내 눈에 거슬렸다. 그녀는 짧게 자른 머리 위에 남자용 밀짚모자를 쓰고는, 시거를 피우며 독한 포도주를 마셨고, 큰 소리로 줄곧 떠들어댔다. 리하르트는 여느 때처럼 젊은 아가씨들 곁에 있었다. 이런 왁자지껄한 가운데에서도 나는 평온을 유지하며, 술은 거의 마시지 않고 알리에티를 기다렸다. 그녀는 그날 나와 보트를 타겠다고 약속했던 것이다. 그녀는 정말 나에게 와서 꽃 몇 송이를 선사했고, 함께 작은 쪽배에 올라탔다.

호수는 기름을 부은 듯 매끄러웠고, 어둠에 싸여 아무 빛깔도 없었다. 나는 가벼운 쪽배를 재빨리 저어 잔잔한 호수 멀리 나아갔다. 그러면서 줄곧 내 건너편에 앉은 늘씬한 여인을, 편안하고 기분 좋게 뱃머리에 기대어 바라보았다. 높은 하늘은 아직 푸른빛을 띠고 있었고, 희미한 별들이 차례차례 떠오르기 시작하였다. 호숫가 여기저기서 음악 소리와 정원의 떠들썩한 소리가 들려왔다. 조용한 물 위로 노가 찰싹거리는 소리가 울렸다. 다른 보트들이 어둠 속에 여기저기 떠 있을 뿐, 고요한 물 위에는 아무것도 보이지 않았다. 그러나 나는 거기에는 전혀 신경을 쓰지 않았다. 그저 시선을 그녀에게 못 박은 듯 고정시키고는, 마치 무거운 쇳덩이처럼 마음을 짓누르는 사랑의 고백만을 생각하고 있을 뿐이었다. 아름답고 시적인 그 저녁의 풍경, 작은 배 위에 앉아 있다는 것, 별들, 나른하고 고요한 호수와 다른 모든 것들이 내 가슴을 죄여왔다. 그 한가운데서 나는 이제 센티멘털한 장면을 연출해야 했기 때문이었다. 둘 다 입을 다물고 있었던 터라, 나는 그 깊은 고요에 답답하고 불안해져서 힘껏 노를 저어 나갔다.

"당신은 정말 튼튼하군요!" 그녀가 진지하게 말했다.

"뚱뚱하단 말씀입니까?" 나는 물었다.

"아뇨, 난 근육 얘기를 하는 거예요." 그녀는 웃었다.

"예, 튼튼하긴 하지요."

이건 별로 그럴 듯한 시작이 아니었다. 나는 우울해지고 슬퍼져

서 계속 노를 저었다. 잠시 후 나는 그녀에게, 뭔가 자기 인생의
얘기를 들려달라고 청했다.

"무슨 얘기를 듣고 싶으세요?"

"전부 다요." 나는 말했다. "연애 이야기라면 제일 좋겠지요.
그러면 그 뒤에 내가 내 유일한 연애 이야기를 들려드리겠습니다.
아주 짧고도 아름다운 거라 틀림없이 즐거우실 겁니다."

"그렇겠네요! 그 얘기를 해주세요!"

"아뇨, 당신 먼저요! 내가 당신에 대해 알고 있는 것보다, 당신
이 나에 대해 알고 있는 게 더 많지 않습니까. 당신이 한 번이라도
진심으로 사랑에 빠진 일이 있는지, 아니면 내 걱정대로, 그러기에
는 너무나 현명하고 자존심이 강한지 알고 싶군요."

에르미니아는 잠시 생각에 잠겼다.

"그것도 당신의 낭만적인 생각 중의 하나군요" 하고 그녀는 말
했다. "이런 밤 어두운 물 위에서 여자에게 이야기를 시키다니 말
예요. 하지만 유감스럽게도 할 수가 없네요. 당신네 시인들은 뭐
든지 아름다운 말로 표현하면서, 자기감정을 별로 말하지 않는 사
람은 그런 마음이 하나도 없는 거라고 즉시 믿어버리는 데 익숙해
져 있죠. 하지만 나에 대해서는 그렇게 생각하지 마세요. 세상에
나보다도 더 열렬하게 사랑할 수 있는 사람은 없을 테니까요. 나는
이미 결혼한 남자를 사랑하고 있어요. 나에 대한 그 사람의 사랑도
그에 못지않을 거예요. 하지만 우리가 합쳐질 수 있을지는, 우리도

모르겠어요. 우리는 편지를 쓰고, 가끔 만나기도 하고……"

"그 사랑이 당신을 행복하게 만드는지 아니면 비참하게 만드는지 물어봐도 되겠습니까? 아니면 그 둘 다입니까?"

"오, 사랑이란 우리를 행복하게 만들기 위해 있는 게 아녜요. 그건 우리가 고통과 인내 속에서 얼마나 견딜 수 있는지를 알려주기 위해 있는 거라고 생각해요."

나는 그 말을 이해했다. 그리고 대답 대신 입에서 나지막한 한숨 같은 것이 흘러나오는 것을 숨길 수가 없었다.

그녀는 그 소리를 들었다.

"아." 하고 그녀는 말했다. "당신도 벌써 그걸 알고 있나요? 아직 이렇게 젊은데도! 나한테 고백해보실래요? 마음이 내킨다면 말예요."

"다음 기회에 하죠, 알리에티 양. 나는 오늘 기분이 좋지 않습니다. 당신까지도 그런 기분으로 만들고 싶지는 않군요. 이제 돌아갈까요?"

"좋으실 대로요. 우리가 대체 얼마나 멀리 왔죠?"

나는 더 이상 대답하지 않고, 철썩 소리가 나게 노로 물을 헤치며 북동풍이라도 받은 듯 방향을 돌렸다. 보트가 물 표면을 재빨리 가르며 나갔다. 비탄과 수치심의 소용돌이가 끓어오르는 중에, 나는 내 얼굴 위로 굵은 땀방울이 솟아나면서 그 즉시 얼어붙는 것을 느꼈다. 하마터면 무릎을 꿇고 사랑을 고백하다가 모성적인 우정까지도 거절당하는 구애자 노릇을 할 뻔했다는 생각이 들자 등골이 오싹해졌다. 최소한 그런 비참한 꼴은 면한 셈이었다. 나는 미친 듯이 노를 저어 돌아갔다.

내가 호숫가에서 짤막하게 작별인사를 하고는 그녀를 혼자 남겨 두고 떠나자, 그 아름다운 여인은 약간 놀라는 것 같았다.

호수는 여전히 잔잔하고 음악은 경쾌했으며, 종이 등은 여전히 축제 분위기의 붉은색이었지만, 이제 내게는 이 모든 것들이 바보 같고 우스꽝스러웠다. 특히 음악이 그랬다. 넓은 비단 띠가 달린 기타를 아직도 뽐내듯이 메고 있는, 벨벳 옷 입은 녀석을 떡이 되도록 두들겨 패주고 싶었다. 불꽃놀이도 여전히 준비된 채로 있었다. 이 얼마나 유치한가!

나는 리하르트에게 몇 프랑을 빌려서 모자를 깊이 눌러쓰고는 도시를 벗어나 멀리멀리 걸어가기 시작했다. 몇 시간이고, 졸음이 올 때까지, 그리고 나는 어떤 풀밭에 드러누웠지만, 몇 시간 후 이슬에 젖어 깨어났고, 뻣뻣하게 얼어붙은 채 가까운 마을로 갔다. 이른 아침이었다. 토끼풀 베는 사람들이 길거리에 먼지를 일으키며 지나갔고, 잠에서 덜 깬 하인들이 외양간 너머를 놀란 눈으로 쳐다보고 있었다. 어디서나 농부들의 분주한 여름일이 시작되고 있었다. 너는 농부나 되었어야 했다, 하고 나는 스스로에게 말했다. 나는 수치스러운 기분으로 마을을 지나 녹초가 되도록 떠돌다가 해가 뜨거워진 후에야 나 자신에게 휴식을 허락하였다. 어린 너

도밤나무 옆 시든 잔디밭 위에 몸을 던진 나는 따뜻한 햇볕 안에서 깊은 낮잠에 빠져들었다. 깨어났을 때는 머리가 온통 풀냄새로 가득했고, 사랑스러운 신의 땅에 오랫동안 누워 있었던 사지는 기분 좋게 나른했다. 그 축제와 보트 놀이와 다른 모든 것들이 마치 몇 달 전에 읽은 소설처럼 슬프고 희미하게 느껴졌다.

　나는 사흘을 계속 밖에 머물면서 햇볕에 몸을 태우고, 이대로 고향으로 가서 아버지의 농사일이나 도와드려야 하지 않을까를 심각히 생각했다.

　물론 그 후로도 그 고통은 오래 계속되었다. 도시로 돌아온 뒤 처음에는 그 여류 화가를 마치 페스트나 되듯 피했는데, 그것도 오래가지는 못해서, 후에 그녀가 나를 보고 말을 걸어올 때마다 내 목구멍으로는 비참한 느낌이 치밀어 오르곤 했다.

4

아버지가 당시에 성공하지 못했던 일을, 이제 이 사랑의 슬픔이 해냈다. 나를 주정뱅이로 만든 것이었다.

내가 지금까지 이야기했던 일 중 다른 어떤 것보다도 더 내 인생과 내 존재에 중요한 것이 바로 술이었다. 그 강하고도 달콤한 술의 신은 내 충실한 친구였으며, 지금도 역시 그렇다. 누가 그처럼 강할 것인가? 누가 그처럼 아름답고, 환상적이고, 열광적이고, 매혹적이며 우울할 것인가? 그는 영웅이며 마법사다. 그는 에로스의 인도자이며 형제다. 그는 불가능한 것을 가능하게 한다. 가난한 인간의 마음을 아름답고 놀라운 시로 가득 채워준다. 그는 은자이고 농부인 나를 왕으로, 시인으로, 예언자로 만들어준다. 텅 비어버린 인생의 배에 새로운 운명을 짐 지우고, 조난자를 위대한 인생의 급한 물살 속으로 되돌려 보내준다.

술이 바로 그렇다. 술은, 값진 선물이나 예술과 같은 것이다. 그것은 사랑받고, 요구되고, 이해받고, 애써 구해야 되는 것이다. 그렇게 할 수 있는 사람은 많지 않다. 그래서 술이 수많은 사람을 멸망시킨다. 그는 그들을 늙게 만들고, 그들을 죽이고 혹은 그들 정신의 불꽃을 꺼버린다. 그러나 그는 자기가 사랑하는 사람들은 축제로 초대하고, 영화로운 섬으로 가는 무지개 다리를 만들어준다. 그들이 피곤할 때 머리 밑에 베개를 놓아주고, 슬픔에 사로잡혀 있을 때 친구처럼, 위로하는 어머니처럼 포근하게 살며시 껴안아준다. 그는 삶의 혼란스러움을 위대한 신화로 바꾸어놓고, 힘찬 하프로 창조의 노래를 연주한다.

또한 그는 어린아이와 같다. 비단결 같은 기다란 곱슬머리와 좁은 어깨와 날씬한 팔다리를 가진 어린아이다. 그는 당신의 가슴에 기대어 그 조그만 얼굴을 당신의 얼굴에 가까이하고, 그 사랑스럽고 큰 눈으로 놀란 듯, 꿈꾸는 듯 바라본다. 그 눈 안에는 파라다이스의 기억과, 잃어버릴 수 없는 신의 천진무구함이, 숲 가운데서 솟아난 샘물처럼 촉촉하게, 빛나며 물결친다.

그 달콤한 술의 신은 봄날의 밤에 수런거리며 깊이 흐르는 물줄기와 같다. 또한 태양과 폭풍을 거센 파도 위에 놓고 흔들어대는 바다와도 같다.

술은 자기가 사랑하는 사람들과 함께 이야기할 때면, 비밀과 추억과 시와 예감의 바다가 쏟아지듯, 엄습하듯 그들을 감싼다. 낯익은 세계가 줄어들고 사라져버리면, 영혼은 불안한 환희에 잠겨, 모르는 세계의, 길도 없는 지평으로 던져진다. 그곳은 모든 것이 낯설고, 모든 것이 믿음직하고, 음악과 시와 꿈의 언어가 말해지는 곳이다.

그럼, 이제 이야기를 해야겠다.

나는 몇 시간이고 나 자신을 잊은 채 명랑하게 굴거나, 공부하거나, 쓰거나, 리하르트의 음악을 들을 수 있게 되었다. 하지만 고통 없이 지나간 날은 단 하루도 없었다. 고통은 종종 밤에 침대 속으로도 엄습해 들어와, 나를 한숨짓게 하고, 뒤척이게 하고, 결국은 울다 잠들게 했다. 혹은 알리에티를 만나고 있을 때 솟아나기도 했다. 그러나 대체로는 늦은 오후, 아름답고 나른하고 사람을 피곤하게 만드는 여름 저녁에 일어났다. 그러면 나는 호수로 가서 보트를 타고는, 온몸에 열이 나고 지쳐빠질 때까지 노를 젓곤 했다. 그런 다음이면 집에 가는 일이 불가능했다. 그래서 나는 술집이나 음식점으로 들어갔다. 거기서 여러 가지 포도주의 맛을 보면서 마시고 생각하고 하다가 다음 날은 반쯤 환자가 되어 있기 일쑤였다. 그럴 때마다 참담한 비참함과 혐오감에 휩싸여 다시는 술을 마시지 않겠다고 결심하곤 했다. 그리고 나서도 다시 나가 술을 마시는 것이었다. 차츰 나는 포도주의 맛과 효과를 구별하게 되었으며, 일종의 지각을 가지고 그것을 즐기게까지 되었다. 마침내 나는 진홍빛 벨트린에 정착하기로 했다. 그 술의 첫 잔은 쏩쓸하고 자극적이지만, 곧 내 생각을 흐릿하게 만들어 고요하고 끊임없는 꿈속으로 끌고 간다. 그러고 나서는 마술을 부리고, 창조하고, 시를 쓰기 시작하는 것이다. 그러면 내 주위에, 지금까지 내가 좋아했던 모든 전원 풍경이 화려한 조명 안에서 떠오르고, 내 스스로가 그 안에서 방랑하며 노래하고, 따뜻하고 신나는 인생이 내 안에서 솟아오르는 것을 느끼게 된다. 그리고 언제나 나중에는, 바이올린으로 민요가 연주되는 것을 듣고, 내가 어디에선가 커다란 행복을 지나쳐버리고 놓쳐버렸다는 것을 알면서 기분 좋은 슬픔에 빠져드는 것으로 끝이 맺어진다.

혼자 홀짝이는 일이 자연스럽게 줄어들면서 내게는 술친구가 늘어나게 되었다. 사람들에게 둘러싸이게 되자 즉시 술은 내게서 다른 효과를 냈다. 나는 말이 많아졌지만 흥분하지는 않았고, 오히려 묘하게도 뭔가 서늘한 열기를 느꼈다. 내 본성 중 그때까지 전혀 드러나지 않았던 부분이 하룻밤 새에 꽃피어났는데, 정원용 화초나 관상용 꽃이 아니라 오히려 엉겅퀴나 가시쐐기풀 같은 것이었다. 그와 동시에 소위 그 언변과 함께 날카롭고 냉정한 정신이 생겨나 나를 확실하고 사려 깊고 비판적이며 냉소적으로 만들었다. 내 눈앞에 거슬리는 사람이 있으면 나는 부드럽고 교활하게, 곧이어 거칠고 집요하게 그에게 계속해서 야유를 퍼붓고 화나게 만들어서는, 자리를 뜨게 했다. 어렸을 때부터 인간이란 것이 도대체 내게는 사랑스럽지도, 필요하지도 않은 존재였는데, 이제는 비판적으로 냉소적으로까지 바라보기 시작한 것이었다. 나는 특히, 인간의 태도에 대해 몹시 냉정하게, 꼼꼼하면서도 풍자적으로 묘사하면서 몹시 조롱하는 내용의 작은 이야기들을 쓰거나 들려주는 일을 즐겨 했다. 인간을 이렇게 경멸하는 태도가 어디에서 나오는지 나는 알지 못했다. 그러나 그것은 곪을 대로 곪은 종기처럼 내 존재 안에서 솟아나와 오랜 세월 동안 없어지지 않고 있었다.

그러던 어느 날 저녁, 나는 홀로 앉아 또다시 산과 별과 슬픈 음악에 대한 꿈을 꾸었다.

그 주일에 나는 술집에서의 대화를 토대로 하여 우리 시대의 사회와 문화와 예술을 관찰한 결과를 작고 독설적인 한 권의 책으로 썼다. 꽤 열심히 공부를 계속했던 역사에서도 자료를 차용했는데, 그것은 내 풍자에 일종의 든든한 배경이 되어주었다.

이 작업으로 인해 나는 꽤 큰 신문에 고정적인 일거리를 얻게 되었고, 그 수입으로 먹고 살 수가 있게 되었다. 곧이어 전에 써두었던 단상도 단행본으로 출판하여 제법 성공을 거두었다. 이제 나는 어문학 공부를 팽개쳐버렸다. 가장 높은 학년인 데다 독일 신문과도 관련을 갖게 되었으니, 지금까지의 이름 없는 가난뱅이의 실세에서 제법 알려진 인물들의 그룹으로 올라서게 되었다. 내 빵을 내가 벌게 되자 나는 부담스러운 장학금을 거부하였다. 그리하여 돛을 활짝 펴고 하찮은 직업 작가로서의 경멸스러운 삶을 향해 항해를 시작했다.

그 성공과 내 자만심에도 불구하고, 그 풍자와 내 사랑의 아픔에도 불구하고, 나에게는 언제나 어린 날의 따뜻한 광채가 기쁨과 우울함 안에 놓여 있었다. 그 모든 아이러니와 대단치 않은 권태에도 불구하고 나는 꿈속에서 늘 어떤 목표와 행복과 완성을 내 앞에 보고 있었다. 그것이 어떤 것이어야 하는지는 몰랐다. 그저 인생이 내게 언젠가 한 번은 어떤 특별한, 웃음 가득한 행복을, 명성을, 어쩌면 사랑을 발아래 가져다주고, 내 그리움을 채워주고, 내 존재를 향상시켜줄 것이라고 느끼고 있을 뿐이었다. 나는 아직도 귀부인이나 결투에 이긴 기사나 큰 명예 같은 것을 꿈꾸는 어린아이였던 것이었다.

나는 내가 이제 상승세를 타고 있다고 믿었다. 나는 지금까지 겪었던 모든 일들이 우연에 지나지 않으며, 내 존재와 인생에는 아직도 깊은 독자적인 토대가 세워져 있지 않다는 사실을 모르고 있었다. 나는 또한, 사랑으로도 명성으로도 채워질 수 없는 어떤 그리움 때문에 내가 그리워하고 있다는 사실도 모르고 있었다.

그래서 나는 사소한, 약간은 위태로운 내 명성을, 젊음의 모든 즐거움과 함께 즐겼다. 좋은 술과 영리한 사람들에게 둘러싸여 앉아 있는 것, 내가 이야기하기 시작할 때 그들의 얼굴이 진지하고 주의 깊게 나에게로 향하는 것을 보는 일은 기분 좋은 일이었다.

때때로, 이 모든 영혼들이 얼마나 큰 동경에 사로잡혀서 구원을 갈망하고 있으며, 그 동경이 그들을 얼마나 기이한 길로 인도하는지가 나를 놀라게 하였다. 신을 믿는다는 것은 어리석고 거의 품위 없는 짓으로 치부되었다. 그 대신 믿음은 수많은 이름들과 그들의 가르침으로 쏠렸다. 쇼펜하우어, 부처, 차라투스트라 등등. 세련된 건물 안의 조각이나 그림 앞에서 정중하게 예배를 올리는, 젊은 무명 시인들도 있었다. 그들은 하느님 앞에서 절하는 것은 수치스러워 했지만, 오트리콜리의 제우스 상 앞에서는 기꺼이 무릎을 꿇었다. 금욕을 함으로써 스스로를 괴롭히고 하늘의 벌을 자청하는 고행자들도 있었다. 그들의 신은 톨스토이나 부처였다. 근사하고 조화로운 융단, 음악, 음식, 술, 향수, 담배 같은 것들을 통해 우쭐한 기분을 느끼고 싶어 하는 예술가들도 있었다. 그들은 음악의 선율이니 색채의 조화니 뭐 그런 것들에 대해 허풍스럽게 단정해가며 유창하게 떠벌여댔다. 그러면서 어디서나 '개성적인 특색'을 노리는 것이었는데, 대부분은 사소하고 하찮은 자기기만이나 광기였다. 그 모든 발작적인 코미디들이 나에게는 재미있고 웃기는 것이었지만, 때때로 그 안에서 얼마나 진지한 그리움과 진실한 영혼의 힘이 불타오르고 꺼져갔는가를 발견하고는 묘한 전율을 느끼곤 했다.

당시 내가 놀라워하고 즐거워하면서 사귀었던, 공상적이고 허풍스럽고 유행의 첨단을 걷던 시인과 예술가와 철학자 중 뭔가 주목할 만한 인물이 될 사람을 나는 하나도 알지 못했다. 그 가운데 나와 동갑인 북부 독일 사람이 하나 있었는데, 작은 체구에 부드럽고 온순한, 호감 가는 인물이었고, 예술적인 문제에 대해서는 뭔가 섬세하면서도 날카로운 면이 있었다. 그는 장래 대시인이 될 것이라는 평을 받고 있었다. 나는 그가 몇 번 자신의 시를 낭송하는 것을 들은 적이 있다. 내 기억으로는 뭔가 진귀한 향기로움과 영혼으로 가득 찬 아름다움이 깃들어 있었던 것 같다. 아마도 그는 우리들 중 진정한 시인이 될 수 있었던 유일한 사람이었는지도 모른다. 나는 후에 우연히 그에 대한 짧은 이야기를 듣게 되었다. 이 지나치게 민감한 남자는 문학적인 실패 한 번에 겁을 집어먹고, 사람들 앞에 나서기를 꺼려하여 어느 돈 많은 예술 애호가의 보호 아래로 들어갔다. 이 예술 애호가는 그를 격려하고 이성을 되찾게 하기는커녕, 금세 망쳐놓고 말았다. 시인은 이 부자의 별장에서, 그의 신경질적인 마누라와 함께 미학에 대한 얼빠진 허풍이나 떨면서 자신이 불운의 영웅이라는 망상에 사로잡혀 있다가, 순수한 쇼팽의 음악과 전(前) 라파엘로적 황홀경 같은 것에 잘못 빠져들어 이성을 잃어버리고 말았다는 것이다.

괴상한 옷차림과 머리 모양을 한 시인들과, 훌륭한 정신을 가졌다는 미숙한 인간을 생각할 때면 나는 연민과 혐오밖에는 느낄 수가 없다. 이런 그룹에 속하는 일의 위험성은 나중에야 알았다. 그때는 내 산골 태생의 농부 기질이 거기에 끼어드는 것을 막아주고 있었다.

그러나 명예와 술과 사랑과 지혜보다도 더 복되고 고귀했던 것은 나의 우정이었다. 인생을 어렵게만 살아가는 내 타고난 짐을 덜어준 것도, 내 젊은 날을 싱싱하게, 새벽 여명처럼 밝게 지탱해준 것도 결국에는 우정이었다. 나는 오늘날에도, 이 세상에 남자들 사이의 명예롭고 두터운 우정보다 더 값진 것은 없다고 생각한다. 내가 어느 날 사색에 잠겨 젊은 날의 향수 같은 것에 휩싸여 있게 된다면, 그건 바로 내 대학 시절의 우정 때문일 것이다.

에르미니아에게 빠진 뒤로 나는 리하르트에게 약간 소홀해졌다. 처음에는 그것을 의식하지도 못했지만, 몇 주가 지난 후에 갑자기 깨닫게 된 것이다. 나는 그에게 고백했다. 그는 내 불행을 짐작하고 가슴 아파하며 지켜보고 있었노라고 실토했다. 나는 다시 그와 진심 어린 관계, 질투도 하는 그런 관계를 새롭게 이어나갔다. 당시 내가 뭔가 즐겁고 자유로운 삶의 태도를 가지고 있었다면, 그것은 전적으로 그의 덕분이었다. 그는 육체와 영혼이 모두 아름답고 밝았다. 삶은 그에게 어떤 그늘도 드리우지 못했다. 그 시대의 아픔과 혼란을 그는 현명하고 민감한 어른으로서 잘 알고 있었지만, 그것이 그에게 상처를 주지는 못했다. 그의 걸음, 그의 말, 그의 존재 전체가 조화로웠고 기분 좋았으며 사랑스러웠다. 오, 그의 그 웃음이란!

내가 술에 집착하는 것을 그는 거의 이해하지 못했다. 그는 때때로 나와 함께 술집에 갔으나, 두 잔만 마시면 그만이었고, 내가 마구 퍼마시는 것을 놀라면서 바라볼 뿐이었다. 하지만 내가 우울에 빠져 고민하며 헤어나지 못하고 있는 것을 보면 그는 내게 음악을 들려주고, 책을 읽어주거나, 산책 길에 끌고 나갔다. 둘이서 작은 소풍을 갈 때면 우리는 종종 어린 소년들처럼 까불어댔다. 하루는 어느 따뜻한 오후, 숲이 우거진 계곡에 누워 솔방울을 서로 던지면서 「경건한 헬레네」의 시구절에 감정이 풍부한 멜로디를 붙여 노래하고 있었다. 물살 빠른 맑은 시냇물이 우리 귓가에 유혹하는 듯한 소리를 울리며 흘러갔다. 우리는 결국 옷을 벗고 차가운 물속에 드러누웠다. 그때 그가 코미디를 연기해보자는 아이디어를 냈다. 그는 이끼 낀 바위 위에 앉아 로렐라이 노릇을 하고, 내가 뱃사공이 되어 작은 배를 저어 가는 것이었다. 그러면서 그가 정말 젊은 처녀처럼 부끄러워하는 표정을 지으며 얼굴을 찌푸렸기 때문에, 지극한 비탄에 젖은 시늉을 해야 했던 나는 웃음을 그칠 수가 없었다. 그때 갑자기 목소리가 들리고 오솔길에 행인들의 모습이 나타나서, 우리는 벌거벗은 채 튀어 일어나 냇가 뒤로 급히 몸을 숨겨야 했다. 아무것도 모르는 행인들이 우리 곁을 지날 때, 리하르트는 온갖 기묘한 소리를 다 동원해 꿀꿀거리고, 끽끽거리고, 쉭쉭거렸다. 사람들이 깜짝 놀라 두리번거리며 물속까지 들여다보아서, 우리는 곧 발견될 지경이었다. 그때 내 친구가 은신처에서 몸을 반쯤 솟구쳐 올리고는, 분개하고 있는 사람들을 쳐다보며 굵은 목소리에 마치 신부님 같은 말투로 말하였다. "주의 평화가 여러분과 함께!" 그런 다음 즉시 다시 몸을 감춘 그는 내 팔을 쿡 찌르며 말했다. "이것도 일종의 말놀이야."

"무슨 말놀이?" 내가 물었다.

"목양 신이 목자들을 놀라게 하는 거지" 하고 그는 웃었다. "그런데 유감스럽게도 여자분들이 있더라니까."

내 역사 공부에도 그는 별로 관심을 갖지 않았다. 그러나 내가 아시시의 성 프란체스코를 거의 흠모하는 데에는 곧 공감하였다. 비록 가끔 그에 대한 농담을 던져 나를 분개하게 만들기는 했지만. 우리는 그 복 받은 성자가 마치 사랑스러운 어린아이처럼 감격에 찬 명랑한 모습으로, 움브리아 지방을 방황하며, 경건하게, 겸허한 사랑에 가득 차서 모든 사람에게 하느님을 전파하는 것을 상상해 보았다. 우리는 그가 쓴 불멸의 「태양 송가」를 함께 읽고, 거의 욀 정도가 되었다. 언젠가 우리가 호수의 증기선을 타고 뱃놀이에서 돌아오는 길에, 저녁 바람이 금빛 호수 위로 물결을 일으키는 것을 보고 그가 나직이 물었다. "그 성자가 여기서는 뭐라고 말할 것 같은가?" 나는 그 성자의 말을 이탈리아어로 인용했다.

"주여 찬미하나이다. 이 상쾌한 바람을, 하늘을, 그리고 구름이 끼었거나 날이 개었거나 우리가 여기 있음을!"

우리가 싸움이라도 하게 되어 서로 모욕적인 말이 오가게 되면, 그는 반쯤은 야유조로, 마치 학교 다니는 아이 같은 태도로 갖가지 기묘한 별명을 나에게 퍼부어, 내가 웃음을 터뜨리며 화를 풀지 않을 수 없게 만들었다. 내 친구는 자기가 좋아하는 음악을 듣거나 연주할 때에만 비교적 진지해졌다. 그러나 그런 때조차도 그는 뭔가 장난을 하느라고 분위기를 깰 수 있었다. 그렇지만 예술에 대한 그의 사랑은 순수하고 진실한 것이었으며, 진실한 것을, 의미심장한 것을 향한 그의 감수성은 확실한 것으로 보였다.

그는, 자기 친구 중 하나가 고민에 빠지면 위로해주고, 곁에 있어주고, 기분을 북돋아주는 부드럽고 훌륭한 기술을 터득하고 있었다. 내가 기분이 나빠 있는 것을 발견하면 그는 사소한 일화풍의 수많은 이야기를 기이하리만큼 친절한 어조로 들려주었는데, 그 어조 안에는 뭔가 마음을 진정시키고 기분을 상쾌하게 해주는 것이 있어서, 나는 거의 저항을 할 수가 없었다.

그는 나에 대해서 약간의 존경심을 갖고 있었다. 내가 그보다 진지한 탓도 있었지만, 그보다 훨씬 내 육체적인 힘이 그를 감탄시켰다. 자기쯤은 한 손으로 눌러 죽일 수 있을 정도의 친구를 갖고 있다는 것을 그는 다른 사람들 앞에서 허풍스럽게 자랑하곤 했다. 그는 육체의 힘과 민첩함을 중요시해서, 나에게 테니스를 가르쳤고, 함께 노를 젓고 수영도 했으며, 승마에 데려갔고, 당구는 내가 거의 자기만큼 잘할 수 있게 될 때까지 쉬지 않고 상대해주었다. 당구는 그가 가장 좋아하는 놀이였다. 그는 당구를 칠 때면 고수답게 기교적이었을 뿐 아니라, 유난히 쾌활해지고 농담을 잘했다. 그는 자주 세 개의 당구공에 우리가 아는 사람들의 이름을 붙인 뒤 공이 굴러가고 멀어지고 할 때마다 위트와 빈정거림과 희화적인 비유로 가득 찬 이야기를 만들어냈다. 그러면서도 그는 조용히 가볍게, 무엇보다도 우아하게 당구를 치는 것이어서, 그런 그를 지켜보는 것은 큰 즐거움이었다.

내 잡문에 대해 그는 나보다도 더 평가에 인색했다. 어느 날 그는 내게 말했다. "이봐, 난 자네를 언제나 시인으로 여겨왔고, 지금도 그래. 하지만 그건 그 잡문 때문이 아니라, 자네 안에 뭔가 아름답고 심오한 게 있고, 그게 언젠가는 분출될 것이라는 사실을 (내가) 알고 있기 때문이야. 그때는 정말 진정한 시가 탄생되겠지."

그러는 동안 몇 학기가 마치 손가락 사이로 동전이 빠지듯 흘러가버리고, 리하르트가 집으로 돌아가야 할 때가 왔다. 약간은 무리한 방종으로 우리는 줄어드는 날을 즐겼고, 마침내 그 쓰라린 이별에 앞서 뭔가 빛나고 화려한 계획을 세워 이 아름다운 몇 해를 즐겁고 뜨겁게 마감해야 한다고 결정하게 되었다. 나는 베른의 알프스 산맥으로 등반 여행을 가자고 제안했으나, 때는 아직 초봄이어서 산을 타기에는 너무 일렀다. 내가 다른 제안거리를 찾느라고 머리를 쥐어짜고 있는 동안, 리하르트는 자기 아버지에게 편지를 보내 나를 깜짝 놀라고 기쁘게 할 계획을 세우고 있었다. 어느 날 그는 거액의 수표를 들고 와서는, 자기 길잡이가 되어 북부 이탈리아 지방으로 같이 여행가지 않겠느냐고 초대를 해왔다.

내 심장은 불안함과 기쁨으로 뛰었다. 소년 시절부터 품어왔고, 수천 번을 꿈꿔왔던, 그 열렬했던 소망이 드디어 실현되려는 참이었다. 나는 열에 들뜬 듯 잡다한 것들을 준비하고, 내 친구에게 이탈리아어 몇 마디를 가르치고, 마지막 날까지 혹시 이 모든 것이 수포로 돌아갈지도 모른다는 걱정에 사로잡혀 있었다.

짐을 먼저 부치고 우리는 기차를 탔다. 푸른 들판과 언덕이 흔들리며 지나갔고, 우른 호수와 고트하르트 산이 나타나더니 테신 지방의 산간 부락과 시내와 석회암 언덕과 눈 덮인 산봉우리가 보였고, 평평한 포도원들과 그 안의 검은 돌집들이 비로소 나타나기 시작했다. 이 기대에 찬 여행은 호수를 지나 풍요로운 롬바르디아 평원을 거쳐 시끄럽고 활기에 찬, 기묘하게 매혹적이면서도 뭔가 거부감이 드는 밀라노를 향했다.

리하르트는 밀라노의 대성당에 대해 한 번도 상상해본 적이 없었다. 그저 그것이 유명한 대형 건축물이라는 것만 알고 있었다. 그가 실망하고 격분하는 것을 보는 일은 유쾌했다. 그는 처음의 놀라움에서 벗어나 유머 감각을 되찾자, 지붕 위로 올라가서, 어지간히 혼란스럽게 서 있는 석상들 사이를 거닐어보자는 제안을 했다. 우리는 그 고딕식 첨탑 위에 서 있는 수백 개의 불운한 성자 석상이 그다지 나쁘지는 않다고 만족스럽게 평가했다. 왜냐하면 그것들 대부분은, 적어도 새것들은 공장에서 쏟아져 나온 평범한 제품들이었기 때문이었다. 우리는 4월의 오후가 데워놓은 널찍하고 비스듬한 대리석판 위에 거의 두 시간을 누워 있었다. 리하르트는 나에게 기분 좋게 고백했다. "자네, 아나. 난 근본적으로 이런 실망을 맛보는 데 반대하지는 않아. 이 정신 나간 대성당 같은 거 말야. 여행 내내 나는, 우리가 보고 압도당하게 될 어떤 위대한 것에 대해 은근히 걱정하고 있었거든. 그런데 정말 친근하면서도 인간적으로 우스꽝스럽게 일이 시작되지 않나!" 그러면서 그는 우리 주위에 서 있는 혼란스러운 돌조각 인물들을 두고 바로크적인 공상에 빠져들었다.

"아마." 그는 말했다. "저기 저 제일 높은 꼭대기, 본 탑 위에 있는 게 아마 제일 계급도 높고 고귀한 성자일 거야. 그런데 저렇게 뾰족한 탑 위에서 균형을 잡으려고 애쓰며, 마치 줄 타는 광대 조각처럼 영원히 서 있어야 한다는 게 그 얼마나 터무니없는 일인가. 그러니 때때로 제일 높은 성자를 구원해서 하늘나라로 올려 보내는 게 당연하지 않겠나. 그런데 그럴 때마다 얼마나 굉장한 구경거리가 생기겠나 생각해봐! 그렇게 되면 자동적으로 나머지 성자가 정확히 순서에 따라 한 자리씩 올라간단 말야. 모두들 앞자리 성자가 있는 뾰족탑 위로 커다랗게 껑충 뛰어오를 테고, 모두들 굉장히 서두르는 데다가, 아직도 자기 앞에 서 있는 다른 성자들을 몹시 부러워할 거 아닌가."

그 후로 나는 밀라노에 갈 때마다 그날 오후를 떠올리고, 수백 개의 대리석 성자가 한꺼번에 껑충 뛰는 것을 상상하며 씁쓸하게 웃음 짓는다.

제노바에 갔을 때 나는 커다란 애정 안에서 풍족해지는 기분이었다. 환하고 바람 부는 날, 정오가 갓 지난 때였다. 나는 널찍한 성벽에 팔을 짚고 서 있었다. 내 뒤로는 아름다운 색채의 제노바가 있었고, 내 밑에는 거대하고 푸른 물결이 밀려들고 있었다. 그것은 바다였다. 이 영원하고 변치 않는 바다는, 어두운 울부짖음과 알 수 없는 그리움을 나에게 던지고 있었다. 나는 내 안에서 뭔가가 이 푸르고 거품 넘치는 물결과 영원히 맺어지고 있음을 느꼈다.

끝없는 바다의 수평선은 또한 나를 강력하게 사로잡았다. 나는 또다시 어린 시절에서처럼, 아득하고 푸른 피안이 마치 열려 있는 문처럼 나를 기다리고 있는 것을 보았다. 나는 인간과 도시와 건물 안에서가 아니라 낯선 지방으로의 방랑과 바다 위에서의 항해 안에서 살아가도록 태어났다는 느낌이 또다시 들었다. 나 자신을 신의 품안에 던져 내 작은 생명을 무한하고 영원한 것과 결합시키자는, 내 오래된, 슬픈 소망이 어두운 중동과 함께 내 안에서 솟아올랐다.

라팔로에서는 생전 처음으로, 짭짤한 소금물을 맛보고 물결의 위력을 느끼며 바다에서 수영하는 데 성공했다. 사방 어디에나 푸르고 맑은 물결, 담황색의 바다 바위, 깊고 고요한 하늘, 영원하고 거대한 파도 소리가 있었다. 미끄러져 가는 배와 검은 돛과 하얀 돛, 혹은 멀리 지나가는 증기선의 가느다란 연기 같은 것도 점차로 나를 사로잡았다. 내가 가장 좋아하는, 쉼 없는 구름을 제외하면, 점점 작아지다가 열려 있는 수평선 안으로 스며 들어가는, 까마득히 먼 곳으로 항해하는 배처럼 그리움과 방랑을 아름답고도 엄숙하게 나타내는 그림을 나는 알지 못한다.

우리는 피렌체로 갔다. 내가 수백 가지 그림에서 보고 수백 번 꿈꾸었던 그 모습으로 그 도시는 거기 있었다 — 밝고, 널찍하고, 살기 좋고, 수많은 다리가 걸려 있는 푸른 강이 흐르고, 형태도 선명한 언덕들이 둘러싸고 있었다. 팔라초베키오 궁전의 뾰족한 탑이 밝은 하늘을 날카롭게 찌르며 서 있었고, 아름다운 피에솔레 거리는 높은 곳에서 따뜻한 햇볕을 받으며 하얗게 놓여 있었다. 언덕마다 과일나무 꽃들이 희고 붉게 피어 있었다. 활달하고 친밀한 토스카나의 삶은 나에게는 거의 기적처럼 보였다. 나는 곧 집에 있는 것보다 더 고향에 온 것 같은 기분이 되었다. 낮 동안은 성당에서, 광장에서, 좁은 길에서, 회랑에서, 시장에서 어슬렁거리다가 저녁이 되면 벌써 레몬이 피어 있는 언덕 위 정원에서 공상에 잠기거나, 작고 소박한 술집에서 술을 마시고 지껄여대며 보냈다. 그러는 동안에도 화랑이나 박물관, 도서관, 수도원, 성물실 등에서 행복하고 풍요로운 시간을 보냈고, 오후에는 피에솔레, 산 미니아토, 세티냐노, 프라토 같은 곳도 돌아다녔다.

집에서 이미 해두었던 약속대로 나는 리하르트를 일주일 동안 혼자 남겨두고, 풍요롭고 푸른 움브리아 구릉지대를 돌아다니면서, 내 젊은 시절의 가장 고귀하고 화려했던 방랑을 즐겼다. 나는 성 프란체스코의 거리를 걸었고, 오랜 시간 그가 내 곁에서 함께 방랑하는 것을 느꼈으며, 깊이를 알 수 없는 사랑의 감정에 사로잡혀,

마주치는 모든 새와 샘물과 들장미에게 감사와 기쁨의 마음과 인사를 건넸다. 나는 햇빛이 빛나는 언덕에서 레몬을 따 빨아 먹기도 하고, 노래하거나 시를 짓기도 했고, 부활절에는 내 마음속 아시시 성인의 성당에서 미사를 드리기도 했다.

움브리아를 돌아다녔던 그 여드레가 내 젊은 시절의 절정이며, 아름다운 노을 같은 것이었다는 생각이 든다. 매일매일 내 안에서는 샘이 솟아났고, 밝고 화려한 봄날의 시골 풍경에서 하느님의 부드러운 눈길을 나는 보는 듯했다.

움브리아에서 나는 '하느님의 악사'인 성 프란체스코를 추모하며 그의 흔적을 뒤따랐다. 피렌체에서는 15세기의 생활양식에 대해 상상하는 것을 끊임없이 즐겼다. 나는 전에 이미, 현대적 삶의 형태에 대한 풍자를 쓴 적이 있었다. 그러나 피렌체에서 나는 현대 문화의 초라한 우스꽝스러움을 비로소 느끼게 되었다. 그곳에서 처음으로, 나는 이 사회에서의 영원한 이방인이 될 것이라는 예감을 했다. 또한 그것에서 처음으로 내 안에서, 내 삶을 내가 속한 사회가 아니라 가능하면 남쪽 지방 멀리에서 꾸려나가고 싶다는 소망이 생겨났다. 거기서 나는 사람들과 사귈 수 있었고, 거기서는 솔직한 삶의 자연스러움이 나를 언제나 기쁘게 만들어주었다. 그 삶에는 고전적 문화와 역사의 전통이 세련되고 고상하게 들어 있었다.

우리는 아름다운 몇 주를 행복하고 빛나게 보냈다. 리하르트가 그렇게 들뜨고 매혹된 것을 나는 본 적이 없었다. 우리는 원기 왕성하고도 기분 좋게 그 아름다움과 즐거움의 잔을 비웠다. 우리는 멀리 떨어진, 햇볕 내리쪼이는 언덕 위의 마을들을 돌아다녔고, 술집 주인들, 수도사들, 시골 처녀들, 자그마하고 낙천적인 시골 신부들과 친구가 되었다. 그들의 소박한 잡담에 귀를 기울이고, 햇볕에 그을린 귀여운 아이들에게 빵과 과일을 먹여주고, 봄의 광휘 속에 빛나는 토스카나의 높은 산과 멀리서 반짝이는 리구리아 바다를 바라보았다. 우리는 둘 다, 그 행복이 하나의 새롭고 풍요로운 삶을 맞이하는 전조라는 강한 느낌을 가지고 있었다. 일과 싸움과 즐거움과 명성이 우리 앞에 너무나 가까이, 확실하게, 빛나며 놓여 있어서 우리는 느긋하게 그 행복한 날들을 만끽할 수 있었다. 눈앞에 다가온 이별도 가볍고 일시적인 것으로 보였다. 우리는 서로가 서로에게 절대로 필요한 존재이며, 평생 동안 서로에게 변함없을 것이라는 사실을 확신하고 있었기 때문이었다.

이상이 내 젊은 날의 이야기다. 뒤돌아보면, 마치 한여름 밤처럼 짧게 느껴진다. 약간의 음악, 약간의 재능, 약간의 사랑, 약간의 자만—하지만 그것은 엘로이시우스 축제처럼 아름답고 풍요롭고 다채로운 것이었다.

그리고 그것은 바람 앞의 촛불처럼 갑자기, 가련하게 꺼졌다.

취리히에서 나는 리하르트와 작별했다. 그는 나에게 키스하기 위해 두 번이나 기차에서 내렸고, 기차가 떠날 때에도 창문 밖으로 내다보며 내게 부드럽게 고개를 끄덕여 보였다.

그로부터 2주 후, 그는 남부 독일의 보잘것없는 작은 강에서 수영하는 도중 빠져죽었다. 나는 그를 보지도 못했고, 그가 묻힐 때 거기 있지도 못했다. 나는 며칠 후에야, 그가 이미 관에 들어가 땅에 묻히고 난 뒤에야 그 모든 소식을 들었다. 그 소리를 듣자 나는 방바닥에 온몸을 내던지고 누워, 하느님과 삶을 저주하고 모욕하는 저속하고 험한 말을 퍼붓고, 울고, 미쳐 날뛰었다. 나는 그때서야, 그 몇 해 동안 내가 유일하게 확실히 소유했던 것이 내 우정이었다는 사실을 깨달았다. 그런데 이제 그것이 사라진 것이었다.

매일같이 수많은 추억이 나를 쫓아다니고 숨 막히게 만드는 그 도시에 더 이상 있을 수가 없었다. 앞으로 무슨 일이 닥치든 내게는 매한가지였다. 나는 영혼의 뿌리까지 병들어 있었고, 살아간다는 것이 두려웠다. 내 찢겨진 존재를 다시 추스르고, 새로운 돛을 달고, 남자로서 맞게 되는 더욱 혹독한 운명을 헤쳐 나아갈 전망이 당분간은 희미해 보였다. 신은 내가, 내 존재의 가장 뛰어난 점을 순수하고 고귀한 우정에 바치기를 바라셨던 것 같다. 마치 두 척의 빠른 배처럼 우리는 서로서로 물결을 헤치고 나아갔었다. 리하르트의 배는 화려하고 가볍고 행복하고 사랑스러운 것으로 내 눈에 비쳤었다. 나는, 그가 나를 아름다운 목적지로 함께 데려가줄 것이라고 믿었다. 그러나 그는 짧은 비명과 함께 침몰했고, 나는 갑자기 어두워진 물 위에서 키를 잃은 채 떠다니게 된 것이었다.

나는, 그 혹독한 시련을 이겨내고, 별을 향해 방향을 돌려, 인생의 월계관을 얻기 위해 새로운 항해를 시작하고 싸워야 하도록 운명 지워졌을 것이었다. 나는 우정과 여인의 사랑과 젊음을 믿었다. 그러나 그들은 차례차례 나에게서 떠나갔다. 왜 나는 신을 믿고, 그의 힘센 손에 나를 맡기지 않았던가? 그러나 나는 일생 동안 어린아이처럼 겁 많고 고집이 세었으며, 언제나 어떤 특별한 삶이 폭풍처럼 내게 와서 나를 지혜롭고 부유하게 만들어주고, 그 커다란 날개 위에 무르익은 행복을 가져다주기만을 바라고 있었다.

그러나 현명하고 검소한 삶은 침묵한 채 나를 몰아갔다. 그것은 내게 폭풍도 별도 보내지 않았으며, 내가 다시 초라해지고 인내심이 강해져 내 고집을 꺾기를 기다리고 있었다. 그것은 내가 거만하고 잘난 척하는 코미디를 계속하도록 내버려두었고, 달아난 어린애가 어머니를 다시 찾을 때까지 기다리고 있었다.

5

겉으로는 지금까지보다 더 활기차고 다채로워 보이는 인생이 시작되었다. 아마 얇은 통속소설 한 권쯤은 되었을 것이다. 우선 내가 내 펜과 내 험한 입에 너무 많은 자유를 주었기 때문에, 사람들이 나를 헐뜯고 욕하게 되었다는 것도 말해야 할 것이다. 내가 술고래 소리를 듣게 되고, 결국에는 모종의 음모에 의해 그 자리를 쫓겨나 특파원이랍시고 파리로 보내졌다는 것도 알려야 할 것이다. 그 저주스러운 곳에서 집시처럼 방랑하고 게으름을 피우며 독한 담배를 이것저것 피워대게 되었다는 것도 고백해야 할 것이다.

혹시 내가 그 기간에 대해 독자들에게 입을 다물고 그냥 지나가 버린다면, 그건 내가 비겁해서가 아니다. 나는 내가 연거푸 잘못된 길로 들어, 모든 더러운 일을 보았고 그 안에 뛰어들었었다는 사실을 고백한다. 보헤미안의 낭만이라는 개념은 그 이후 내게서 없어졌다. 독자들은 아직까지 내 삶 안에 남아 있던, 뭔가 순수하고 선한 것을 내가 지키고 있다는 것, 그 잃어버린 시간은 잃어버린 대로 밀어 놓아둔 것을 양해해야 할 것이다.

어느 저녁 나는 부아의 숲에 혼자 앉아, 내가 지금 파리를 떠나야 할 것인가, 아예 이 세상을 떠나야 할 것인가를 곰곰 생각하고 있었다. 그러면서 나는 참으로 오랜만에 내 삶 전체를 돌아보고, 내가 별로 잃을 만한 것도 가지고 있지 않다는 결론에 도달했다.

그러나 그때 갑자기 날카로운 기억 안에서 오래전에 지나버린, 오래도록 잊고 있던 어떤 날이 떠올랐다—어느 이른 여름 아침, 산에 둘러싸인 집, 내가 옆에 무릎 꿇고 있었고, 어머니는 침대 위에 누워 죽음의 고통과 싸우고 있었다.

나는 내가 그토록 오랫동안 그날의 일을 잊고 있었다는 데 놀랐고 부끄러워했다. 바보 같은 자살 생각은 사라졌다. 진지하고, 완전히 탈선하지 않은 사람이라면, 건전하고 선한 생명이 스러지는 것을 눈앞에서 본 적이 한 번이라도 있는 사람이라면, 스스로 목숨을 끊을 수는 없다고 믿었기 때문이다. 나는 어머니가 숨을 거두는 것을 다시 한 번 보았다. 나는 그 얼굴에서, 그 얼굴을 고귀하게 만드는 죽음의 진지하고 고요한 작업을 다시 한 번 보았다. 죽음은 냉혹한 것이었지만, 뛰쳐나간 아이를 집으로 맞아들이는 인자한 아버지처럼 다정하고 자비로운 것이기도 했다.

나는 갑자기 다시, 죽음은 우리의 현명하고 좋은 형제라는 것을 깨달았다. 그는 올바른 때를 알고 있으니, 우리는 확신을 가지고 그를 기다려도 좋을 것이다. 나는 또한 고통과 절망과 우울은, 우리를 망치고 쓸모없게 만들기 위해서가 아니라, 우리를 성숙시키고 정화시키기 위해 있는 것이라는 사실을 이해하기 시작했다.

여드레 후 짐은 바젤로 부치고, 나는 아름다운 남프랑스 지방을 도보로 여행했다. 하루하루 시간이 지나자, 그 비참했던 파리에서의 날들, 그때의 추억들이 무슨 악취처럼 나를 따라오다가 점점 흐려져서 안개처럼 흩어지고 말았다. 나는 성에서 밤을 지새우기도 하고, 물방앗간이나 헛간 속에서 자기도 하고, 검게 탄 말 많은 시골 청년들과 함께 뜨뜻해진 포도주를 마시기도 했다.

비쩍 마르고, 지쳐빠지고, 검게 그을리고, 내면적으로도 많은 변화를 겪은 채 나는 두 달 후 바젤에 도착했다. 그것은 내 숱한 여행 중에서도 가장 긴 여행이었다. 로카르노와 베로나 사이에도, 바젤과 브리크 사이에도, 피렌체와 페루지아 사이에도, 내가 먼지 쌓인 장화를 신고 두세 번씩 돌아다니지 않은 길은 거의 없었다—나는 그때 많은 꿈을 품고 있었지만, 그중 이루어진 것은 하나도 없다.

나는 바젤 교외에 방을 하나 빌리고, 짐을 푼 뒤 일을 시작했다.

나를 아는 사람이 하나도 없는 조용한 도시에 산다는 것이 유쾌했다. 몇몇 신문과 잡지에 계속 일거리가 있었기 때문에 일할 것, 먹을 것은 있는 셈이었다. 처음 몇 주는 기분 좋게 조용히 지나갔지만, 그 후 점차 옛날의 슬픔이 되살아나 며칠씩, 몇 주일씩 들러붙어 있었고, 일하는 중에도 사라지지 않았다. 우울증이 뭔지 직접 겪어보지 않은 사람은 이해하지 못한다. 그걸 어떻게 설명해야 할까? 나는 무서운 고독감에 사로잡혔다. 나와 다른 사람, 도시의 삶, 광장들, 집들, 거리들 사이에는 거대하고 넓은 간격이 있었다. 몹시 불행한 일이 일어나고, 아주 중요한 일이 신문에 실린다—이런 것들은 나하고는 전혀 상관이 없었다. 축제가 열리고, 죽은 사람이 묻히고, 시장이 서고, 콘서트가 개최된다—왜? 뭘 위해서? 나는 밖으로 뛰쳐나가 숲과 언덕과 시골길을 헤매 다녔다. 내 주변에는 침묵하고 있는 초원과 나무와 밭들이 아무 불평도 없이 슬픔 속에서 나를 말없이 애원하는 듯 바라보았고, 나에게서 뭔가를 구하고, 나에게 말을 걸고, 나에게 인사하기를 원하고 있었다. 그러나 그들은 거기 그대로 서서 아무 말도 할 수 없었고, 나는 그들의 고통을 느끼며 스스로도 고통스러워했다. 나는 그들을 구원해줄 수가 없었기 때문이었다.

나는 내 고통을 알리기 위해, 그것을 꼼꼼히 적은 글을 들고 의사를 찾아갔다. 그는 그것을 읽고, 질문을 하고, 나를 진찰했다.

"당신은 부러울 정도로 건강합니다." 그는 나를 추켜세웠다.

"육체적으로는 아무 문제가 없어요. 책을 읽거나 음악을 들으면서 기분 전환을 해보시죠."

"나는 직업상 매일 새로운 책을 많이 읽고 있습니다."

"어쨌든 야외로 나가서 몸을 좀 움직여보는 것도 좋겠지요."

"나는 매일 서너 시간씩 걷습니다. 시간이 나면 적어도 그 두 배는 걷고요."

"그렇다면 사람들하고 좀 어울리셔야겠군요. 당신은 인간을 꺼리는 증상을 일으킬 위험이 있습니다."

"무슨 상관이 있습니까?"

"상관이 많이 있지요. 사람들하고 교제하는 게 싫어질수록 사람들을 봐야 할 필요가 더 많습니다. 현재 상태는 아직 병적이라고 볼 수는 없고, 내게도 그리 심각해 뵈지는 않는군요. 하지만 그렇게 소극적으로 배회하기만 하는 태도를 버리지 않는다면 결국에는 균형을 잃을 수도 있습니다."

의사는 이해심 많고 친절한 사람이었다. 나는 그의 동정심을 불러일으켰다. 그는 내게 한 교수를 소개해주었다. 그 교수는 상당히 지적이고 문학적인 생활을 하고 있는데, 그의 집에는 사람들이 많이 모여들었다. 나는 그곳으로 갔다. 사람들은 내 이름을 알고 있었으며, 모두 사랑스럽고 따뜻했다. 나는 거기에 자주 들르게 되었다.

어느 늦은 가을 저녁 나는 그 집으로 갔다. 한 젊은 역사학자와, 검은 머리의 몹시 마른 아가씨가 있었다. 그 외에는 손님이 없었다. 아가씨는 차 끓이는 기계를 작동시키면서 말을 많이 했는데, 그 역사학자에게는 냉소적이었다. 그런 뒤 그녀는 피아노를 약간 쳤다. 그러고 나서 내게, 내 풍자소설을 읽었지만, 전혀 재미가 없더라고 말했다. 영리한 것 같았지만, 좀 지나치게 똑똑한 체하는 것 같았다. 나는 곧 집으로 돌아왔다.

그러는 동안, 내가 술집에 자주 드나드는 숨은 주정뱅이라는 소문이 점차 퍼졌다. 나는 전혀 놀라지 않았다. 이런 소문은 지식층의 여자와 남자 사이에서 즉시 만연하게 마련이기 때문이다. 그 창피스러운 발견은 내 교제에 전혀 해를 끼치지 않았을 뿐 아니라 오히려 인기를 더해주었다. 당시는 마침 사람들이 금주운동에 열중해 있던 때라, 신사숙녀들은 모두 금주 연합에 가입해 있던 차에 그들의 손에 떨어진 죄인을 보고 기뻐했기 때문이었다. 어느 날 드디어 은근한 공격이 시작되었다. 술집 생활의 불명예, 알코올 중독의 저주스러움, 그리고 위생적·윤리적·사회적 위치를 고려하라는 점 등이 설교되었고, 한 금주 연합의 회합에 가입하라는 초대가 있었다. 나는 말할 수 없이 놀랐다. 도대체 그런 연합이나 그런 운동이 있다는 데 대해 그때까지 아는 바가 전혀 없었기 때문이었다. 그 회합은 음악과 종교적인 의식까지 갖춘, 지독히도 웃기는 것이었다. 나는 그런 인상을 감추려 하지 않았다. 몇 주 동안 나는 끈적끈적한 배려에 시달렸다. 이 모든 일들이 내게는 굉장히 따분한 것이었다. 어느 날 저녁 사람들이 또다시 똑같은 타령을 해대며 내가 개심하기를 간절히 바라기에, 나는 자포자기하여 제발 나를 그렇게 끊임없이 들볶지 말아달라고 힘차게 잘라 말했다. 그 젊은 아가씨도 거기 있었다. 그녀는 내 말을 주의 깊게 듣더니 진심으로 말했다. "브라보!" 그러나 나는 그 말에 주의를 기울이기에는 너무나 기분이 상해 있었다.

그런 관계로 나는 그 금주 연합의 떠들썩한 잔치에서 일어났던 사소하고 우스꽝스러운 사건을 더욱 기분 좋게 즐기면서 지켜보았다. 이 막강한 연합의 수많은 회원들이 교수의 집에 모여 회의를 열고 잔치를 베풀었다. 연설을 하고, 우정을 맺고, 합창단이 노래하고, 이 훌륭한 일의 발전을 굉장한 환호성으로 축복하는 자리였다. 그런데 술도 없는 연설이 너무 오래 계속되자 기수로 고용된 사람이 슬쩍 근처의 선술집으로 빠져나갔다. 축제의 시위 행렬이 길거리로 나섰을 때, 신나게 술 취한 기수가 선두에 서서 이끌고 있는 이 고무적인 행렬의 광경을, 기쁨에 차서 술 마시는 심술궂은 죄인들은 한껏 즐겼다. 기수의 팔에서는 푸른 십자가가 그려진 깃발이 마치 난파선의 돛대처럼 흔들리고 있었다.

술을 퍼마셨던 그 고용인은 곧 쫓겨났다. 그러나 각 경쟁 단체나 위원회 안에서 생겨나서는 늘 득의만면하게 확장되어가는 인간들의 허영심, 질투심, 음모 같은 것들은 쫓아낼 수가 없었다. 운동은 와해되었다. 공명심에 불타는 몇몇 사람들이 모든 명성을 혼자 누리고 싶어서, 자기들 쪽으로 돌아서지 않는 모든 주정뱅이들에게

욕설을 퍼부어댔고, 명성 같은 것은 바라지 않는 점잖고 이기심 없는 동료들을 모욕적으로 부려먹었다. 그리하여 즉시, 이상적인 간판 밑에서도 얼마나 더러운 인간성의 악취가 하늘을 찌를 듯한지를, 근처에 있던 사람들에게 모두 보여주는 상황이 되었다. 이 모든 희극을 나는 나중에야 제삼자를 통해 들었는데, 은근히 기분이 좋았고, 술 마시고 밤늦게야 집으로 돌아오는 길에 이런 생각을 많이 했다. 봐라, 그러니 우리 미개인들이 훨씬 더 나은 인간이 아니냐.

라인 강변에 있는 내 작고 높은, 전망 좋은 방에서 나는 열심히 공부하고 사색했다. 삶이 나를 그저 스쳐 지나간다는 것, 어떤 격렬한 물결도 나를 휩쓸지 못한다는 것, 어떤 격한 열정이나 관심도 나를 들뜨게 해서 그 몽롱한 꿈에서부터 깨어나게 하지 못한다는 것에 나는 절망하고 있었다. 나는 매일매일 먹고살기 위한 일을 하는 외에, 초기 프란체스코 교단 수도사들의 삶을 그린 작품을 준비하고 있었다. 그러나 그것은 창작이 아니라 자료 수집에 불과했을 뿐이어서 내 욕구를 채워주지 못했다. 나는 취리히와 베를린과 파리를 회상하면서, 동시대인들의 본질적인 소망과 정열과 이상을 밝히는 일을 시작했다. 어떤 사람은, 지금(地錦) 가지의 가구와 양탄자와 의상을 다 버리고 인간을 자유롭고 더 아름다운 환경에서 살게 해야 한다고 주장했다. 어떤 사람은 헤겔의 일원론을 대중적인 책과 강연을 통해 전파하느라고 애쓰고 있었다. 또 어떤 사람들은 세계의 영원한 평화를 유지하는 것이 노력할 가치가 있는 일이라고 여기고 있었다. 또 어떤 사람들은 굶어 죽어가는 하층민들을 위해 싸우거나, 민중을 위한 극장이나 박물관을 세워야 한다고 모여서 연설하고 있었다. 그리고 여기 바젤에서는 알코올이 싸움의 상대였다.

이 모든 노력들 안에는 삶과 충돌과 움직임이 있었다. 그러나 그 중 어느 하나도 내게 중요하고 필요한 것은 없었다. 그 모든 목적이 하루아침에 달성된다 하더라도 나나 내 삶을 전혀 움직이지 못했을 것이다. 나는 아무런 희망 없이 의자에 파묻혀, 책과 잡지들을 밀쳐놓은 채 생각하고 또 생각했다. 그러면서 창문 밖으로 라인 강이 흐르는 소리와 바람이 술렁이는 소리를 듣고, 어디에나 숨어 있는 크나큰 우울과 향수의 언어에 귀를 기울이는 것이었다. 나는 창백한 밤하늘의 구름이 놀란 새들처럼 후드득 하늘을 날아가는 것을 보았고, 라인 강이 서성이는 소리를 들었으며, 내 어머니의 죽음과 성 프란체스코와 눈 덮인 산에 둘러싸인 내 고향과 익사한 리하르트를 생각했다. 나는 내가 뢰지 기르타너를 위해 알프스 장미를 꺾으러 바위 절벽을 기어오르는 것을 보았고, 취리히에서 책과 음악과 대화에 흥분하는 것을 보았으며, 알리에티와 함께 어두운 밤 호수를 노 저어 가는 것을 보았고, 리하르트의 죽음을 도저히 믿지 못해 하는 것을, 여행을 떠나고 다시 돌아오는 것을, 기분이 나아졌다가 다시 비참해지는 것을 보았다. 왜? 무엇을 위해서? 오, 하느님, 그 모든 것이 그저 하나의 놀이이며 우연이며 그림에 불과했단 말인가? 내 안에서는 늘 그리움과 사랑의 어두운 파도가 소용돌이치지 않았던가? 그 모든 것이 아무것도 아니었다! 나에게는 고통이었으며, 아무에게도 즐거움을 주지 못했다!

그래서 나는 다시 술집을 부지런히 찾았다. 램프를 끄고, 가파르고 낡은 나선형 층계를 손으로 더듬어 내려와 벨트린 술이나 바틀란트 포도주를 파는 술집에 나타났다. 그곳에서 나는 대체로 퉁명스럽고 때때로 우악스러웠음에도 불구하고, 사람들은 나를 좋은 손님으로서, 경의를 표하며 맞아주었다. 나는 거기서 늘 나를 화나게 만드는 『짐플리치스무스』 잡지를 읽고, 포도주를 마시며, 술이 나를 위로해줄 때까지 기다렸다. 그러면 달콤한 술의 신은 나를 여자처럼 부드러운 손으로 어루만지고, 온몸을 기분 좋게 나른하게 만들며, 내 방황하는 영혼을 그 아름다운 꿈의 나라의 손님으로 초대하는 것이었다.

때때로 나는 내가 사람들을 무뚝뚝하게 대하고, 그들에게 호통을 치는 일에 일종의 쾌감을 느낀다는 데 스스로도 놀라는 때가 있었다. 내가 종종 들르는 술집에서는 여자들이 나를 거친 사람, 끝없이 트집만 잡는 촌놈에 불평가라며 무서워하고 피했다. 다른 손님들과 대화라도 하면 나는 빈정거리고 무뚝뚝하게 굴어서, 자연히 사람들도 나를 그렇게 대하게 만들었다. 그럼에도 불구하고 몇몇 소수의 사람들과 술친구가 되었는데, 대체로 다 꽤 늙은, 구제불능의 죄인들이었다. 나는 그들과 때때로 저녁 내내 같이 앉아 있었으며 제법 우호적인 관계도 맺게 되었다. 그중에 소위 초로의 난폭자가 하나 있었는데, 직업은 도안가로서 여자를 싫어하고 음담패설을 잘했으며, 그야말로 제일급의 주정뱅이였다. 그와 내가 저녁에 어느 술집에서 마주치기라도 하면 그때마다 으레 폭음이 시작되었다. 우선은 실컷 떠들고 농담하고, 그러면서 붉은 포도주 한 병을 해치운다. 그런 다음 차츰 마시는 일이 위주가 되어 말은 없어지고, 서로 입을 다문 채 쭈그리고 마주 앉아, 각자 담배를 빨며 술병을 비우는 것이다. 그러는 동안 우리는 서로 견주며 술병을 동시에 새로 채우고, 반쯤은 존경과 반쯤은 악의에 찬 쾌감을 느끼며 서로 노려보았다. 늦가을 새 술이 나올 때면 우리는 함께 몇 군데 바덴산 백포도주가 나는 포도원을 돌아다녔다. 키르헨의 술집 히르센에서 그는 내게 자기의 살아온 이야기를 해주었다. 재미있고 녹특한 것이었다고 생각되는데, 불행히도 모두 잊어버렸다. 기억나는 것이라고는, 늘그막에 부렸던 어떤 술주정에 관한 이야기뿐이다. 그것은 어딘가 시골 마을 축제 때의 일이었다. 손님으로 초대되어 귀빈석에 낀 그는 신부와 읍장에게 녹초가 되도록 술을 퍼먹였다. 신부는 연설을 해야 할 참이었다. 사람들이 그를 가까스로 연단에 올려놓은 후에도 그는 거기서 횡설수설하다가 결국 끌려 내려와야 했고, 잇따라 읍장이 그 틈을 타서 뛰어올랐다. 그는 맹렬한 기세로 즉석 연설을 시작했지만, 그 힘찬 동작 때문에 갑자기 속이 거북해져서, 연설은 기묘하고 불쾌한 방법으로 끝나고 말았다는 것이었다.

　나는 후에 그 이야기와 다른 이야기들을 기꺼이 다시 들을 생각이었다. 그러나 사격 대회가 있던 저녁에 우리 사이에 대판 싸움이 벌어져서, 서로 턱수염을 잡아 뜯다가 화가 잔뜩 나서 돌아가버린 일이 생겼다. 그 후로 우리는 원수가 되어 같은 술집에서 앉아 있던 일이 몇 번 있었다. 물론 테이블은 따로따로였다. 그러나 오랜 습관에 따라 우리는 침묵한 채 서로를 노려보며 같은 속도로 마셔댔고, 마지막 손님이 가버리고 드디어는 쫓겨나게 될 때까지 앉아 있었다. 화해는 결국 이루어지지 않았다.

　내 슬픔과 무기력증의 원인에 대한 끝없는 숙고에는 별다른 성과가 없이 나는 피곤하기만 했다. 그러나 내게는, 내가 탈진되고 쓸모없어졌다는 생각은 없었다. 오히려 나는 어두운 충동에 가득 차 있고, 언젠가 때가 오면 뭔가 깊이 있고 선한 것을 창조할 것이며, 이 메마른 인생에서 적어도 한 움큼의 행복은 차지할 수 있을 것이라고 믿고 있었다. 그러나 그때라는 것이 오기는 할 것인가? 나는 쓰라린 마음으로, 내 안에는 강력한 힘이 아직 쓰여지지 않은 채 쌓여 있는 것과는 반대로, 수백 가지 인공적 자극에 의해 어거지로 예술 활동을 하고 있는 현대식의 신경질적인 예술가들을 생각했다. 그리고 또다시, 대체 어떤 악마나 장애물이 내 힘차고 팽팽한 몸에서 영혼을 잡아 묶어놓고 갈수록 무겁게 만들고 있는가 하고 고민했다. 그러면서 나는 나 자신을, 특수하고 뭔가 결함이 많은 사람으로 간주하고, 내 고통을 아무도 알지도, 이해하지도, 나 누지도 못할 것이라는 별난 생각을 하고 있었다. 우울증이라는 악마는 사람을 병들게 할 뿐 아니라 망상적이며 근시안적으로 만들고, 거의 교만하게까지 만든다. 그런 사람은 자신을, 이 세계의 고통과 수수께끼를 혼자서 어깨에 짊어지고 있는, 하이네의 저 멋대가리 없는 아틀라스인 양 착각한다. 마치 다른 사람은 아무도 자기 같은 고통을 견디지 않고, 똑같은 미로를 방황하지 않는 것처럼 여기는 것이다. 내 특성과 개성의 대부분이 나 자신의 것이라기보다는 카멘친트가의 내림이나 악습이라는 사실을, 고향에서 멀리 떨어져 고립되어 있던 나는 전혀 도외시하고 있었다.

나는 다시 몇 주에 한 번씩 그 교수 집에 드나들기 시작했다. 그리고 차츰 거기서 만나는 모두를 알게 되었다. 대부분이 여러 전공 분야의 비교적 젊은 학자들로, 독일 사람들도 많았고, 그 외에도 화가 몇 명, 음악가 약간, 부인과 딸을 동반한 시민들도 두엇 있었다. 나는 종종, 나를 귀한 손님으로 맞아주는 이 사람들이 일주일에도 서로 몇 번씩 만난다는 데 놀라면서 바라보곤 했다. 그들은 항상 뭘 그렇게 얘기하는 걸까? 그들 대부분은 틀에 박힌 사교성을 가지고 있었고, 내게는 서로 약간씩 닮아 보였다. 그것은 나 혼자만이 갖지 못했던 사교성과 균형 감각의 힘이었을 것이다. 거기에는 기품 있고 무게 있는 사람들도 있었다. 그런 사람들은 그 끝없는 모임들에 참석하면서도 그들의 싱싱함과 개성적인 힘을 전혀,

혹은 거의 잃지 않았다. 그중 몇몇과 나는 오래, 재미있게 이야기할 수 있었다. 그러나 이 사람 저 사람한테 옮겨 다니며 1분씩 머물러주고, 부인네들에게 되는 대로 찬사를 해주고, 차 한잔, 둘 사이의 대화, 피아노 연주에 똑같은 시간을 할애하면서 재미있고 기분 좋은 척한다는 것이 나에게는 불가능했다. 문학이나 예술에 대해 이야기하는 것도 끔찍한 일이었다. 사람들이 그 분야에 대해 거의 생각도 않으면서, 엄청나게 허풍을 떨고, 말도 못하게 요설을 늘어놓고 있는 광경을 나는 많이 보아왔다. 나도 함께 허풍을 떨어보기도 했지만, 하나도 즐겁지 않았고, 이런 쓸데없는 잡담은 지루하고 천박하기만 하다는 것을 알게 되었다. 그보다는 어떤 부인에게서 그 집 아이들 이야기를 듣거나, 내 여행이나 사소한 일상사나다른 현실적인 일들을 지껄이는 편이 훨씬 나았다. 그러면서 때때로 친밀감과 만족감을 느끼기도 했다. 그러나 대부분 그런 저녁의 끝 무렵에는, 술집으로 가서 벨트린 술로 목구멍의 갈증과 지겨운 권태감을 씻어버리곤 했다.

그런 모임 중 하나에서 나는 그 검은 머리의 젊은 아가씨를 다시보게 되었다. 사람들이 꽤 많이 모였는데, 음악이 연주되고 있었고, 여느 때처럼 와글거리고 있었다. 나는 구석의 램프 불빛 아래서 그림책을 들고 앉아 있었다. 토스카나의 풍경이었는데, 수백 번보아온 흔한 광고 그림이 아니라 더 친근하고 개인적으로 포착된그림으로, 대부분이 집 주인의 여행 동료나 친구들로부터 온 선물이었다. 나는 산 클레멘테의 외로운 계곡 안에 있는, 창문이 좁은 작은 돌집의 그림을 발견했다. 나는 그 집을 알아볼 수 있었다. 그 곳으로 여러 번 산책을 갔기 때문이었다. 계곡은 피에솔레에서 아주 가까웠지만 대부분의 여행객들은 거기 고적이 없다는 이유로 찾지를 않았다. 그곳은 험하면서도 기묘한 아름다움을 가진 계곡으로, 건조했고 아무도 살지 않았다. 높고 황량하고 강팍한 산 사이에 눌려, 세상에서 멀리 떨어진, 아무 발길도 닿지 않는 고독한 곳이었다.

그 아가씨가 다가와 내 어깨 너머로 들여다보았다.

"왜 그렇게 늘 혼자 앉아 계세요, 카멘친트 씨?"

나는 신경질이 났다. 남자들한테 무시당하는 것 같으니까 나한테로 왔구나, 하고 나는 생각했다.

"아니, 대답도 안 하시는군요?"

"죄송합니다, 아가씨. 하지만 무슨 대답을 해야 합니까? 나는 그러는 게 좋으니까 혼자 앉아 있는 겁니다."

"그렇다면 제가 방해를 한 건가요?"

"당신은 참 우습군요."

"고맙군요. 하지만 우습기는 매한가지인데요."

그녀는 앉았다. 나는 그 페이지를 아직 손가락 사이에 낀 채였다.

"산악 지방에서 오셨다면서요." 그녀는 말했다. "언젠가는 그곳 이야기를 당신한테서 듣고 싶었어요. 내 오빠가 그러는데, 당신네

마을에는 카멘친트라는 한 가지 성밖에 없다면서요. 그게 사실인
가요?"

"거의 그렇죠." 나는 투덜거리듯 말했다. "하지만 퓌슬리라는
성을 가진 빵집 주인도 있습니다. 술집 주인은 니데거고요."

"그 외에는 전부 카멘친트고요! 그럼 모두들 서로 친척인가요?"

"멀든 가깝든, 그런 셈이죠."

나는 화집을 그녀에게 건네주었다. 그녀는 책을 꼭 잡았는데, 나
는 그녀가 뭔가 제대로 자세를 갖추는 법을 알고 있다고 느꼈다.
나는 그녀에게 그렇게 말했다.

"칭찬하시는 건가요." 그녀는 웃었다. "하지만 꼭 학교 선생님
같군요."

"그 그림 안 보실 겁니까?" 나는 퉁명스럽게 물었다.

"아니면 치워놓죠."

"뭐가 그려져 있는데요?"

"산 클레멘테요."

"어디요?"

"피에솔레 근처예요."

"거기 가보셨나요?"

"예, 여러 번."

"계곡은 어떻게 생겼나요? 여기 있는 건 일부분이네요."

나는 생각에 잠겼다. 엄숙하고 험하면서 아름다운 풍경이 내 앞

에 떠올랐다. 나는 그것을 붙들기 위해 눈을 반쯤 감았다. 내가 입을 열기까지는 한참이 걸렸는데, 그녀가 잠자코 기다려준 것이 기분 좋았다. 내가 생각에 잠겨 있다는 것을 그녀는 깨닫고 있었다.

나는 여름날 오후의 폭염 속에 클레멘테 산이 얼마나 묵묵히, 건조하면서도 거대하게 서 있는가를 묘사했다. 피에솔레 근처에는 공장이 세워졌고, 사람들은 밀짚모자나 바구니를 짜고, 기념품과 오렌지를 팔고, 여행객들을 속이기도 하고, 그들에게 구걸을 하기도 했다. 그 아래 멀리에는 낡은 삶과 새로운 삶이 뒤섞여 있는 피렌체가 있다. 그러나 클레멘테에서는 그 두 곳이 다 보이지 않았다. 거기서는 어떤 화가도 그림을 그리지 않았고, 로마식 건물도 없었고, 역사는 그 가련한 계곡을 잊고 있었다. 그러나 그곳에서는 태양과 비가 대지와 싸우고 있었고, 기울어진 소나무가 힘들여 삶을 유지하고 있었고, 전나무 몇 그루가, 무서운 폭풍이 몰아닥치지나 않을까 싶어서 앙상한 가지를 곤두세우고 있었다. 목마른 뿌리로 지탱하고 있는 그들의 척박한 삶은 폭풍이 오면 더욱 짧아지는 것이다. 때때로 가까운 대농장에서 온 황소가 끄는 달구지가 지나가거나 한 농부의 가족이 피에솔레 쪽으로 소풍을 나오기도 했다. 그러나 그들은 그저 잠시 지나가는 손님이었다. 다른 곳에서는 그토록 경쾌하고 즐거워 보이는 농부 아내의 붉은 치마도 여기서는 방해만 될 뿐이었다. 사람들은 그 붉은 치마를 종종 오해한다.

나는 젊었을 때 한 친구와 그곳을 돌아다니며 전나무 발치에 누워 그 여윈 줄기에 기대고 있었다는 이야기를 했다. 그 기묘한 계곡의 슬프고도 아름다운 고독의 마력이 내 고향의 골짜기를 생각나게 한다는 것도 말했다.

우리는 한동안 침묵했다.

"당신은 시인이로군요." 아가씨는 말했다.

나는 얼굴을 찌푸렸다.

"난 다른 뜻이었어요." 그녀는 계속 말했다. "당신이 소설이라든가 뭐 그런 걸 쓰기 때문이 아니에요. 그보다는 당신이 자연을 이해하고 사랑하기 때문이죠. 나무가 소곤거리건 산이 태양빛에 빛나건, 다른 사람에게 무슨 상관이 있겠어요? 하지만 당신에게 삶이란 자연 안에 있고, 당신은 자연과 함께 살 수 있어요."

나는 아무도 '자연을 이해한다'고 할 수 없으며, 사람들이 아무리 찾고 구해도 거기서 오직 수수께끼만을 발견하고 슬퍼질 뿐이라고 대답했다. 햇빛 속에 서 있는 나무, 풍화된 돌, 동물, 산—그들은 각자가 하나의 인생과 하나의 역사를 갖고 있다. 그들은 살고, 고통받고, 반항하고, 즐기고, 죽어가지만 우리는 그것을 이해하지 못한다.

이야기를 하는 중에, 그녀가 참을성 있게 조용히 나를 주목하고 있다는 데 기뻐하면서 나는 그녀를 관찰하기 시작했다. 그녀의 눈은 내 얼굴에 고정되어 있었고, 내 시선을 피하지도 않았다. 얼굴은 무척 고요하고 열중한 표정이었으며, 열심히 귀를 기울이느라고 약간 긴장되어 있었다. 마치 어린애가 내 이야기를 듣는 것 같았다. 아니, 어른이 완전히 무아지경에서 이야기를 들으며 자신도 모르는 새에 어린아이의 눈을 갖게 되는 것 같았다. 관찰 도중에 나는 차츰 그녀가 매우 아름답다는 기분 좋은 사실을 발견했다.

내가 말을 그치자 아가씨도 잠자코 있었다. 그러다가 놀란 듯 벌떡 일어나서 램프의 불빛을 눈부신 듯 바라보았다.

"그런데 당신 이름이 뭐죠?" 나는 별생각 없이 물었다.

"엘리자베트예요."

그녀가 자리를 뜨자 즉시 피아노를 쳐달라는 부탁이 들어왔다. 그녀의 연주는 좋았다. 그러나 내가 앞으로 다가섰을 때, 나는 그녀가 더 이상 그렇게 아름답지 않다는 것을 깨달았다.

내가 집으로 가려고 기분 좋게 낡은 계단을 내려왔을 때, 현관에서 외투를 걸치고 있던 두 화가의 대화가 잠깐 귀에 들어왔다.

"그래, 그래, 그 친구, 저녁 내내 귀여운 리스베트랑 바쁘더군." 그중 하나가 말하면서 웃었다.

"의뭉스럽기는!" 다른 하나가 말했다. "취미가 나쁘지는 않은데 그래."

이 원숭이 같은 작자들이 벌써 그 얘기를 하고 있는 것이었다. 이 낯선 젊은 아가씨에게 내 다정한 추억과 내면의 삶의 한 부분을 공연히 내맡겼다는 생각이 갑자기 들었다. 어쩌다 그랬을까? 게다가 벌써 이 악의에 찬 험담이라니!—저 똘마니들!

나는 떠나버렸고, 몇 달 동안이나 그 집에 발길을 끊었다. 그 두 화가 중 하나를 길에서 우연히 만나 그 얘기가 나온 적이 있었다.

"왜 거기에 안 가십니까?"

"지겹게 쑥덕거리는 꼴을 더 이상 견딜 수가 없어서요" 하고 나는 말했다.

"그래요. 여자들이란!" 그 녀석이 웃었다.

"아니죠" 하고 나는 대답했다. "전 남자들을 말하는 겁니다. 특히 화가 양반들을요."

그 몇 달간 나는 엘리자베트를 길거리에서 아주 가끔, 한 번은 상점에서, 한 번은 전람회장에서 마주쳤다. 그녀는 대개 귀여운 편이었지만, 아름답지는 않았다. 그녀의 지나치게 마른 몸이 움직이는 모습은 뭔가 비범해 보였다. 그것은 대체로 멋지고 뛰어나 보였지만, 종종 약간은 과장되고 가짜같이 보일 수도 있었다. 그러나 그때 전시장에서 그녀는 뛰어나게 아름다웠다. 그녀는 나를 보지 못하였다. 나는 조용히 한쪽 구석에 앉아서 카탈로그를 넘겼다. 그녀는 내 가까운 곳, 세간티니의 커다란 그림 앞에 서서 완전히 몰두하고 있었다. 빈약한 풀밭에서 일하고 있는 시골 처녀 몇 명의 그림이었는데, 뒤로는 슈톡호른 연봉(連峯)을 연상시키는 톱날 모양의 가파른 산들이 있었고, 위에는 밝고 서늘한 하늘에, 말할 수 없이 천재적으로 그려진 상앗빛 구름이 떠 있었다. 그 기묘하게 뭉쳐지고 서로 얽힌 구름 덩어리는 첫눈에 사람을 매혹시켰다. 그것들은, 이제 막 바람에 의해 빚어지고 손질되어서, 날아올라 천천히 흘러갈 것처럼 보였다. 엘리자베트는 그 구름들을 이해하고 있음이 분명했다. 완전히 거기에 몰입하고 있었기 때문이었다. 평소에는 숨겨져 있던 그녀의 영혼이 얼굴에 떠올랐고, 크게 떠진 눈은 조용히 웃고 있었으며 조그만 입은 아이처럼 부드러워졌다. 지나치게 영리한, 고집스러운 이마의 주름은 눈썹 사이에서 퍼져 있었다. 위대한 예술 작품의 아름다움과 진실성이 그녀의 영혼을 불러일으켜 스스로 아름답고 진실되게, 숨김없이 드러났던 것이다.

나는 옆에 조용히 앉아 아름다운 세간티니의 구름과 그 앞에서 매혹되어 서 있는 아름다운 여자를 바라보았다. 그러다가 그녀가 몸을 돌려 나를 알아보고 이야기를 시작하게 되면, 그 아름다움이 다시 사라질까 두려워졌다. 나는 전시장을 재빨리, 조용히 빠져나왔다.

그때부터 말없이 자연에 대한 내 기쁨과 자연을 대하는 태도가 바뀌기 시작했다. 나는 아름다운 도시 주변을 계속해서 돌아다녔는데, 특히 쥐라 산맥의 산에 오르는 것이 좋았다. 나는 끝없이 숲과 산, 목장과 과일나무, 관목들을 보았고 무엇인가를 기다렸다. 아마도 나 자신을, 어쩌면 사랑을.

그러면서 나는 그것들을 사랑하기 시작했다. 그 고요한 아름다움을 향한 강렬한 갈망이 내 안에 생겨났다. 또한 내 안에서 깊은 생명과 동경이 어둡게 솟아나면서, 의식하고 이해하고 사랑하게 되기를 바랐다.

많은 사람들이 '자연을 사랑한다'고 말한다. 그 소리는, 어쩌다가 눈앞에 나타난 매력적인 광경을 마음에 들어 하는 일을 사양하지 않겠다는 뜻이다. 그들은 야외로 나가 대지의 아름다움에 즐거워하며 초목을 짓밟고, 꽃이나 몽땅 꺾고, 가지를 부러뜨리고는 곧 내던져버리거나, 집에 가져가 시들어가는 것을 본다. 그들은 자연을 그런 식으로 사랑한다. 이런 사랑을 그들은 날씨 좋은 일요일이면, 끄집어내고, 그런 자신들의 선한 마음에 만족해한다. 그들은 그럴 필요조차 느끼지 못할지도 모른다. '인간은 자연 중에 으뜸'이기 때문이다. 그래, 으뜸이라고!

나는 언제나 사물의 근본을 탐욕스럽게 들여다보았다. 나는 바람이 나뭇가지 끝에서 수많은 소리를 울려내고 시냇물이 협곡 사이로 두런거리며 흐르는 것에 귀를 기울였고, 고요하고 조용한 강줄기가 평원을 흐르는 소리를 들었고, 그런 소리들이 신의 목소리라는 것을 알았으며, 이 어둡고도 아름다운 언어를 이해하는 것이야말로 잃어버린 낙원을 다시 찾는 일이라는 것을 알았다. 그런 것을 적어놓은 책도 없었고, 성경에만 '피조물의 말할 수 없는 한숨'이라는 놀라운 말로 적혀 있을 뿐이었다. 그러나 나는 모든 시대에 걸쳐, 나처럼 이 이해할 수 없는 것에 사로잡혀 일상생활을 팽개친 채, 생명체의 노래를 듣기 위해, 구름의 움직임을 관찰하기 위해, 쉼 없이 그리움 속에서 영원을 향해 팔을 뻗기 위해 고요한 곳을 찾아다녔던 은자나 순교자나 성자가 있었다는 것을 알았다.

당신은 피사에 가본 일이 있는가? 캄포산토에는? 그곳에는 이미 퇴색된, 지난 세기에 그려진 벽화로 장식된 벽돌이 있는데, 그중 하나는 테베 사막의 은둔자의 삶을 묘사한 것이었다. 그 소박한 그림은 희미해진 색채와 함께 성스러운 평화의 마력을 솟아오르게 해서, 갑작스런 슬픔에 사로잡혀, 당신 죄의 더러움을 어딘가 성스러운 먼 곳으로 가서 눈물로 씻어낸 뒤 다시는 돌아오고 싶지 않다는 생각을 갖게 할 것이다. 셀 수 없이 많은 예술가들이 그들의 향수를 복된 그림으로 표현하려고 애썼다. 루트비히 리히터가 그린, 작고 사랑스러운 아이의 그림이 바로 그런 피사의 벽화와 같은 노래를 불러주고 있다. 현실주의자, 물질주의자의 친구였던 티치안이 왜 그의 선명하고 사실적인 그림들에 그토록 자주, 가장 달콤하고 아득한 푸른빛의 배경을 주었겠는가? 그것은 그저 깊은 푸른빛인 따뜻한 빛깔이 한 번 지나간 것에 불과해서, 멀리 있는 산인지 아니면 그저 무한한 공간을 의미하는 건지 알 수가 없다. 사실주의자인 티치안 자신도 그것을 몰랐다. 그는 미술사가들이 주장하는 대로, 색채 조화를 위해 그런 것이 아니었다. 오히려 그것은 이 명랑하고 행복했던 화가의 영혼 속에도 숨어 있었던, 억제하기 어려운 어떤 것에 바쳐진 것이었다. 그러니 나에게는 모든 시대의 예술이, 우리 안에 어떤 언어로 주어진 신적인 것을 말없이 추구하는 행위였다고 보이는 것이다.

성 프란체스코는 그것을 더욱 완벽하고, 아름답고, 훨씬 더 순진 무구하게 표현했다. 나는 그제서야 그를 완전히 이해할 수 있었다. 그가 모든 대지, 식물, 별, 짐승, 바람 그리고 물을, 신에 대한 그의 사랑 안에서 감싸 안았을 때, 그는 중세를 넘어서고 단테를 넘어서서 시대를 초월한 인간의 언어를 발견한 것이었다. 그는 자연의 모든 힘과 현상을 그의 사랑하는 형제요, 자매라고 불렀다. 말년에 의사들로부터 불에 달군 쇠로 이마를 지지라는 선고를 받았을 때에도, 그는 온몸을 고문해 들어오는 중병의 고통 속에서 이 무서운 쇠를 '그의 사랑하는 형제인 불'이라 반겼던 것이었다.

자연을 인간처럼 사랑하고, 그들이 속삭이는 소리를 마치 친구나 낯선 언어를 사용하는 여행 동료들의 소리처럼 듣기 시작하던 때에도 내 우울증은 치료되지 않았지만, 약간은 고귀해지고 깨끗해지는 기분이었다. 내 귀와 눈은 예리해지고, 깨끗한 소리를 구별하는 법을 배웠고, 모든 살아 있는 것들의 심장이 뛰는 소리를 좀 더 가깝게, 선명하게 듣고 언젠가는 이해하게 되기를 원했다. 그리고 어쩌면 언젠가는 그것을 시인의 언어로 표현하여 다른 사람들도 그것에 가까워지고, 모든 싱싱함, 깨끗함, 순수함의 원천을, 이성을 갖고 찾을 수 있게 만드는 은총을 받게 되기를 바라고 있었다. 그러나 아직도 그것은 희망이고 꿈이었다—나는 그것이 이루어질 수나 있는 것인지도 알 수가 없었으나, 보이는 모든 것에 사랑을 쏟아붓고, 아무것도 사소하게 취급하거나 경멸하지 않는다는, 가장 손쉬운 일부터 시작하였다.

　이런 것이 내 우울해진 삶을 얼마나 새롭게 하고 위안을 주었는지 이루 다 말할 수가 없다! 말없이 꾸준하고 잔잔한 사랑보다 세상에서 더 고귀하고 행복한 것은 없다. 내 책을 읽는 사람들 중 단 한둘이라도 이 깨끗하고 복된 재주를 내 영향에 의해 배우기 시작하게 되는 것보다 더 진심으로 내가 바라는 것은 없었다. 많은 사람들이 그런 재주를 갖고 태어나고, 살면서 알지 못하는 사이에 연습을 한다. 신이 특별히 사랑하는 사람들과, 선한 사람들과, 어린 아이들이 그들이다. 또한 많은 사람들이 힘든 삶을 사는 동안 그것을 배운다―당신은 혹시 불구자나 비참한 사람들 중에 깊이 있고 고요하고 빛나는 눈을 가진 사람을 본 적이 없는가? 당신들이 나와 내 빈약한 언어에 귀 기울이고 싶지 않다면, 사심 없는 사랑이 고통을 극복하고 맑게 해주는 그런 사람들에게 가보라.

　수많은 가난한 순교자들이 이룬 이 완성의 경지를 나는 흠모하고 있었지만, 지금에 이르러서도 아직 나는 거기로부터 까마득히 멀리 있다. 그러나 이 몇 해 동안, 내가 거기에 이르는 올바른 길을 알고 있다는 위안과 신념을 잃었던 적은 거의 없다.

　내가 언제나 그 길을 가고 있었다고 말할 수는 없다. 가는 길에 있는 벤치란 벤치에는 모두 앉아보았고, 악의 길로 잘못 빠져든 적도 없지 않았다. 두 가지 강력한 습성이 내 안에서 진실한 사랑을 방해하였다. 술을 좋아한다는 것과, 사람을 싫어한다는 것이었다.

술 마시는 양은 현저히 줄었지만, 몇 주에 한 번씩은 술의 신이 나를 유혹해, 자기 팔에 나를 끌어안았다. 길거리에 드러눕는다든가 하는 종류의 주정을 부리는 일은 한 번도 없었다. 술이 나를 사랑하고 유혹하는 건, 술의 정신이 내 정신과 친근한 대화를 나누는 정도에서 그치기 때문이었다. 그렇게 술을 마시고 난 후면 언제나 오랫동안 양심이 나를 괴롭혔다. 그러나 결국 아버지로부터 물려받은, 술에 대한 강렬한 사랑을 끊어버릴 수는 없었다. 수년 동안 나는 이 유산을 조심스럽고 경건하게 보관해서 완전히 나 자신의 것으로 만들어버렸다. 그리하여 본능과 양심 사이에서 반은 진지하게, 반은 장난으로 계약을 맺었다. 성 프란체스코의 송가 「술이여, 나의 형제여」를 종종 인용하기도 했다.

6

 내 다른 약점은 훨씬 더 심각한 것이었다. 나는 사람들 중에서 친구가 거의 없었고, 은둔자처럼 살면서 사람들 하는 일을 조롱과 경멸로 대했다.

 새로운 생활을 시작하면서도 나는 거기에 대해 전혀 생각하지 않았다. 사람은 사람한테 맡겨두고, 나의 부드러움과 신뢰와 관심을 모두 그 말 없는 자연의 삶에 바치는 것이 마땅하다고 생각했다. 처음에는 자연이 전적으로 나를 충족시켜주었다.

 밤이 되어 자리에 들다가, 오랫동안 찾아가보지 못했던 언덕과 숲과 내가 사랑하는 나무들 하나하나가 갑자기 떠오르는 때가 있다. 그들은 바람 부는 밤에 서서 선잠을 자고, 아니면 꿈을 꾸고, 탄식하고, 가지를 떨고 있을 것이다. 어떤 모습을 하고 있을까? 그러면 나는 집을 나와 어둠 속에 서 있는 그들의 흐릿한 윤곽을 보고, 놀라울 정도로 포근한 마음으로 그들을 지켜보며 그 희미한 영상을 간직하곤 했다.

당신들은 웃을지도 모른다. 이런 사랑은 잘못된 것인지는 모르겠지만, 헛된 것은 아니었다. 하지만 그 상황에서 내가 어떻게 인간에의 사랑으로 가는 길을 발견할 수 있었겠는가?

뭐든지 일단 시작하면, 가장 좋은 상황이 저절로 뒤따라오는 법이다. 내 위대한 시에 대한 아이디어가 점점 더 가까이, 가능성 있게 다가왔다. 만약에 나의 사랑이, 나를 시인으로서 숲과 강의 언어로 이야기하게끔 만들어준다면, 대체 그것은 누구를 위한 것일까? 내가 사랑하는 것들을 위해서뿐만 아니라, 무엇보다도 인간을 위해서, 내가 사랑을 가르쳐주고, 사랑으로 이끌어주고 싶은 인간들을 위해서일 것이다. 그런데 그 인간들에 대해서 나는 무례하고 냉소적이었고, 사랑이 없었다. 나는 이런 갈등과 강박에서 벗어나 사람들을 낯설어 하는 태도를 버리고 그들과 형제처럼 지내야 할 것이라고 생각했다. 그러나 내 운명과 고립감이 바로 그때 나를 완고하고 심술궂게 만들었기 때문에, 그것은 어려운 일이었다. 집이나 술집에서 좀 덜 거칠게 굴고, 길 가다 만난 사람에게 친근하게 고개를 끄덕이려고 애쓰는 일 정도로는 불충분했다. 게다가 그런 내 태도를 사람들에게 얼마나 뿌리깊이 심어놓았는지, 내가 친절하게 대하려고 노력하자 사람들은 의심스러워하고 냉정해지거나,

그것을 조롱으로 받아들이는 것이었다. 가장 고약했던 것은, 내가 유일하게 알고 지냈던 사람인 그 교수의 집에 거의 1년간이나 가지 않았다는 것이었다. 나는 무엇보다도 그의 집 문을 다시 두드리고, 어떻게든 그 집단에 발을 들여놓는 방법을 찾아봐야겠다고 생각했다.

여기에는 내가 깔보던 내 인간성이라는 것이 상당한 도움이 되었다. 내가 그 집을 생각하자마자 세간티니의 구름 앞에 아름답게 서 있던 엘리자베트가 떠올랐다. 그리고 갑자기, 그녀가 내 우울증과 향수에 얼마나 깊이 관계되어 있었던가를 깨달았다. 그리고 처음으로 나는 여자와 결혼하는 것을 진지하게 생각해보았다. 그때까지 나는 내 자신이 결혼에는 전혀 무능하다는 생각에 굳게 사로잡혀 있어서 결혼이란 것을 신랄하게 비꼬고 있었다. 나는 시인에, 방랑자에, 술꾼에, 괴짜였다! 이제 나는 내 운명이, 나를 사랑의 가능성 안에서 인간세계와 다리를 놓아주려 한다고 생각했다. 모든 것이 매혹적이었고, 확실했다! 엘리자베트가 나에게 관심을 가지고 있다는 것을 나는 보아서 느끼고 있었다. 그녀는 또한 섬세하고 고상한 성품을 가지고 있었다. 나는 클레멘테 산에 대해 말할 때, 또 세간티니의 그림 앞에 서 있을 때, 그녀의 아름다움이 얼마나 생생해졌는가를 기억했다. 나는 몇 년간 예술과 자연에서 풍성한 내면의 자산을 모았다. 그녀는 나로부터 곳곳에 숨어 있는 아름다움을 보는 법을 배울 것이며, 나는 그녀를 아름다움과 진실함으로 감싸줄 것이다. 그리하여 그녀의 얼굴과 영혼에서는 모든 혼탁함이 사라지고, 그녀의 능력이 꽃피어날 것이다. 기이하게도 나는, 내 자신의 급작스러운 변신이 얼마나 우스꽝스러운지를 전혀 깨닫지 못하고 있었다. 고독하고 괴상한 인간이었던 내가 하루아침에 결혼의 행복과 나 자신의 가정을 꿈꾸는, 사랑에 빠진 젊은이가 되어버렸던 것이다.

나는 서둘러 손님 많은 그 집을 찾아갔고, 다정스러운 비난과 함께 맞아졌다. 여러 번 그곳에 드나든 끝에 나는 엘리자베트를 다시 만났다. 오, 그녀는 아름다웠다! 그녀는 내가 내 연인으로서 상상했던 그대로의 모습이었다. 아름다웠고 행복해 보였던 것이다. 나는 몇 시간 동안 그녀 모습에 나타난 행복한 아름다움을 즐겼다. 그녀는 나를 친절히 맞아주었고, 진심으로, 친밀한 다정함으로 대해주었다. 그것은 나를 행복하게 만들었다.

◇　◇　◇

당신들은 그 호수 위, 배 안에서의 저녁, 빨간 종이 등이 있었고, 음악이 있었고, 미처 싹트지도 못한 씨앗 안에서 질식해버린 내 사랑의 고백이 있었던 그날 저녁을 기억하는가? 그것은 어느 사랑에 빠진 소년의 슬프고도 우스꽝스러운 이야기였다.

그러나 더 우스꽝스럽고 더 슬픈 것은, 사랑에 빠진 어른 페터 카멘친트의 이야기다.

　나는 그녀가 얼마 전에 약혼했다는 사실을 우연히 알게 되었다. 나는 그녀에게 축하를 하고, 그녀를 데리러 온 약혼자를 소개받아 역시 그에게도 축하 인사를 했다. 그날 저녁 나는 내내 얼굴에 기분 좋은, 보호자다운 미소를 띠고 있었지만, 그 웃음은 가면처럼 무거웠다. 거기서 나온 후 나는 숲으로도 술집으로도 달려가지 않고, 내 침대에 앉아 램프가 냄새를 풍기며 꺼질 때까지 눈을 크게 뜨고 멍청하니 바라보다가 마침내 제정신으로 돌아왔다. 고통과 절망이 그 검은 날개를 내게 덮어와, 나는 쪼그라들고 허약해지고 갈가리 찢긴 채 누워 어린아이처럼 흐느꼈다.

　나는 그 즉시 배낭에 짐을 챙기고, 아침에 기차를 타고 집으로 갔다. 젠알프스 봉우리를 다시 올라가고 싶었고, 내 어린 시절을 회상해보자는 생각이 들었고, 아버지가 아직 살아 계신지 들여다보고도 싶었다.

　우리는 서먹서먹해져 있었다. 아버지는 완전히 백발이 되었고, 등이 약간 굽었고, 좀 초췌해 보였다. 아버지는 나를 부드럽고 조심스럽게 대했다. 아무것도 묻지 않았으며, 당신 침대를 내주려고도 했다. 내 귀향으로 놀랐을 뿐 아니라 약간은 당황한 모양이었다. 집은 그대로 지니고 있었지만, 목장과 가축은 팔아버렸고, 약간의 이자와 여기저기서 잔일을 해주고 받는 돈으로 살아가고 있었다.

　집에 혼자 남게 되자 나는, 전에 어머니 침대가 있던 곳으로 들어갔다. 지나간 일이 마치 넓고 조용한 강물처럼 내 곁으로 흘러들었다. 나는 더 이상 젊은 청년이 아니었다. 얼마나 세월이 멀리 흘러왔는가를 나는 생각했다. 나도 등이 굽고 백발이 성성한 늙은이가 될 것이고, 냉혹한 죽음을 맞게 될 것이다. 거의 변하지 않은, 가난한 집의 낡은 방, 그 안에서 내가 어린아이였었고, 라틴어를 배웠었고, 어머니의 죽음을 보았던 그 방에서 하는 이런 생각들은 평온한 자연스러움을 가져다주었다. 나는 감사하는 마음으로 내 젊은 날의 모든 풍요로움을 생각했고, 그러면서 피렌체에서 배웠던 로렌초 메디치의 시구절을 떠올렸다.

꽃 같은 아름다운 시절도
덧없이 사라져버린다.
좋은 일이 있거든 마음껏 즐겨라
내일을 알 수 없는 인생이어니.

그와 동시에 나는 내가 이탈리아와 역사와 먼 정신세계의 추억을 이 낡은 고향 집 방으로 가져온 데 놀랐다.

나는 아버지에게 돈을 좀 드렸다. 저녁때 우리는 술집으로 갔다. 내가 술값을 내고, 아버지가 별표 포도주와 샴페인에 대해 이야기할 때 내 동의를 구하고, 내가 아버지보다 술을 더 마신다는 점을 제외하고는, 예전과 달라진 것이 하나도 없었다. 나는 그때 그 벗겨진 머리 위에 술을 부어버렸던 늙은 농부에 대해 물었다. 그는 농담을 잘했고, 장난하는 데는 천재였는데, 이미 오래전에 죽었고, 그의 턱수염 위로는 잡초가 자라기 시작하고 있다는 것이었다. 나는 바틀란트 술을 마셨고, 대화에 귀를 기울였고, 이야기를 약간 했다. 아버지와 내가 달빛을 받으며 집으로 돌아올 때 아버지는 술에 취해 중얼거리며 손짓을 했고, 나는 이상하게도 전에 없이 홀린 듯 기분이 좋았다. 지난 시절들, 콘라트 외삼촌, 뢰지 기르타너, 어머니, 리하르트와 알리에티의 영상이 끊임없이 나를 둘러쌌다. 나는 그것들을 나의 아름다운 그림자를 보듯 들여다보았다. 그 안에서는, 현실에서는 그 반만큼도 아름답지 못했던 모든 일이 얼마나 아름답고 기분 좋아 보였는지 놀랄 정도였다. 그 모든 것들이 나를 스쳐 지나갔고, 과거의 일이 되어버렸고, 거의 잊혀졌지만, 지금 내 안에 선명하고 순수하게 새겨져 있다. 내 반생이 내 의지와 상관없이 기억 속에 저장되어 있었던 것이다.

집에 돌아온 후에도 한참 뒤에야 아버지가 이야기를 그치고 잠이 들었을 때, 나는 다시 엘리자베트를 생각했다. 어제만 해도 그녀는 나를 맞았고, 나는 그녀에게 감탄했고, 그녀의 약혼자에게 행복을 빌어주었다. 그런데 지금은 그것이 아주 오래전에 지나간 일 같았다. 그러나 고통이 되살아나고 놀라 깨어난 기억의 물줄기와 뒤섞여, 마치 쓰러질 듯 떨고 있는 목장의 오두막에 불어닥치는 푄처럼 내 이기적이고 내팽개쳐진 마음을 흔들어댔다. 나는 집 안에서 그것을 견디고 있을 수가 없었다. 낮은 창문을 넘어 정원을 지나 호수로 가서, 버려둔 보트를 타고 창백한 밤의 호수로 조용히 저어 나갔다. 둘레에는 은빛 안개에 둘러싸인 산들이 장엄하게 침묵을 지키고 있었고, 푸르스름한 하늘에는 약간 이지러진 보름달이 슈바르츠 산꼭대기에 거의 닿을 듯 걸려 있었다. 너무나 고요해서, 멀리 있는 젠알프스 산의 폭포 소리가 나직이 들릴 정도였다. 고향의 정령과 내 젊은 시절의 정령들은, 그 창백한 날개로 나를 건드리고 내 작은 배를 채우면서, 손을 내뻗고, 고통스럽고 이해할 수 없다는 표정을 지으며 애원하고 있는 듯이 보였다.

내 인생의 의미는 무엇이며, 왜 그 숱한 기쁨과 슬픔이 나를 지나쳐 갔는가? 왜 나는 진실과 아름다움에 대한 갈증을 갖게 되어 오늘날까지도 목마른 사람이 되어 있을까? 왜 나는 그 여인들에 대한 사랑과 고통 때문에 눈물과 쓰라린 마음에 시달렸는가—왜 그런 내가 오늘 또다시 한 비극적인 사랑 때문에 수치심과 눈물에 빠져 있는가? 이해할 수 없는 신은 왜 내 마음에 사랑에 대한 불타는 그리움을 심어주면서도, 고독하고 사랑받지 못하는 삶을 살게 하시는가?

물이 뱃머리에 철썩 부딪쳐 부서지고 노에서는 은빛 물방울이 떨어졌다. 산은 내 주위로 가깝게 다가서서 침묵하고 있었고, 협곡에 낀 안개 위로 차가운 달빛이 흘렀다. 내 젊은 시절의 정령들이 입을 다물고 내 주변에 둘러서서 그 깊은 눈으로 고요히, 뭔가 문

듯이 나를 바라보고 있었다. 그 가운데에서 나는 아름다운 엘리자베트를 본 것 같았다. 내가 제때 그녀에게 갔다면 그녀도 나를 사랑하여 내 사람이 되었을 것 같았다.

지금 이대로 조용히, 창백한 호수에 가라앉아버리는 편이 제일 낫지 않을까. 나를 찾는 사람은 아무도 없을 것이다. 그러나 그 낡아빠진 보트에 물이 새어 드는 것을 알고 나는 재빨리 노를 저었다. 갑자기 몸이 얼어붙는 느낌이었다. 나는 집으로 가 침대에 누우려고 서둘렀다. 극도로 지친 나는 몸을 누이고 눈을 뜬 채 내 삶에 대해 곰곰 생각해보고, 내게 무엇이 결여되어 있는지, 더 행복하고 진실된 삶을 살기 위해, 그리고 내 존재의 중심에 더 가까이 가기 위해 무엇이 필요한지를 발견하려고 애썼다.

나는 모든 선과 기쁨의 핵심이 사랑이라는 것을 잘 알고 있었고, 엘리자베트 때문에 생긴 새로운 사랑의 상처에도 불구하고 진지하게 인간을 사랑하기 시작해야 한다는 것도 알고 있었다. 그러나, 어떻게? 누구를?

그때 내 늙은 아버지가 떠올랐다. 내가 아버지를 제대로 사랑해본 적이 전혀 없다는 사실을 나는 처음으로 깨달았다. 소년 시절 나는 아버지의 삶을 고달프게만 만들었고, 그런 다음 멀리 떠났으며, 어머니가 돌아가신 후로는 혼자 버려두고, 자주 아버지에게 화를 냈으며, 결국에는 거의 잊다시피 했던 것이다. 나는, 아버지 임종의 침대 곁에 고아처럼 서서, 내가 그 사랑을 얻으려고 애쓴 적도 없고 이제는 낯설어지기까지 한 아버지의 영혼이 몸을 떠나는 광경을 지켜보는 나 자신을 상상해보지 않을 수가 없었다.

그래서 나는 사랑이라는 그 어렵고도 감미로운 기술을, 아름답고 감탄스러운 여인에게서가 아니라 백발의 초라한 술꾼에게서 배우기 시작했다. 나는 아버지에게 버릇없는 대답을 하지 않았고, 가능한 한 함께 지냈으며, 짤막한 이야기를 읽어드리거나 프랑스와 이탈리아에서 만들어 마시는 포도주 이야기를 해드렸다. 아버지가 잔일을 하는 것을 말릴 수는 없었다. 일이 없으면 오히려 약해질 것 같았기 때문이었다. 저녁에 술집에서 마시는 대신 나하고 집에 계시게 하는 데도 실패했다. 며칠 저녁은 그렇게 해보았다. 나는 포도주와 담배를 가져다 놓고 노인네 기분을 맞춰주려고 애를 써봤다. 그러나 나흘째인가 닷새째 되는 저녁, 뭐가 부족하시냐고 물었을 때 아버지는 결국 슬쩍, 그러나 단호히 불평을 하는 것이었다.

"넌 이 애비를 절대 술집에 못 가게 하려는 것 같구나."

"전혀 그렇지 않아요" 하고 나는 말했다. "저는 아버지 아들이잖아요. 어떻게 하시든 그건 아버지 자유죠."

아버지는 나를 살피듯 눈을 깜짝이더니, 기분 좋게 모자를 집어 들었다. 그리고 우리는 함께 술집으로 행진해 갔다.

말은 안 했지만, 아버지가 나와 함께 있는 것을 더 이상 마음에 들어 하지 않는 것은 확실했다. 나 역시 어딘가 낯선 곳에서 내 분열된 상태를 가라앉히는 일이 필요했다. "제가 며칠 내로 다시 여행을 떠난다면 어떠시겠어요?" 하고 나는 아버지에게 물었다. 아버지는 머리를 긁적거리고 쪼그라든 어깨를 으쓱해 보이더니, 올 것이 왔다는 듯 교활한 웃음을 지었다. "뭐, 너 좋을 대로!" 여행을 떠나기 전 나는 이웃 사람들과 수도원 사람들을 찾아가 아버지를 돌봐달라고 부탁했다. 그리고 어느 갠 날 젠알프스 산봉우리를 올랐다. 반원형의 넓은 산봉우리에서 나는 산맥과 푸른 골짜기와 빛나는 시냇물과 멀리 떨어진 도시에서 피어오르는 연기를 내려다보았다. 이 모든 것들이 소년 시절의 나를 벅찬 기대로 가득 채웠다. 나는 그 아름답고 넓은 세계를 정복하러 떠났었는데, 지금 그 세계는 전과 마찬가지로 내 앞에 그토록 아름답고 그토록 낯설게 펼쳐져 있다. 그리고 나는 다시 한 번 행복의 나라를 찾아 새로운 출발을 하려 하고 있다.

나는, 언젠가는 아시시에 오랫동안 머물면서 연구를 해보려고 마음먹고 있었다. 우선 먼저 바젤로 돌아가서 급한 일들을 정리해 놓은 뒤 가방을 몇 개 싸서 페루지아로 부쳤다. 그리고 피렌체까지 기차로 간 뒤 거기서부터는 천천히 기분 좋게 도보 여행을 하면서 남쪽으로 향했다. 그곳에서 사람들하고 다정하게 지내는 데는 아무런 기교가 필요 없었다. 이곳 사람들의 삶은 언제나 표면적인 것에만 관심을 쏟는 것이어서 단순하고, 자유롭고, 소박하였다. 그래서 누구나 이곳저곳의 작은 마을에서 많은 사람들과 천진스럽게 사귈 수 있었다. 나는 다시 태어난 듯했고, 고향에 있는 기분이었다.

나중에 바젤로 돌아가더라도 인간적인 삶의 따뜻한 친근감을, 사교계에서가 아니라 소박한 민중 사이에서 찾겠다고 결심했다.

페루지아와 아시시에서 내 역사 연구는 다시 흥미와 활기를 되찾았다. 매일매일의 생활 역시 즐거웠기 때문에, 상처받은 마음은 곧 건강해지고, 삶과 새로운 가교를 맺게 되었다. 아시시의 내 하숙집 여주인은, 말이 많고 신앙심 깊은 채소 장수로, 성 프란체스코에 대해 몇 번 이야기했다는 이유로 나와 절친한 친구가 되었고, 내가 독실한 가톨릭 신자라는 소문을 퍼뜨리고 다녔다. 이 명예가 그리 달갑지는 않았지만, 그것은 내가 사람들과 더 가깝게 지낼 수 있는 이점을 가져다주었다. 모든 낯선 사람들에게 씌워지는 이교도의 혐의를 벗을 수 있었기 때문이었다. 하숙집 여주인의 이름은 안눈치아타 나르디니였는데, 서른네 살 먹은 과부로, 몹시 체격이 크고 예의 바른 여자였다. 일요일이면 그녀는 마치 축제날처럼 현란한 색깔의 화려한 옷으로 차려입고 귀걸이까지 하고는, 가슴에는 금사슬 목걸이를 늘어뜨렸는데, 거기에는 줄줄이 매달린 금메달이 번쩍거리고 있었다. 그리고 은박을 입힌 무거운 성경책을 끼고 다녔는데, 그걸 읽기에는 좀 어려웠을 것이다. 그 외에도 그녀는 은줄에 달린 아름다운 흑백의 묵주를 열심히 돌리면서 가지고 다녔다. 하루 두 번 성당에 나가는 중간 시간에는 난간에 앉아, 감탄사를 연발하는 이웃 여자들에게, 그날 성당에 나오지 않은 친구들의 죄목을 늘어놓았다. 그런 때의 그녀의 동그랗고 진실한 얼굴에는 하느님과 융합된 영혼의 감동적인 표정이 떠올라 있었다.

그곳 사람들이 내 이름을 발음하기란 불가능했기 때문에 나는 그저 시뇨르 피에트로라고 불렸다. 금빛 햇살에 싸인 아름다운 저녁나절이면 이웃 사람들, 아이들, 고양이들까지 한몫 끼어들고, 우리는 좁은 난간이나 아니면 상점의 과일, 채소 바구니, 씨앗 상자, 그리고 매달린 훈제 소시지 들 사이에 앉아 서로의 경험을 이야기하거나 추수에 대해 예상하거나 담배를 피우거나 멜론을 한 조각씩 먹기도 했다. 나는 성 프란체스코의 교회와 성녀 클라라와 수도자들에 대해 이야기해주었다. 사람들은 내 말을 진지하게 들으면서 수백 가지 잡다한 질문을 퍼붓고, 성인들을 찬양한 뒤, 최근에 일어난 센세이셔널한 일들에 대해 이야기하고 토론을 하곤 했다. 그 중에 그들이 특히 좋아하는 것은 도둑들 이야기와 정치적 투쟁에 관한 것이었다. 우리들 사이에서는 고양이와 아이와 강아지들이 투닥거리며 놀았다. 이것이 나에게 즐거움을 주었고, 또 내 좋은 평판을 유지할 필요가 있었기 때문에, 나는 교화적인 유명한 전설들을 샅샅이 뒤져보았다. 그런 책 몇 권 외에 아놀드의 『교부와 다른 성인들의 삶』을 가져왔다는 것이 나를 기쁘게 했다. 그들의 경건한 일화를 나는 약간 변형시켜서 쉬운 이탈리아 말로 번역해 들려주었다. 지나가던 사람들도 잠시 멈춰 서서 귀를 기울이다가 이야기에 끼어들었다. 이런 모임이 하룻저녁에도 서너 번씩 있었는데, 나르디니 부인과 나는 언제나 자리를 지켰고, 한 번도 빠진 적이 없었다. 나는 늘 피아스크 병에 붉은 포도주를 담아 내 옆에 놓고 있었다. 가난하고 절도 있게 사는 그곳 사람들에게 나의 이 검소한 술버릇은 경탄심을 불러일으켰다. 수줍어하던 소녀들까지도 점차로 나에게 친밀감을 갖게 되어 쭈뼛거리며 대화에 끼어들기도 하고, 작은 그림을 선물하기도 하고, 내 점잖음을 믿기 시작하였다. 내가 실없는 농담을 하지도 않았고, 그들의 환심을 사기 위해 애쓰지도 않은 덕분이었다. 그들 중에는 마치 페루지노의 그림에서 빠져나온 듯 눈이 크고, 꿈처럼 아름다운 소녀들도 몇 있었다. 나는 그들을 좋아했고 그 천진하게 장난치는 모습을 즐겨 바라보았지만, 그중의 하나와 사랑에 빠지지는 않았다. 그들의 아름다움은 서로 매우 비슷해서, 개인적이라기보다는 종족적인 것으로 보였기 때문이었다. 때때로 빵집 아들, 어린 마테오 스피넬리도 모습을 나타냈다. 그는 명석하고 쾌활한 아이였다. 수많은 동물들의 흉내를 낼 수 있었고, 모든 스캔들에 대해 자세히 알고 있었고, 교활하고 뻔뻔스러운 꾀가 언제나 머리에 꽉 차 있었다. 내가 성인전을 이야기할 때면 그는 비할 데 없이 경건하고 얌전하게 들었지만 나중에는 천진한 척하면서 그 성자들에 대한 음흉한 질문과 비교와 억측을 유쾌하게 늘어놓아서, 나르디니 부인을 놀라게 하고 다른 청중을 은근히 즐겁게 만들었다.

　나는 또한 자주 나르디니 부인과 단둘이 앉아 그녀의 교훈적인 이야기에 귀를 기울이며, 그녀의 풍부한 인간성에 의해 세속적인 즐거움을 얻곤 했다. 그녀는 이웃 사람들의 실수나 허물을 놓치는 법이 없었다. 그녀는 그들이 지옥의 불길 속에서 차지하게 될 자리까지 미리 냉혹하게 짚어냈다. 그러나 나에게만은 마음을 열고, 자기 체험과 관찰의 사소한 것까지도 숨김없이 이야기하곤 했다. 내가 조그만 물건이라도 사면 얼마나 줬느냐고 물어보고는, 바가지 쓰지 않도록 주의를 주었다. 그녀는 성인들의 생애에 대한 이야기를 듣고, 그 대신 과일을 살 때나 채소를 다듬을 때나 부엌일을 할 때의 비결에 대해 가르쳐주었다. 어느 날 저녁 우리는 낡아빠진 홀에 모여 있었다. 내가 스위스 노래와 요들을 부르자 어린애들과 소녀들이 즐거워서 어쩔 줄 몰라 했다. 그들은 흥겨워 빙글빙글 돌며 낯선 외국어의 소리를 흉내 내고, 내가 요들을 부를 때 목젖이 얼마나 우스꽝스럽게 오르락내리락하는지를 보여주었다. 그때 어떤 사람이 연애 이야기를 꺼냈다. 소녀들은 킥킥거렸고, 나르디니 부인은 눈을 흘기면서 처량하게 한숨을 쉬었다. 마침내 내가 연애 이야기를 할 차례가 되었다. 나는 엘리자베트에 대해서는 입을 다물고, 알리에티와 함께 보트를 타고 사랑의 고백도 미처 못 했던 이야기를 해주었다. 리하르트 외에는 아무에게도 단 한마디도 입 밖에 내지 않았던 이야기를, 붉은 금색의 저녁녘 향기가 퍼지는 남국의 언덕 위 좁은 돌길 앞에서 그 호기심에 가득 찬 움브리아 사람들에게 해주고 있다는 것이 내게도 이상했다. 나는 별로 회상도 하지 않았고, 마치 옛날 소설에 씌어 있는 이야기를 읽듯 했지만, 마음속으로는 청중이 비웃으며 나를 조롱하지나 않을까 은근히 두려워하고 있었다.

그러나 이야기가 끝났을 때 사람들의 눈길은, 연민의 정에 가득한 슬픔을 담고 일제히 내게로 쏠려 있었다.

"이렇게 멋진 분이!" 소녀 중의 하나가 격렬하게 외쳤다. "이렇게 멋진 분이 그런 불행한 사랑을 하다니요!"

나르디니 부인은 그녀의 부드럽고 통통한 손으로 내 머리를 조심스럽게 쓰다듬으며 말했다. "포베리노(불쌍해라)!"

또 다른 소녀가 내게 큰 배를 하나 주었다. 내가 그녀에게 먼저 한입 베어 물라고 하자 그녀는 그렇게 하면서 진지하게 나를 바라보았다. 그런데 내가 다른 사람들에게도 한입씩 먹기를 권하자 그녀가 막았다. "아니에요. 혼자 다 드세요! 당신이 자기 불행을 얘기했기 때문에 선물로 드린 거예요."

"하지만 이제 틀림없이 다른 여자를 사랑하게 되겠지요." 갈색으로 그을은 포도원 농부가 말했다.

"아닙니다." 나는 말했다.

"아니, 아직도 그 냉정한 에르미니아를 사랑하고 있군요?"

"나는 이제 성 프란체스코를 사랑하고 있습니다. 그는 나에게 모든 인간을 사랑하라고 가르쳤습니다. 당신들과 페루지아 사람들과 여기 이 어린이들과, 심지어는 에르미니아의 애인까지도요."

이 소박하고 평화로운 생활에도 어떤 혼란과 위험이 닥쳐왔다.

착한 나르디니 부인이, 내가 거기 머물러 자기와 결혼해줄 것을 간절히 바라고 있다는 사실을 발견한 후부터였다. 우리 사이의 기분 좋은 우정과 화합을 망치지 않으면서 그녀의 꿈을 깬다는 것이 극히 어려웠기 때문에 이 사건은 내게 아주 노련한 외교적 수완을 요구했다. 나는 돌아갈 것을 고려했다. 장래에 시를 쓰겠다는 내 꿈과, 썰물처럼 빠져나가는 돈이 아니었다면 나는 거기 머무를 수도 있었을 것이다. 아니면 그 돈 문제 때문에 나르디니 부인과 결혼할 수도 있었을 것이다. 그러나 나를 붙든 것은, 엘리자베트 때문에 생긴 상처가 덜 아물었다는 것과 그녀를 다시 한 번 보고 싶다는 그리움이었다.

통통한 과부는 기대와 달리 서글프게 포기하고는, 상심에도 불구하고 내가 떠나는 것을 반대하지 않았다. 떠나올 때, 이별은 그녀에게보다는 내게 훨씬 너 어려웠다. 삭별하면서 그토록 진심으로, 그토록 많은 사람들의 손을 잡아본 적이 없었다. 사람들은 과일과 포도주와 단술과 빵과 소시지를 기차 안에 밀어 넣어주었다. 내가 가든 말든 상관없어 하는 사람들이 아닌 친구들과 떨어진다는, 드물게 일어나는 감상이 생겨났다. 안눈치아타 나르디니 부인은 헤어지면서 내 양 볼에 키스하며 눈물을 글썽거렸다.

전에 나는, 사랑을 하지는 않고 받기만 한다면 특별한 즐거움이 될 거라는 생각을 했었다. 그러나 지금은 그런 답례할 수 없는 사랑이 얼마나 고통스러운가를 알게 되었다. 그러나 나는 한 외국의 여인이 나를 사랑하고 남편으로 원했다는 사실에 약간 자랑스러웠다.

이 자그마한 허영심은 내가 약간 치유되었다는 것을 뜻했다. 나르디니 부인의 일은 유감이었지만, 이런 일이 생기지 않았더라면 하고 바란 것은 아니었다. 또한 나는, 행복이란 외적인 희망의 실현과는 상관없는 일이며, 사랑에 빠진 젊은이의 고뇌도, 아무리 비참한 것이더라도 그렇게 고통스럽지만은 않다는 것을 차츰 깨달았다. 내가 엘리자베트를 가질 수 없었다는 것은 물론 아픈 일이었다. 그러나 내 생활, 내 자유와 일과 사고방식에 해가 된 것은 아니었고, 나는 멀리서 예전과 마찬가지로 내가 원하는 만큼 그녀에 대한 사랑을 품고 있을 수 있었다. 이런 생각의 방식과, 무엇보다도 움브리아에서의 몇 달 동안의 소박한 즐거움이 나를 치료해주었다. 지금까지 내게는, 모든 우스운 것과 기묘한 것을 가려내는 안목은 있었지만, 그것을 보고 얻는 기쁨을 나는 냉소로 망쳐버리고 있었다. 이제 나는 삶의 유머에 점차로 눈을 뜨게 되었고, 내 운명의 별과 화해하여 삶의 식탁에서 점차로 맛있는 음식을 즐길 수 있게 되었다.

물론 이탈리아 여행에서 돌아올 때는 누구나 그런 기분을 갖는다. 무슨 주의나 편견 따위는 무시하고, 관대한 미소를 짓고, 손을 바지 주머니에 넣고, 노련한 삶의 예술가인 것처럼 행동하는 것이다. 남국의 기분 좋고 푸근한 민중 사이에서 한동안 살다 보면 집에서도 그런 생활이 계속될 것이라고 생각하게 된다. 나도 이탈리아 여행에서 돌아올 때마다 그랬고, 특히 그때는 더했다. 바젤로 돌아와서 그곳의 낡고 답답한 생활이 조금도 새로워지지 않고 달라지지 않은 것을 알게 되자, 나는 청량감의 정상으로부터 한 계단 한 계단씩 우울해하고 언짢아하면서 떨어져 내려왔다. 그러나 내가 얻은 것 중 어떤 것은 싹을 틔우고 아직도 살아남아 있어서, 내 작은 배는 맑은 물에서든 흐린 물에서든, 적어도 현란한 색깔의 작은 깃발만은 언제나 대담하고 정답게 휘날리며 흘러갔다.

그 외에도 내 세계관이 천천히 바뀌어갔다. 나는 큰 후회 없이 젊은 시절을 보냈다고 생각했고, 삶을 이제는 짧은 여정으로, 자신은 방랑자로 여기는 시기에 접어들었음을 느꼈다. 그 방랑자가 걸어가다 마침내 사라지는 것을, 세계는 그다지 주목하지도 놀라워하지도 않을 것이다. 이때가 되면 사람은, 여전히 삶의 목표를 갖고 사랑의 꿈을 지니고는 있지만, 자기가 꼭 필요한 사람이라고 생각하지는 않으며, 가는 길에 가끔 양심의 가책 없이 하루 일정을 내던져놓고, 풀밭에 누워 시를 흥얼거리거나 사랑스러운 주위 풍경을 보고 아무 생각 없이 기뻐하는 일을 즐기게 된다. 나는 그때까지 차라투스트라에게 기도한 적은 없었지만 원래가 군주적인 인간이라, 나 스스로를 숭배하기도 했고 비천한 사람들을 경멸하기도 했다. 그러나 나는 이제 차츰, 확고한 경계란 없고, 왜소하고 억압받고 가난한 사람들의 생활도, 혜택받고 호화로운 사람들만큼이나 다양할 뿐 아니라, 더 따뜻하고 진실되며 모범적이라는 사실을 더 잘 알게 되었다.

그 외에도 나는, 그동안 결혼한 엘리자베트가 처음으로 집에서 갖는 저녁 모임에 참석하기에 아주 안성맞춤인 때에 바젤로 돌아온 셈이었다. 나는 여행에서 얻은 생기와 그을린 얼굴에 수많은 즐겁고 잡다한 추억들을 가지고 있어서 즐거운 기분이었다. 아름다운 신부는 나를 진정한 호의로 맞아주었으며, 나는 저녁 내내, 뒤늦게 구혼함으로써 당할 뻔했던 수치를 모면했다는 데 기뻐하고 있었다. 이탈리아에서의 경험에도 불구하고 나는 아직 여자들에 대해 약간의 불신감을 가지고 있었다. 여자들이란 자기를 사랑한 남자의 절망적인 고뇌를 잔인하게 즐기고 있음에 틀림없다고 여기고 있었기 때문이었다. 그런 불명예스럽고 고통스러운 상태의 생생한 실례로서, 다섯 살 난 남자아이의 입에서 나온, 유치원에서의 작은 이야기가 있다. 그가 다니던 유치원에서는 이런 기묘하고 상징적인 관습이 있었다. 남자아이가 지나치게 버릇없이 굴면 벌을 받게 되는데, 여섯 명의 여자아이들이 이 발버둥치는 남자애를, 벌에 합당한 고통스러운 자세로 벤치 위에 누르고 있다는 것이다. 이렇게 누르는 권리를 대단한 명예와 즐거움으로 생각하고 있기 때문에 여섯 명의 얌전한 여자애들은, 모범적인 미덕의 항목에 그 잔인한 즐거움을 추가시키는 것이었다. 이 웃기는 이야기는 내게 생각할 거리를 주었고, 두세 번 꿈속에 나타나기까지 해서, 나는 그 꿈에서의

경험으로도 그런 처지에 놓인다는 것이 얼마나 비참한 기분인가를
알 수 있을 것 같았다.

7

내 글 쓰는 일에 대해 나는 여전히 아무런 자부심도 느끼지 못하고 있었다. 그러나 어쨌든 그 일로 먹고살 수는 있었고, 약간의 저축도 했고, 때때로 아버지에게 돈을 좀 보낼 수도 있었다. 아버지는 그 돈을 신나게 술집으로 들고 가서 내 칭찬을 입에 침이 마르도록 했고, 내게 약간의 답례까지 할 생각을 했다. 언젠가 아버지에게, 내가 주로 신문에 기사 쓰는 일로 돈을 번다고 한 적이 있었다. 아버지는 나를 지방 신문의 편집자나 통신원쯤으로 여기고 세 번에 걸쳐 아버지다운 편지를 보내, 아버지로서는 중요하게 여겨지는, 그걸 소재로 삼아 내가 돈벌이를 할 수 있으리라고 생각되는 기삿감을 알려주었다. 첫번째는 헛간에 불이 났다는 것이었고, 두번째는 두 등반가가 추락했다는 것이었고, 세번째는 면장 선거의 결과였다. 아주 그로테스크하게 씌어진 신문 기사 투의 이 소식은 나를 몹시 기쁘게 만들었다. 그것은 나와 아버지 사이의 우호적인 관계를 증명하는 것이었고, 몇 년 만에 처음으로 고향에서 받아보는 편지였기 때문이었다. 그것은 또 내 소위 글쓰기에 대한 악의 없는 조롱으로서 나를 상쾌하게 만들어주었다. 나는 매달 수많은 책에 대한 평을 썼지만, 그 책들이란, 중요성에서나 영향 면에서 그 시골 소식보다도 훨씬 뒤떨어진 것들이었다.

바로 그때에, 내가 취리히에서 소개받고 뜨내기 서정 시인으로 여겼던 두 작가의 책이 발간되었다. 한 사람은 베를린으로 옮겨가 그 대도시의 카페와 창가의 더러운 광경을 그대로 그려내고 있었다. 두번째 사람은 뮌헨 교외에 호화로운 집을 짓고 살면서 신경쇠약증적인 자기반성과 심령술적인 흥분 상태 사이를 절망적이고 한심한 모습으로 왔다 갔다 빙황하고 있있다. 나는 그 책들을 평해야 했고, 물론 둘 다 악의 없이 놀려댔다. 신경쇠약증 환자로부터는 진짜 귀족적인 스타일의, 조롱에 가득 찬 편지가 날아들었다. 그러나 베를린 거주자는 어느 잡지에 투고를 해서, 자기의 진지한 의도가 왜곡되었다고 밝히고, 졸라Zola를 방패 삼아 이해 부족의 평론에서부터 시작해 나뿐만 아니라 스위스인의 망상적이고 산문적인 정신 전반에 대한 비난을 퍼부었다. 그 사람으로서는 아마 그때 취리히에서 보낸 시간이 그의 문학 생활 중 유일하게 건강하고 가치 있는 시간이었을 것이다.

내가 특별한 애국자는 아니었지만, 그것은 다소 지나치게 베를린적이어서, 나는 그 불만에 가득 찬 작가에게 기다란 답장을 보내, 대도시의 교만한 근대성에 대한 나의 경멸감을 공공연하게 드러내주었다.

이 논쟁은 유쾌한 것이었고, 현대 문화생활에 대한 내 글에 대해 다시 한 번 생각하게 해주었다. 작업은 피곤하고 진저리나는 일이었으며, 날이 갈수록 나는 기분 나빠졌다. 내가 거기에 대해 그만 입을 다문다 해도 이 작은 책에 흠이 되지는 않을 것으로 안다.

어쨌든 이 고찰은 내게, 내 자신과 오래전부터 계획해온 내 작품에 대해 보다 심각하게 생각하도록 만들어주었다.

알다시피 내 소원은, 위대한 시를 통해 오늘날의 인간을, 포근하고 말 없는 자연의 삶에 가까이하게 해주고 사랑하게 만드는 것이었다. 나는 인간들에게 대지의 심장이 뛰는 소리를 듣는 법과, 그 완전무결한 삶에 동참할 것과, 그들의 작은 운명의 충동 속에서, 우리는 신이 아니고 저절로 만들어진 것도 아니며, 대지와 그 우주적인 전체의 한 부분이고 아이임을 잊지 않는 법을 가르치고 싶어 했다. 나는 시인의 시나 꿈과 마찬가지로, 우리의 밤과 강과 호수와 흐르는 구름과 폭풍 들이 그리움의 상징이며 지주라는 사실을 상기시키고 싶어 했다. 그것들은 하늘과 땅 사이에 그 날개를 펼치고 있었고, 그들의 목표는, 모든 살아 있는 것들의 시민권과 영원 불멸성을 의심 없이 확신하는 것이었다. 모든 존재의 가장 내면적인 핵심은 이 권리를 확신하는 것이고, 신의 아이가 되는 것이며, 두려움 없이 영원의 품속에서 쉬는 것이다. 그러나 우리가 내면에 지니고 있는 모든 악과 병과 부패가 그에 대항하여 죽음을 숭배하고 있다.

나는 또한 인간들에게, 자연에 대한 형제애로서의 사랑 안에서 기쁨의 원천과 삶의 줄기를 발견할 것을 가르치고 싶었다. 보는 법과 여행하는 법과 즐기는 법, 눈앞에 보이는 것에서 즐거움을 얻는 법을 가르치고 싶어 했다. 산맥과 호수와 푸른 섬을 나는 매혹적이고 힘 있는 언어로 그들에게 말해주고 싶었고, 그들의 집과 도시 밖에서 얼마나 엄청나게 다채롭고 활력 있는 삶이 매일처럼 피어나고 넘쳐흐르는가를 보게 하려 했다. 나는 그들이, 도시에 분방하게 펼쳐지는 봄과, 다리 아래를 흐르는 강물과, 철도가 지나가는 주변의 숲과 찬란한 초원보다, 이웃나라의 전쟁과 유행과 뜬소문과 문학과 예술에 대해서 더 잘 아는 것을 부끄러워하도록 만들기를 원했다. 나는 그들에게, 고독하고 힘든 삶을 살아가는 내가 이 세상에서 얼마나 잊지 못할 즐거움의 금빛 사슬을 발견했는지를 이야기하고 싶었고, 아마도 그들이 더 큰 세상의 기쁨을 발견하여 나보다 더 행복해지고 기뻐하게 될 것이라는 사실을 가르쳐주고 싶었다.

그리고 나는 무엇보다도 사랑의 아름다운 비밀을 그들 가슴에 심어주기를 원했다. 나는, 그들이 모든 살아 있는 것들과 진정한 형제가 되고 사랑이 충만해져서, 고통도 죽음도 더 이상 두려워하지 않게 되고, 그들을 찾아가는 고통과 죽음을 마치 형제처럼 친근하고 진지하게 맞게 되기를 희망했다.

이 모든 것들을 나는 송가나 거룩한 노래 안에서가 아니라, 마치 고향에 돌아온 여행자나 친구들에게 바깥세상 이야기를 해주듯, 단순하고 진실되고 진지하게, 눈앞에 마주보고 이야기하듯, 진심으로 묘사하기를 희망했다.

나는 원했다―하고 싶었다―희망했다. 이건 확실히 우습게 들린다. 그러나 이 수많은 소원에 윤곽과 계획이 갖추어질 날을 나는 여전히 기다리고 있었다. 그리고 최소한 자료는 많이 모으고 있었다. 머릿속뿐만 아니라, 여행할 때나 산보할 때나 주머니에 넣고 다니는 작은 수첩에도 들어 있었다. 그 수첩은 몇 주에 한 번씩 가득 찼다. 나는 거기에, 눈에 보이는 이 세상 모든 것에 대해, 아무 반성이나 구속 없이 짤막하게 적어두곤 했다. 그것은 화가의 스케치북 같은 것으로서, 간단하고 실제적인 것들을 짧은 단어로 묘사하고 있었다. 그것은 오솔길과 시골길의 풍경, 산맥과 도시들의 윤곽, 농부와 젊은 직공과 시장 아낙네의 떠들썩한 대화, 빛살, 바람, 비, 돌멩이, 풀, 동물, 새의 비상, 파도의 형상, 호수의 색채 놀이 그리고 구름의 모습에 대한 메모였다. 가끔은 짧은 이야기도 거기 적어두었다가 자연과 방랑에 대한 묘사로서 발표하기도 했는데, 그 모든 것들은 인간과는 관계가 없었다. 나에게는 인간의 이야기가 없어도 나무의 생애나 동물의 삶이나 구름의 여행 이야기 같은 것들이 충분히 흥미로웠다.

　인간이 전혀 들어가지 않은 위대한 작품이란 불가능하다는 생각이 머릿속에는 있었지만, 나는 몇 해 동안이나 여전히 거기 매달려서 언젠가는 위대한 영감이 떠올라 그 불가능성을 극복할 수 있으리라는 어두운 희망을 붙들고 있었다. 결국 나는 내 아름다운 자연에 사람을 살게 해야 한다는 것과, 그것이 결코 충분히 자연스럽고 믿음직스럽게 실행될 수는 없으리라는 것을 깨달았다. 거기에는 보충해야 할 것이 많이 있었으며, 오늘날까지도 여전히 그것을 보충하고 있다. 그때까지 인간이란 모두 종합된 하나의 전체였으며 근본적으로는 내게 낯선 것이었다. 그제야 나는 추상적인 인간성보다는 인간 하나하나를 알고 공부할 것, 내 수첩과 생각 속을 전혀 새로운 영상으로 채우는 것이 얼마나 바람직한 일인가 하는 것을 배우게 되었다.

　이 연구의 시작은 아주 즐거웠다. 나는 단순한 무관심에서 벗어나 많은 사람들에게 흥미를 갖기 시작했다. 얼마나 많은 의례적인 일들이 내게는 낯선 것이었는가를 알게 되었지만, 그 숱한 방랑과 관찰이 얼마나 내 눈을 열어주고 날카롭게 다듬어주었는가도 또한 알게 되었다. 원래부터 아이들을 좋아하긴 했지만, 나는 특히 더 기꺼이, 그리고 자주 아이들과 어울렸다.

　그러나 여전히 구름과 파도를 관찰하는 일이 인간을 공부하는 것보다 더 즐거웠다. 나는 인간이, 무엇보다도 그들을 둘러싸고 있는 거짓말이라는 끈끈한 아교풀에 의해 다른 자연과 구별된다는 사실을, 놀라움과 함께 받아들였다. 오래지 않아 나는 내가 아는 모든 사람들에게서 그 똑같은 현상이 나타나는 것을 관찰했다―그것은, 아무도 자신의 진짜 본질을 알지 못하면서 똑똑한 사람인 척해야 하는 상황이 빚은 결과였다. 나 자신도 그러하다는 것을 발견하고 나는 기분이 이상해졌고, 인간의 핵심에 도달하고 싶어 하던 생각을 버렸다. 대부분의 사람에게는 그 거짓말이라는 아교풀이 훨씬 중요했다. 그것은 어디에서나 발견됐고, 어린아이들에게서조차 찾아낼 수 있었다. 아이는, 의식적이건 무의식적이건, 자기 자신을 숨김없이 직접적으로 드러내기보다는 점차로 어떤 역할을 흉내 내게 되는 것이었다.

얼마 후 나는 더 이상 진전도 하지 못하고, 장난 같은 개별성 안에서 헤매고 있다는 생각이 들었다. 잘못을 우선 내 자신 안에서 찾아보았지만, 내가 실망을 느꼈다는 것, 내 주변에는 내가 찾는 그런 인간이 없다는 것을 인정하지 않을 수 없었다. 나는 재미있는 사람이 아니라 어떤 전형을 찾고 있었다. 그것은 학자들 사이에서도 사교계 사람에게서도 찾을 수 없는 것이었다. 나는 이탈리아를 그리워했고, 내 도보 여행 중 만난 유일한 친구이며 동행이었던 직공들을 그리워했다. 나는 그런 사람들과 같이 오래 여행하며, 그 가운데서 수많은 훌륭한 청년들을 보았었다.

직공 조합의 숙박소나 여인숙을 찾아다니는 것도 소용이 없었다.

정처 없이 떠돌아다니는 사람들은 별로 도움이 안 되었다. 그래서 나는 또다시 어찌할 바를 모르고, 어린아이들과 어울리거나 숱한 술집을 돌아다녔지만, 역시 거기서도 아무 소득은 없었다. 몇 주를 그렇게 하릴없이 보낸 뒤 나는 나 자신을 불신했고, 내 희망과 소원이 터무니없이 과장된 것이었다는 사실을 발견했고, 또다시 밖에서 떠돌며 술로 밤을 지새우게 되었다.

당시 내 책상 위에 책 몇 무더기가 그대로 쌓여 있었는데, 헌 책방에 주느니 그대로 갖고 있었으면 했다. 하지만 내 책장에는 더 이상 자리가 없었다. 어떻게든 정리를 해보려고 나는 작은 목공소를 찾아가서 주인에게 책장 치수를 재러 내 방으로 와줄 것을 부탁했다.

그는 작고 느릿느릿한 사람으로, 신중한 태도를 가지고 있었다. 그는 와서 방의 크기를 재고, 바닥에 무릎을 꿇기도 하고, 자를 천장까지 뻗치기도 하고, 아교 냄새를 약간 풍기면서 그의 수첩에 큼직한 글씨로 치수를 하나하나 공들여 적어나갔다. 그렇게 바삐 다니다가 그는 책이 쌓여 있는 의자에 부딪쳤다. 책 몇 권이 떨어졌고, 그는 그것을 주우려고 허리를 구부렸다. 그 책 중에는 직공들의 은어에 대한 작은 사전이 있었다. 독일에 있는 직공 숙박소에는 어디에나 있는, 작고 두꺼운 표지의 책으로, 상당히 잘 만들어졌고 내용도 재미있었다.

목공은 낯익은 책을 보고는 호기심에 차서 나를 바라보았다. 반쯤은 재미있어 하고 반쯤은 미심쩍어 하는 눈치였다.

"왜 그러십니까?" 내가 물었다.

"실례입니다만, 나도 아는 책이어서요. 이걸 진짜 공부하셨습니까?"

"직공들의 속어는 시골길에서 공부했지요" 하고 나는 대답했다. "하지만 재미있는 표현을 참조하는 데는 좋거든요."

"그렇군요!" 그가 외쳤다. "그러면 손수 직공 일을 해보신 적도 있습니까?"

"당신 생각 같은 그런 일이 아니죠. 그래도 꽤 많이 돌아다녔고, 여인숙에서 잔 일도 많았습니다."

그러는 새에 그는 책을 다시 올려놓고 가려고 했다.

"그런데 당신은 어디 어디를 돌아다니셨습니까?" 나는 그에게 물었다.

"여기서부터 코블렌츠까지, 그리고 나중에는 제네바까지도 다녔지요. 꽤 괜찮은 시절이었습니다."

"감옥에 간 적도 있으세요?"

"딱 한 번, 두들라흐에서요."

"괜찮으시다면 얘기를 좀더 들었으면 하는데요. 언제 한잔하지 않겠습니까?"

"글쎄요, 하지만 언제 휴일 저녁에 들러서 '안녕하세요, 어떠십니까?' 하고 물어봐주신다면, 괜찮겠지요. 단순히 절 놀릴 생각이 아니라면 말이죠."

　며칠 후 엘리자베트 집의 저녁 모임에 가던 도중에 나는 길에 서
서, 그 목공에게로 가는 게 더 낫지 않을까 하는 생각을 떠올렸다.
나는 발길을 돌려 외투를 집에 갖다 두고 목공 집을 찾아갔다. 작
업장은 벌써 문이 닫혀 어두웠다. 나는 어둠 속에서 넘어질 뻔해가
면서 더듬더듬 복도를 지나고 좁은 마당을 지나 뒤편 집의 계단을
올라가 마침내 주인 이름이 씌어 있는 문패가 달린 문에 닿았다.
나는 곧장 몹시 작은 부엌으로 들어갔는데, 비쩍 마른 부인이 저녁
준비를 하면서, (그 좁은 곳에) 시끌벅적하게 모여 있는 세 아이를
돌보고 있었다. 부인은 서먹서먹한 태도로 옆방 어둑어둑한 창문
밑에 앉아 신문을 보고 있는 남편에게로 나를 안내했다. 그는 어둠
속에서 나를 급한 일을 가지고 온 손님으로 생각하고 투덜거렸지만
곧 나를 알아보고 손을 내밀었다.

　그가 놀라고 당황해 했기 때문에 나는 아이들 쪽으로 돌아섰다.
애들은 나를 피해 부엌으로 달아났고, 나는 그들을 따라갔다. 안주
인이 쌀 요리를 하는 것을 보자 움브리아 파드로나에서의 부엌이
생각나서 나는 요리에 한몫 끼어들었다. 우리 고향에서는 대체로
그 맛있는 쌀을 아무렇게나 죽처럼 쑤고 있는데, 전혀 맛도 없을뿐
더러 입에 달라붙어 먹기에도 기분 나쁘다. 여기서도 이미 그런 불
행한 일이 시작되려는 참이었지만, 아직은 쌀을 구해낼 기회가 있
었다. 나는 냄비와 주걱에 달려들어, 요리하는 것을 서둘러 거들었

다. 부인은 내 말에 따르면서도 놀라는 듯했다. 그럭저럭 밥이 되어서 우리는 식탁을 차리고 램프에 불을 켰다. 나도 내 몫을 한 접시 받았다.

목공의 부인이 그날 저녁 나에게 끊임없이 부엌일에 대해 말을 시키는 바람에 남편은 거의 한마디도 할 수가 없었다. 우리는 그의 방랑 여행에 대한 이야기를 다음번으로 미루는 수밖에 없었다. 그들은 곧, 내가 겉보기에만 신사이고 원래는 가난한 농부의 아들이라는 것을 알게 되었다. 우리는 그날 저녁부터 이미 친구가 되었고, 서로를 신뢰하게 되었다. 그들은 나를 자기들과 같은 신분이라고 생각했고 나도 가난한 그 집에서 소박한 사람들이 사는 고향의 공기를 느낄 수 있었다. 그들에게는 점잖은 체하거나 허세를 부리거나 코미디를 할 시간이 없었다. 그들의 가난하고 척박한 생활 가운데는, 근사한 대화로 치장하기 위해 교양과 고상한 취미를 과시할 여유도 없었다.

나는 더욱 자주 목공의 집에 드나들면서 누더기 같은 사교계의 잡동사니들뿐만이 아니라 나의 슬픔과 괴로움을 잊어버릴 수 있었다. 내 어린 시절이 나를 위해 그곳에 간직되어 있는 것 같았고, 신부들이 나를 학교에 보내느라고 중단되었던 삶이 거기서 계속 이어지는 것 같았다.

땀에 절어 누레진 너덜너덜한 옛날 지도 위에 몸을 굽히고 목공과 나는 우리들의 여행길을 찾곤 했다. 우리 둘이 다 알고 있는 성문이나 길을 발견하면 기뻐했고, 직공들끼리 하는 농담으로 기분을 전환시켰으며, 심지어 한번은 방랑자의 노래를 부르기도 했다. 목공 일과 집 안 손질과 아이들과 시내의 여러 일에 대해 이야기했고, 점차로 목공과 나의 역할이 바뀌어 그가 나를 가르치고 내가 고마워하는 처지가 되었다. 그곳은 살롱의 분위기 대신 현실에 둘러싸여 있었기 때문에 나는 숨통이 트이는 것을 느꼈다.

그의 아이들 중 다섯 살 먹은 여자아이가 그 부드러운 성격 때문에 특히 눈에 띄었다. 아그네스라는 이름이었지만 다들 그냥 아기라고 부르고 있었다. 그 애는 금발에 창백했고 몸이 약했는데, 수줍어하는 듯한 큰 눈과 소심한 태도를 가지고 있었다. 어느 일요일, 그 식구들과 산책을 하려고 갔는데, 아기가 아프다는 것이었다. 엄마는 남아 있고 다른 사람들은 천천히 교외로 나갔다. 우리는 성 마르그레덴 교회 뒤 벤치에 있었고 아이들은 돌멩이와 꽃과 딱정벌레를 찾아다녔다. 우리 둘은 여름날의 풀밭과 비닝 묘지와 아름답고 푸른 유라 산줄기를 바라보고 있었다. 목공은 피곤해하고 우울해하고 말이 없었는데, 걱정거리가 있는 것 같았다.

"무슨 일이 있습니까?" 나는 아이들이 충분히 멀리 간 후에 물었다. 그는 망연한 듯 슬픈 얼굴로 나를 보았다.

"모르시겠습니까?" 그는 말을 꺼냈다. "아기는 죽을 겁니다. 오래전부터 그런 생각을 했는데, 이만큼 큰 것만도 놀라운 일이에요. 그 애 눈 속에는 늘 죽음의 빛이 보였지요. 하지만 이번에야말로 각오를 해야 할까 봅니다."

나는 위로하기 시작했지만 곧 제풀에 그만두었다.

"보셨잖습니까." 그는 서글프게 웃었다. "당신도 그 애가 나으리라고는 믿지 않지요. 당신도 알다시피 나는 독실한 신자도 아니고, 성당에는 아주 가끔 나가지만, 이제 하느님이 나에게 뭔가 이야기를 하고 싶어 하신다는 게 느껴지는군요. 그 애는 어린아이였고 한 번도 건강해본 적이 없지만, 다른 애들 다 합한 것보다 훨씬 사랑스러웠다는 걸 하느님은 아실 겁니다."

아이들이 오만 가지 질문을 퍼부으며 떠들썩하게 달려와서 나를 둘러싸고 꽃과 풀의 이름을 물어댔고 나중에는 얘기를 해달라고 졸랐다. 나는 그들에게, 꽃과 나무와 숲도 아이들처럼 각자 영혼과 자기 수호천사를 가지고 있다고 이야기해주었다. 아버지도 귀를 기울이며 때때로 웃고 나지막이 맞장구도 쳐주었다. 우리는 산이 더 푸르러지는 것을 보고 저녁 종소리를 들으며 집으로 돌아왔다. 풀밭 위에는 불그스름한 저녁 입김이 드리우고, 멀리 종탑들의 초록빛과 금빛 위로 여름의 푸른빛이 흐르고 있었고, 나무들은 기다란 그림자를 드리웠다. 아이들은 지쳤는지 조용해졌다. 그들이 이끼꽃과 패랭이와 방울꽃의 천사들을 생각하는 동안 우리 어른들은, 날개를 달고 우리에게 작고 깊은 상처를 남긴 채 떠나려 하는 꼬마 아기의 영혼을 생각했다.

다음 두 주는 상태가 좋았다. 아기는 회복되는 것처럼 보였고,

몇 시간이고 침대를 떠나 있어도 괜찮았다. 서늘한 베개에 묻혀 누워 있는 모습도 그 어느 때보다도 더 기분 좋고 귀여워 보였다. 그 아이가 겨우 몇 주나 며칠밖에 더 우리 곁에 머물러 있지 못하리라는 것을 알게 되었다. 딱 한 번 아버지가 그 이야기를 한 적이 있었다. 작업장에서였다. 나는 그가 나무판자를 뒤적이고 있는 것을 보고, 그가 아이 관을 만들 조각을 찾는다는 것을 알았다.

"곧 일을 당할 것 같아서요." 그가 말했다. "일과 후에 혼자서 만들어야겠어요." 나는 그가 일을 하는 동안 대패질대 밑판에 앉아 있었다. 판자를 깨끗하게 대패질하고 나서 그는 자랑스러운 듯한 기색으로 나에게 보여주었다. 아름답고 튼튼하게 자란, 흠 없는 소나무로 만든 판이었다.

"못은 박지 않고 조각들을 짜 맞출 겁니다. 그러면 더 훌륭하고 오래 가는 관이 되지요. 하지만 오늘은 이만 하고 마누라한테 올라가봐야겠군요."

뜨겁고 화려한 여름날이 지나갔다. 나는 매일 한두 시간씩 꼬마 아기 곁에 앉아 아름다운 초원과 숲 이야기를 해주고, 조그맣고 가벼운 손을 내 커다란 손 안에 잡고, 마지막 날까지 그 아이 주위를 떠돌던 사랑스럽고 빛나는 기운을 온 마음을 다해 받아들였다.

그리고 나서 우리는 걱정스럽고 서글프게 서서, 그 작고 여윈 몸뚱이가 마지막으로 힘을 쥐어짜서, 자기를 재빨리 가볍게 거둬들여가는 강한 죽음의 힘과 맞서 싸우는 모습을 지켜보았다. 어머니는 침착하고 강했다. 아버지는 침대 머리맡에 앉아 세상을 떠나는 사랑하는 아이를 쓰다듬고 금빛 머리를 어루만지며 수백 번 작별의 말을 되뇌었다.

짧고 간단한 장례 의식이 치러졌다. 아이들이 죽은 아기의 침대 곁에서 울어댔기 때문에 며칠 동안 음울한 저녁이 계속됐다. 그리고 묘지로 가서 새로 생긴 무덤에 꽃을 심고 말없이 벤치에 나란히 앉아 아기를 생각하는 날이 찾아왔다. 우리는 우리의 사랑했던 아기가 누워 있는 땅과, 그 위에 자라고 있는 나무와 잔디, 고요한 묘지 안에서 자유롭고 즐겁게 재잘대는 새의 소리와 그들의 유희를, 지금까지와는 다른 눈으로 지켜보았다.

그러면서도 엄격한 매일의 일과는 계속되었다. 아이들은 다시 노래하고 웃고 싸우고, 이야기를 듣고 싶어 했다. 우리 모두는 우리가 아기를 다시는 볼 수 없으리라는 것, 하늘나라에 한 아름답고 작은 천사를 갖고 있다는 것에 어느덧 익숙해져 있었다.

그러는 동안 나는 교수 집의 모임에는 전혀 참석하지 않았고 엘리자베트의 집에도 극히 드물게 찾아갔다. 가더라도 그 미지근한 대화는 유난히 답답했고 기분을 가라앉게 만들었다. 이제 그 두 집을 찾아가 보니 둘 다 문이 닫혀 있었다. 모두들 오래전에 시골로 떠난 것이었다. 그제야 나는 목공과의 친교와 그 아이의 병 때문에 가장 더운 계절과 휴가철까지 까맣게 잊고 있었다는 사실을 깨닫고 놀랐다. 예전 같으면 7월과 8월에 도시에 남아 있다는 것은, 내게는 상상할 수도 없는 일이었다.

　나는 잠시 작별을 고하고 슈바르츠발트와 베르크슈트라세와 오
덴발트로 도보 여행을 떠났다. 중간 중간 목공의 아이들에게 예쁜
풍경이 담긴 그림엽서를 보내고, 나중에 그 애들과 애들 아버지에
게 내 여행에 대해 이야기할 상상을 하면서 나는 묘한 즐거움을 느
꼈다.

　프랑크푸르트에서 나는 며칠 더 여행을 즐기기로 결정했다. 아
샤펜부르크, 뉘른베르크, 뮌헨과 울름에서 나는 고대 예술품에 새
로운 흥미를 느끼며 즐겼고, 결국은 전혀 별생각 없이 취리히에 도
착하게 되었다. 그전까지 몇 해 동안 나는 그 도시를 마치 무덤처
럼 여겼지만, 이제 나는 낯익은 길을 거닐고 옛날의 술집과 공원을
찾고, 흘러간 아름다운 날을 아무 고통 없이 회상할 수 있었다. 사
람들이, 알리에티가 결혼했다며 주소를 알려주었다. 저녁 무렵 그
곳으로 가서 문패에 씌어 있는 남편의 이름을 읽었고, 창문을 올려
다보며 들어갈까 망설였다. 그때 그 옛날이 생생하게 되살아났고
내 젊은 날의 사랑이 희미한 고통과 함께 잠에서 깨어났다. 나는
발길을 돌렸다. 내가 사랑했던 남국 여인의 아름다운 모습을 쓸데
없는 재회로 망치고 싶지는 않았다. 계속 거닐면서 나는 그때 예술
가들이 여름밤의 축제를 벌였던 호숫가 정원에도 가보고, 지붕 밑
방에서 짧고 아름다웠던 3년의 세월을 보냈던 하숙집도 찾아보았
다. 그 모든 추억 중에도 무심결에 엘리자베트라는 이름이 입 밖에

나왔다. 새로운 사랑은 낡은 사랑보다 더 강렬한 법이다. 그 사랑 역시 보다 더 고요하고 분수를 아는, 고마운 것이었다.

좋은 기분을 유지하기 위해 나는 보트를 타고 천천히 느긋하게, 따뜻하고 밝은 호수로 저어나갔다. 저녁 무렵 하늘에는 눈처럼 희고 아름다운 구름 한 점만이 걸려 있었다. 나는 구름을 눈으로 쫓으며 고개를 끄덕여 보였다. 어린 시절 구름에 대한 사랑, 엘리자베트에 대한 사랑, 그 앞에서 엘리자베트가 그토록 아름다운 모습으로 몰두해서 서 있던 세간티니의 구름도 생각났다. 말도 없었고 불순한 욕망도 없었던 그녀에 대한 사랑이 지금처럼 행복하고 순수하게 느껴진 적이 없었다. 구름을 보면서 나는 내 인생의 모든 선을 고요히 감사하는 마음으로 돌이켜보았고, 초기의 혼란과 고통 대신 소년 시절의 옛 그리움을 내 안에서 느꼈다. 그 그리움도 이제는 더 성숙해지고 고요해졌다.

옛날부터 나는 노 젓는 리듬에 맞추어 뭔가 흥얼거리거나 노래하는 습관이 있었다. 그때도 나는 나지막이 흥얼거렸는데, 노래하는 중 그것이 시라는 것을 깨달았다. 그것을 머릿속에 담아놓고 있다가 나중에 집으로 돌아와, 아름다운 취리히 호숫가에서의 저녁에 대한 기념 시로 적어놓았다.

높은 하늘에 떠 있는 하얀 구름처럼
엘리자베트, 당신은

170

그토록 희고, 멀고, 아름답다.

구름은 흐르고 방랑한다.
당신은 전혀 모르고 있지만
당신의 꿈속에서 구름은
어두운 밤을 흘러간다.

은빛으로 빛나며 흐른다,
쉼 없이 앞으로.
그 하얀 구름에 당신은
달콤한 향수(鄕愁)를 품고 있다.

바젤에서 나는, 아시시에서 온 편지가 나를 기다리고 있는 것을
발견했다. 안눈치아타 나르디니 부인에게서 온 것이었는데, 즐거
운 소식이 가득 차 있었다. 그녀가 두번째 남편을 맞는다는 것이었
다! 그 편지를 그대로 옮겨놓는 것이 좋겠다.

친애하고 경애하는 페터 씨!
당신의 충실한 친구가 무례하게 편지 보내는 것을 용서해주
시겠지요. 하느님의 허락으로 제게 큰 행운이 내렸습니다. 당
신을 10월 12일 제 결혼식에 초대합니다. 그의 이름은 메노티

이고, 돈은 별로 없지만, 나를 무척 사랑하고, 전부터 저하고
과일 거래가 있었답니다. 잘생기긴 했지만 당신처럼 키가 큰
미남은 아니에요. 페터 씨. 내가 가게를 보는 동안 그이가 시장
에 나가서 과일을 팔 거예요. 옆집의 예쁜 아가씨 마리에타도
타향에서 온 미장이하고 결혼한답니다.

나는 매일 당신을 생각했고, 사람들도 당신 얘기를 많이 해
요. 나는 당신을 많이 사랑하고 성 프란체스코도 사랑해요. 당
신 기념으로 초 네 개를 바쳤지요. 당신이 결혼식에 오면 메노
티도 몹시 기뻐할 거예요. 만약 그이가 당신한테 불친절하게
대한다면, 제가 그러지 못하게 하겠어요. 유감스럽게도 그 꼬
마 마테오 스피넬리는, 내가 늘 말하던 대로 악당이라는 것이
증명됐답니다. 내 레몬을 종종 훔치곤 했잖아요. 자기 아버지
돈을 12리라나 훔치고 또 거지 자코모의 개를 독살했기 때문에
이제 쫓겨났답니다.

하느님과 성인들의 은총을 빌겠습니다. 당신이 정말 보고 싶
어요.

당신의 충복이며 성실한 친구
안눈치아타 나르디니

추신

수확은 그저 그런 편이에요. 포도는 형편없고 배도 충분치

172

않지만, 레몬은 아주 풍작이랍니다. 그래서 너무 싸게 팔아야 하죠. 스펠로에서는 끔찍한 불행이 일어났대요. 한 젊은이가 자기 형을 갈퀴로 때려죽였다나요. 이유는 모르지만, 아마 자기 유일한 형제인데도 그를 질투하고 있었다나 봐요.

유감스럽게도 나는 그 매혹적인 초청에 응할 수가 없었다. 나는 축하의 말과 함께 내년 봄에 방문하겠다는 편지를 보냈다. 그 편지와 뉘른베르크에서 가져온 애들 선물을 가지고 나는 목공소 주인에게로 갔다.

거기서 나는 의외의 큰 변화를 보았다. 탁자 옆 창문 쪽으로, 그로테스크하게 이지러진 한 사람의 형상이, 어린이 의자처럼 앞받이가 있는 의자에 웅크리고 있었다. 안주인의 동생인 보피였다. 가없은 반신불수의 꼽추로, 얼마 전 그의 늙은 어머니가 죽은 뒤 아무 데도 갈 데가 없었던 것이었다. 목공은 마지못해 잠시 동안만 그를 맡기로 했는데, 병든 불구자가 항상 집에 있다는 것은, 어지러운 집에 닥친 또 하나의 공황 같은 것이었다. 아직 아무도 그의 존재에 익숙해지지 못했다. 아이들은 그 앞에서 무서워했고, 안주인은 불쌍해하면서도 당황해서 어쩔 줄 몰라 했다. 목수는 공공연히 불쾌해했다.

보피는 보기 흉한 혹 두 개 위에 목도 없이 커다랗고 거북스러운 머리를 얹고 있었다. 이마는 넓고 코는 컸으며, 예쁘고 슬퍼 보이는 입을 갖고 있었다. 눈은 맑았지만 조용하고 뭔가 두려워하는 것 같았으며, 기묘하게 작고 예쁜 손이 좁은 앞받이 위에 하얗게 조용히 놓여 있었다. 나 역시 그 불쌍한 사람에게 당황하고 기분이 나빴으며, 아무도 말을 걸어주지 않는 병자가 앉아서 자기 손을 들여다보고 있는 옆에서, 목공으로부터 그의 얘기를 듣는다는 것이 고통스러웠다. 그는 날 때부터 불구였는데, 그래도 초등학교는 마쳤으며, 몇 년 동안은 짚 공예품을 만들면서 뭔가 쓸모 있는 일을 하기도 했지만, 관절염이 재발하여 부분적으로 마비가 됐다는 것이었다. 몇 년 동안 그는 침대에 눕거나 그를 위해 만든 특별 의자에 방석을 괴고 앉아 있었다. 안주인은, 그가 전에는 혼자서 아름다운 노래를 자주 불렀지만 몇 년간 노랫소리를 전혀 듣지 못했으며 여기 이 집에서도 노래하지 않는다고 했다. 이런 얘기가 오가는 동안에도 그는 가만히 앉아 앞만 보고 있었다. 그게 나한테는 기분 좋은 일이 아니어서, 나는 얼른 그 집을 나와 며칠 동안 가지 않았다.

나는 평생 튼튼하고 건강했으며 심한 병에 걸려보지도 않았기 때문에, 아픈 사람들, 즉 불구자들에게 동정심은 가졌지만 약간은 경멸하는 눈으로 보곤 했다. 목공 가족과의 느긋하고 명랑한 생활이 이 비참한 존재라는 달갑지 않은 짐 때문에 방해받고 있다는 것이 내게는 도대체가 마땅찮았다. 그래서 나는 방문을 하루하루 뒤로 미루며 어떻게 보피를 떼어내버릴 수 있을까를 헛되이 궁리하곤 했다. 적은 비용으로 무슨 요양소나 병원으로 보낼 방도를 찾아야 했다. 나는 몇 번이나 그 문제를 의논하기 위해 목공을 찾으려고 했지만 부탁도 안 받았는데 그런 소리를 꺼낸다는 게 쑥스럽기도 했고, 그 불구자와 만나는 데 대해 유치한 두려움이 들기도 했다. 언제나 그를 보고 악수해야 한다는 데 나는 거부감이 들었다.

그래서 나는 일요일을 그냥 넘겨버렸다. 두번째 일요일에는 새벽 기차를 타고 유라 산으로 가려고 하다가 내 비겁함에 스스로 부끄러움을 느끼고 집에 있다가 아침을 먹은 후 목공의 집으로 찾아갔다.

나는 마지못해 보피와 악수를 나누었다. 목공은 무뚝뚝하게 산보를 제안했다. 그가 이 끝없는 비참함이 지긋지긋하다고 말했을 때 나는 내 제의가 그에게 받아들여질 것 같아 기뻐했다. 부인이 집에 남겠다고 하자 꼽추가, 자기는 혼자 있을 수 있으니 함께 가라고 했다. 책 한 권과 물 한 컵만 옆에 있으면, 안심하고 자기를 남겨놓고 가도 괜찮다는 것이었다.

스스로를 아주 동정심 많고 선량한 사람들이라고 여기고 있던 우리는, 그를 안에 가둬놓고 산책을 하러 갔다! 게다가 우리는 기분이 좋아서 아이들과 산책을 즐기고 가을의 금빛 햇살에 기뻐했으며, 불구자를 혼자 집에 두고 왔다는 데 대해 아무도 부끄러워하지 않고, 아무도 가슴 아파하지 않았다! 우리는, 잠시나마 그로부터 자유스러워졌다는 데 몹시 기뻐했고, 맑고 따스한 공기를 가벼운 마음으로 들이마셨으며, 주일을 이해와 감사로 즐기는, 예절바르고 고마움을 아는 가족이라는 인상을 주고 있었다.

그렌차흐의 회를리에서 포도주 한 잔을 마시려고 노천카페에 들러 테이블에 앉았을 때 목공이 보피 얘기를 꺼냈다. 그는 그 짐스러운 손님에 대해 한탄을 하고, 살림살이가 점점 어려워지고 돈이 많이 든다며 한숨을 쉬고는, 웃으면서 이런 소리로 끝을 맺었다. "그래도 밖에 나오면 적어도 그 친구의 방해 없이 한 시간은 기분 좋게 있을 수 있거든요!"

이 무심한 말을 듣는 순간, 우리가 미워하고 쫓아내려는 마음을 먹고 있고, 지금도 버림받고 집에 갇혀 어두워가는 방 안에 혼자 슬프게 앉아 있는 그 가엾은 불구자가 애원하고 고통스러워하는 모습이 문득 떠올랐다. 이제 곧 어두워지기 시작할 텐데 그는 불을 켤 수도 창문 가까이 옮겨갈 수도 없다는 생각이 떠올랐다. 그러면 그는 책을 치워놓고, 우리가 여기서 포도주를 마시며 웃고 즐기는 동안 어둑어둑한 속에서 대화도 시간 보낼 일도 없이, 홀로 앉아 있어야 할 것이다. 내가 아시시에서 이웃 사람들에게 성 프란체스코 이야기를 하면서, 그가 나에게 온 인류를 사랑하라고 가르쳤다며 큰소리를 쳤던 일이 기억났다. 나는 무엇 때문에 그 성인의 생애를 연구하고 그의 빛나는 사랑 노래를 외웠고, 움브리아의 언덕에서 그의 자취를 찾았단 말인가? 가련하고 무기력한 한 인간을 알고 그를 위로해줄 수 있는데도 그냥 버려둔 채 고통받게 하면서?

보이지 않는 강한 손이 내 심장에 떨어져 나를 짓누르자, 나는 수치와 고통으로 가득 차서 떨며 엎드렸다. 나는 신이 나에게 하는 소리를 들었다.

"너 시인아!" 신은 말했다. "너 움브리아 사람의 제자야, 인간에게 사랑을 가르치고 행복하게 해주기 원한다는 예언자야! 바람과 물에서 내 목소리를 듣고 싶어 하는 몽상가야!"

그 목소리는 계속됐다. "너는 너를 친절하게 맞아주고 안락한 시간을 주는 집을 좋아한다! 그런데 내가 그 집을 내 피난처로 삼으려 하자 너는 달아나버리고 날 쫓아내려고 생각하는구나! 너 성자야! 예언자야! 너 시인아!"

나는 마치 맑고 깨끗한 거울 앞에 세워진 기분이었다. 그 안에 비친 나는 거짓말쟁이, 허풍쟁이인 데다, 겁쟁이, 변절자였다. 그것은 쓰라리고 고통스럽고 끔찍하고 괴로운 느낌이었다. 그러나 그 순간 내 안에서 뭔가가 부서지고 고문당하고 상처 입으며 몸부림 치고 있었다. 그것들은 당연히 부서지고 무너져야 할 것이었다.

나는 즉시 단호하게 작별을 고하고 마시다 만 포도주와 물어뜯던 빵을 테이블 위에 남겨놓고 시내로 돌아왔다. 흥분한 가운데 나는, 그에게 불행한 일이 일어났을지도 모른다는 걷잡을 수 없는 불안에 시달렸다. 불이 났을 수도 있고, 보피가 의자에서 굴러떨어져 꼼짝 못하고 있으면서 고통받거나 혹은 벌써 바닥에 넘어져 죽어 있을지도 몰랐다. 나는 누워 있는 그를 보며 그 옆에 서서, 그 불구자의 말없이 비난하는 눈빛을 감수해야 할 거라고 생각하고 있었다.

숨이 턱에 차서 시내로 들어가 그 집까지 간 나는 계단을 뛰어올라갔는데, 그때서야 문은 잠겨 있고 나에게는 열쇠가 없다는 사실을 깨달았다. 그러나 곧 내 불안은 가라앉았다. 부엌문에 닿기도 전에 안에서 노랫소리가 들려왔기 때문이었다. 그건 정말 기묘한 순간이었다. 숨을 죽이고 가슴을 두근거리며 어두운 계단에 서서 노래를 엿듣는 동안 나는 차츰 갇혀 있는 꼽추의 노랫소리에 진정되는 것을 느꼈다. 그는 나지막하고 부드럽게, 약간은 호소하는 듯이 민요인 「꽃은 희고 붉다」라는 사랑 노래를 부르고 있었다. 그가 오랫동안 노래를 부르지 않고 있다고 들었는데, 자기 나름대로 조금이나마 즐기기 위해 그 조용한 시간을 이용하는 것을 알고 나는 감동을 받았다.

인생이란 그렇다. 진지한 사건과 깊은 감동 곁에 우스꽝스러운 일을 갖다놓기를 좋아하는 것이다. 그 경우의 나도 역시 우스꽝스럽고 부끄럽다고 느꼈다. 급작스러운 불안 속에서 한 시간이나 들판을 뛰어왔는데, 열쇠도 없이 부엌문 앞에 멀거니 서 있는 것이다. 되돌아가거나, 잠긴 문 두 개 사이로 소리를 질러 꼽추에게 내 선량한 의도를 알리거나 하는 수밖에 없었다. 나는 그 불쌍한 사람을 위로해주고, 동정을 표시하고, 지루함을 덜어주려는 결심으로 계단 위에 서 있었지만, 그는 안에서 아무것도 모른 채 노래하고 있었다. 내가 소리를 지르거나 문을 두드린다면 틀림없이 그는 놀랄 것이다.

되돌아가는 수밖에는 없었다. 한 시간 동안 일요일의 활기찬 거리를 돌아다니다가 다시 가보니 식구들이 돌아와 있었다. 이번에 보피와 악수하는 데는 전혀 거리낌이 없었다. 나는 그의 곁에 앉아 대화를 시작하면서, 무슨 책을 읽었느냐고 물었다. 그에게 읽을거리를 제안하자 그는 고마워했다. 예레미아스 고트헬프를 권했는데 그는 그 작가의 책들을 거의 모두 읽었다고 했다. 그러나 고트프리트 켈러는 아직 모르고 있기에 그의 책을 몇 권 빌려주겠다고 약속했다.

다음 날 책을 가져갔을 때 나는 그와 단둘이 있을 수 있는 기회를 가졌다. 부인은 막 외출하려는 참이었고, 목공은 작업장에 있었기 때문이었다. 그래서 나는, 어제 그를 혼자 남겨놓고 가서 몹시 부끄러워하고 있으며, 앞으로 종종 만나 친구가 된다면 좋겠다고 말했다.

조그만 꼽추는 큰 머리를 약간 내 쪽으로 돌리며 나를 바라보더니 말했다. "정말 고맙습니다." 그것이 전부였다. 하지만 머리를 돌리는 것이 그로서는 몹시 힘든 일이었기 때문에, 그것은 건강한 사람이 열 번 껴안는 것보다 훨씬 더 가치 있는 일이었다. 그의 시선은 너무나 밝고 천진하게 아름다웠기 때문에 나는 부끄러움으로 피가 얼굴로 몰리는 것을 느꼈다.

하지만 목공과 의논해야 한다는 어려운 일이 아직 남아 있었다. 어제의 내 불안과 수치를 솔직하게 고백하는 게 제일 좋은 일일 것 같았다. 안타깝게도 그는 나를 이해하지 못했지만 의논 상대는 되어주었다. 그는 그 환자를 우리 공동의 손님으로 여기고 그의 부양에 드는 약간의 돈을 나눠서 부담한다는 것, 내가 원할 때마다 보피를 찾아와 데리고 나가는 것, 그를 내 형제처럼 대하는 것에 동의하였다.

가을이 이상하게도 오래 따뜻하고 아름답게 계속되었다. 그래서 내가 보피를 위해 처음으로 한 일은, 그를 휠체어에 태우고 매일같이, 거의 대부분 아이들과 함께 밖으로 나가는 것이었다.

8

내 삶과 친구들로부터 내가 줄 수 있는 것보다 훨씬 더 많이 받게 되는 것이 언제나 내 운명이었다. 리하르트와도, 엘리자베트와도, 나르디니 부인과도 그리고 목공과도 그랬다. 그리고 이제 나는, 성숙한 나이에 충분한 자존심도 갖춘 이때, 한 비참한 꼽추에게 놀라워하고 감사해하는 학생이 된 것이다. 언젠가 내가 진짜로, 오래전에 시작한 작품을 완성하고 출판할 때가 올지도 모른다. 그러나 내가 보피에게서 배우지 않았더라면, 그 안에는 쓸 만한 것이 아무것도 없었을 것이다. 평생을 두고 내 풍요로운 회상거리가 된 행복한 시간이 시작되었다. 병과 고독과 가난과 학대를 마치 가벼운 구름처럼 흘려보낼 수 있는 한 놀라운 인간의 영혼을 맑고 깊게 들여다보는 일이 내게 허락된 것이었다.

우리의 아름답고 짧은 인생을 망치고 부패시키는 그 모든 잡다한 죄, 분노와 조급함과 불신과 거짓말— 우리를 파괴하는 이 모든 불쾌하고 불결한 재앙이 이 인간의 경우에는 뿌리 깊고 오랜 고통 덕분에 사라져버렸다. 그는 현자도 천사도 아니었지만, 엄청나고 끔찍한 비참과 부자유로부터 배운 이해와 헌신이 가득 찬 인간, 부끄러움 없이 자신의 허약함을 인정하고 신의 손에 자기를 맡기는 인간이었다.

언젠가 나는 그에게, 자신의 고통스럽고 무기력한 육체와 늘 화해하는 일에 어떻게 성공했는가를 물었다.

"그건 아주 간단합니다." 그는 친근하게 웃었다. "그건 나와 병 사이의 영원한 전쟁이죠. 내가 한판 이기는가 하면 곧 한판 지기도 하고, 그런 식으로 계속 싸우는 거예요. 그러는 중에 우리 둘 다 잠시 휴전협정을 맺고 서로 감시하다가, 둘 중 하나가 다시 분발해서 새로 싸움을 전개하는 겁니다."

그때까지만 해도 나는 내가 날카로운 눈을 가진 훌륭한 관찰자라고 믿고 있었다. 그러나 그 점에 있어 보피는 내게 놀라운 선생이었다. 그가 자연과, 특히 동물에 지대한 관심을 갖고 있었기 때문에 나는 자주 그를 동물원에 데려갔다. 거기서 우리는 정말 즐거운 시간을 보냈다. 보피는 즉시 모든 동물들을 하나하나 다 알게되었다. 우리가 늘 빵과 설탕을 가져갔기 때문에 동물들도 우리를 알아보게 되었고, 우리들은 곧 친해졌다. 보피는 맥을 유난히 좋아했는데, 맥의 유일한 미덕이란, 그 족속 아니고는 볼 수 없는 깔끔함이었다. 그 외에는 이기적이고, 미련하고, 퉁명스럽고, 은혜도 모르고, 무엇보다도 진짜 먹보였다. 다른 동물, 예를 들면 코끼리나 암노루, 알프스 영양, 심지어는 우악스러운 들소까지도 설탕을 받아먹으면, 우리를 친근하게 바라본다든가 쓰다듬는 것을 지긋하게 참고 있다든가 하는 식으로 늘 뭔가 감사의 표시를 했다. 맥은 전혀 그런 성의 표시가 없었다. 우리가 가까이 가면 잽싸게 울타리에 나타나 우리한테서 얻은 것을 천천히 끝까지 먹어치우고는, 더 이상 올 게 없다 싶으면 끽소리 없이 물러가버리는 것이었다. 우리는 거기서 긍지와 개성의 표지를 발견했으며, 그가 먹을 것을 구걸하지도 않고 감사하지도 않으면서 마치 당연한 공물처럼 엄숙하게 받는 걸 보고 그에게 세관원이라는 별명을 붙여주었다. 보피가 동물들에게 직접 먹이를 줄 수 없었기 때문에, 맥을 이제 그만 먹여야 할지 아니면 더 주어야 할지에 대해 가끔 다툼이 있었다. 우리는 마치 무슨 정부 사업이나 되는 것처럼 신중하고 정확한 실험으로 그 양을 측정했다. 한번은 우리가 맥을 지나쳐 왔는데, 그에게 설탕 한 조각을 더 주어야 한다는 생각이 보피에게 들었다. 그래서 우리는 다시 돌아갔지만, 그새 짚으로 엮은 우리로 들어가버린 맥은 거만하게 바라만 보고 있을 뿐, 울타리로 나오려 하지 않았다. "죄송합니다. 높으신 세관원 나리." 보피가 그에게 소리쳤다. "하지만 우리가 설탕 하나를 빠뜨린 것 같아서요." 그런 뒤 이

페터 카멘친트 183

미 기대에 차서 이리저리 뒤뚱거리며 다정하고 날랜 코를 뻗치고 있는 코끼리에게로 갔다. 코끼리에게는 보피가 직접 먹이를 줄 수 있었다. 그는 그 커다란 짐승이 유연한 코를 구부려서 자기의 펼친 손에서 빵을 집어가고는, 우리를 향해 그 유쾌하고 장난스러운 작은 눈을 기분 좋은 듯 교활하게 깜빡거리는 것을 보고 천진스럽게 좋아하곤 했다.

나는 한 수위와 의논을 해서, 내가 보피 곁에 있을 시간이 없을 때에도 그가 자기 의자에 앉아 햇빛 아래에서 동물들을 볼 수 있도록 조치를 취해두었다. 그런 후면 그는 나에게 자기가 본 것을 모두 이야기해주었다. 그는 수사자가 암사자를 정중하게 대하는 것을 보는 것을 특히 좋아했다. 암사자가 쉬려고 누우면, 수사자는 부인을 건드리지도 방해하지도 않고 넘어 다니지도 않는 범위 내에서 끊임없이 이리저리 왔다 갔다 한다는 것이었다. 그러나 보피가 제일 많이 이야기하는 것은 물개였다. 그 자신은 의자에 꼼짝 못하고 앉아 머리나 팔을 한번 움직일 때에도 몹시 힘들어하면서도, 이 민첩한 동물의 유연한 수영 기술과 체조 기술은 지칠 줄 모르고 지켜보며 즐거워하는 것이었다.

그 아름다운 가을의 어느 날 보피와 나는 서로 연애 이야기를 했다. 내가 그에게 별로 즐겁지도 않고 명예스럽지도 않은 체험을 털어놓을 정도로 우리는 서로 굳게 믿는 사이가 되어 있었다. 그는 아무 말 없이 다정하고 진지하게 귀를 기울였다. 그러나 후에 나에게 그 하얀 구름인 엘리자베트를 한번 보았으면 좋겠다고 고백했고, 만약 길에서 그녀를 만나는 일이 있으면 꼭 그걸 기억해달라고 부탁했다.

그러나 그런 일은 일어나지 않았고 날은 점점 쌀쌀해졌기 때문에 나는 엘리자베트에게 가서 그 가련한 불구자를 기쁘게 해줄 것을 청했다. 그녀는 선선히 응해주었다. 그녀는 정해놓은 날에 데리러 온 나와 함께, 보피가 휠체어에 앉아 있는 동물원으로 갔다. 잘 차려입은 아름답고 고운 부인이 꼽추와 악수를 하고 그에게로 약간 몸을 구부렸을 때, 가련한 보피가 기쁨으로 빛나는 얼굴의 커다랗고 선량한 눈에 감사의 빛을 띠고 부드럽게 그녀를 올려다보았을 때, 나는 그 순간 둘 중에 누가 더 아름답고 누가 더 내 마음에 가까이 있는가를 구별할 수 없었다. 부인은 그에게 몇 마디 다정한 말을 건넸고, 꼽추는 빛나는 시선을 그녀에게서 떼지 않았다. 나는 그 곁에 서서, 내가 제일 사랑하는 두 사람, 너무나 멀리 떨어진 인생을 살고 있던 두 사람이 한 순간에 내 앞에서 서로 손을 잡는 광경에 놀라고 있었다. 보피는 그날 오후 내내 엘리자베트 애기만 하면서, 그녀의 아름다움, 고상함, 친절, 그녀의 옷, 노란 장갑과 초록색 신, 그녀의 걸음걸이와 눈매, 목소리와 아름다운 모자를 찬양했다. 그러나 나는 내 애인이 내 마음의 친구에게 자선을 베푸는 것을 보는 일이 우스꽝스럽고 고통스럽게 여겨졌다.

그러는 동안 보피는 『녹색의 하인리히』와 『젠트빌러』를 읽었고,

그 책들의 내용에 아주 친숙해져서, 우리는 슈몰러 판크라츠와 알베르투스 츠비한이나 정의의 빗장수들을 함께 친구로 삼을 수 있었다. 나는 한동안 그에게 콘라트 페르디난트 마이어의 책을 줘야 하나 망설였는데, 그가 이 작가의 압축된 언어의 라틴어적인 함축성을 좋아할 것 같지 않았고, 나 역시 그의 맑고 고요한 눈앞에 역사의 심연을 펼쳐 보인다는 것이 주저되었다. 그 대신 나는 그에게 성 프란체스코의 이야기를 해주고 뫼리케의 소설을 읽게 하였다. 그는, 자기가 그렇게 자주 수달이 헤엄치는 것을 보지 않았더라면, 그리고 그때 놀라운 물의 환상을 체험할 수 없었더라면, 아름다운 물의 요정 라우의 이야기를 대부분 즐기지 못했을 것이라고 고백해서 내 기분을 묘하게 만들었다.

재미있는 것은, 우리가 어느새 너나들이하는 사이가 되었다는 것이었다. 내가 그에게 제안한 것도 아니었고, 그랬더라도 그가 받아들이지 않았을 것이다. 그런데 정말 저절로 우리는 서로 더욱 자주 반말을 하게 되었으며, 어느 날 그것을 깨닫고는 웃음을 터뜨리면서 그냥 그렇게 지내기로 했다.

초겨울이 시작되고 우리가 밖에 나가는 것이 불가능해지자 나는 다시 보피의 매형 집 방에 앉아 있게 되었다. 그리고 나는 뒤늦게야, 이 새로운 우정이 전혀 아무 희생 없이 품속에 떨어진 게 아니라는 사실을 깨달았다. 목공은 언제나 무뚝뚝하고 불친절했으며 말이 없었던 것이었다. 시간이 지남에 따라 이 불필요한 군식구의 짐스러운 존재뿐 아니라 보피에 대한 내 태도까지도 그를 불쾌하게 했다. 어느 날 저녁 내가 그 꼽추와 기분 좋게 이야기를 하는 동안 집주인은 내내 곁에 앉아 불쾌한 듯 신문을 읽고 있었다. 평소에는 참을성 많은 그의 부인과도 사이가 나빠져 있었다. 그녀가 이번만 큼은 자기 고집을 세우고, 보피를 다른 곳으로 보내는 일에 찬성하지 않았기 때문이었다. 나는 여러 번 그의 기분을 돌리거나 새로운 제안을 하려고 애썼지만 소용이 없었다. 게다가 그는 내가 꼽추와 친하다는 것을 빈정거리고, 보피의 삶을 더 어렵게 만들기 시작했다. 물론 그 병자와, 그 옆에 매일처럼 죽치고 앉아 있는 내가 옹색한 집안에 무거운 짐이기는 했겠지만, 나는 목공이 우리를 이해하고 그 병자를 사랑하기를 언제나 바라고 있었다. 결국, 내가 목공의 기분을 상하게 하지도 않고 보피에게 해를 입히지도 않으면서 뭔가 한다는 것은 불가능해졌다. 나는 재빠르고 조급한 결정을 싫어했기 때문에—그래서 취리히 시절 리하르트가 내게 느림보 페트루스라는 별명을 붙여주었다—몇 주 동안, 한쪽의 우정이나 양쪽 우정 다 잃지 않을까 고민하고 있었다.

이 흐릿한 태도 때문에 불쾌감이 점점 심해져서 나는 또다시 술집에 자주 드나들게 되었다. 어느 날 저녁 그 불쾌한 일로 유난히 화를 낸 후 나는 한 작은 바틀란트 술집에 가서 술을 몇 리터나 마시면서 울분을 떨쳐버리려고 했다. 그래서 2년 만에 처음으로 제대로 집을 찾아오는 데 애를 먹어야 했다. 그다음 날 나는 폭음 후에는 늘 그랬듯이, 느긋하고 냉정한 기분이 되어 목공을 찾아갈 용기를 짜냈다. 그 코미디를 기필코 끝장내기 위해서였다. 나는 보피를 완전히 나에게 맡겨달라고 제안했고, 그는 싫지는 않았던지 며칠 생각한 후 동의했다.

나는 내 가련한 불구자와 함께 새로 얻은 집으로 이사했다. 익숙한 독신 생활 대신 정돈된 작은 살림살이를 두 사람이 시작하는 게, 마치 결혼이라도 한 듯한 기분이었다. 처음에는 여러 가지 골치 아픈 경제적 시련이 있었지만, 그럭저럭 지내게 되었다. 청소와 빨래는 파출부가 해주었고, 식사는 집으로 배달을 시켰다. 함께 사는 일은 우리 둘 다에게 아주 아늑하고 안락해졌다. 내 태평스러운 크고 작은 방랑을 앞으로 포기해야 한다는 사실도 나를 한동안은 괴롭히지 못했다. 일하는 동안 친구가 조용히 옆에 있다는 것도 내게는 평온하고 유익한 일이었다. 환자를 돌보는 사소한 일이 새로운 것이었고, 특히 옷을 입히고 벗기는 것은 별로 기분 좋은 일이 아니었다. 그러나 내 친구가 너무나 참을성 있었고 고마워했기 때문에 나는 부끄러워져서 최선을 다해 그를 조심스럽게 돌봐주었다.

교수 집에는 거의 가지 않았지만, 엘리자베트에게는 자주 들렀다. 그 집은 무엇보다도 끊임없는 마력으로 나를 끌어당겼다. 나는 거기 앉아 차나 포도주를 마시며 그녀가 여주인 노릇 하는 것을 보면서, 내가 베르테르식의 감성을 속으로 언제나 비웃고 있었음에도 불구하고 때때로 감상적인 기분이 되었다. 연약하고 어린애 같은 사랑의 이기심은 이미 내게서 깨끗이 사라지고 없었다. 그래서 기분 좋고 친밀한 전쟁 상태가 우리 사이의 진짜 관계가 되었다. 사실 우리는 만났다 하면 아주 다정하게 티격거렸다. 이 똑똑한 여자의 활달하면서도 약간은 여자답게 제멋대로인 이해심이 내 열중하기 쉬운, 우악스러운 본성과 잘 어울렸다. 우리는 서로가 근본적으로 존경하고 있었기 때문에 조잡하고 사소한 일에까지 열렬하게 논쟁을 벌일 수 있었다. 우습게도 나는 그녀 앞에서 독신주의를 변호했다,—바로 얼마 전까지만 해도 목숨을 걸고 기꺼이 결혼하려고 했던 여자 앞에서 말이다. 게다가 나는 자기의 똑똑한 부인을 사랑스러워하는 선량한 남자인 그녀의 남편과 함께 그녀를 놀려대기도 했다.

내 내면에서는 고요한 중에도 옛사랑이 불타고 있었다. 그러나 그것은 이미 예전의 탐욕스러운 폭죽이 아니라, 마음을 젊게 해주고 겨울밤 희망 없는 늙은 홀아비의 손가락을 때때로 따뜻하게 데워주는, 기분 좋고 지속적인 따스함이었다. 보피가 온전히 내 곁에 있으면서 그 놀라운 지혜와 함께 소중한 사랑으로 나를 끊임없이 감싸준 후부터, 나는 내 사랑을 아무 부담 없이, 내 젊음과 시의 한 부분으로서 내 안에 간직할 수 있었다.

그 외에도 엘리자베트는 때때로 진짜 여자다운 심술을 부려 내 등골을 오싹하게 만들고, 독신 생활을 진심으로 기뻐하게 만들곤 했다.

가엾은 보피가 내 집에서 살게 된 후로 나는 엘리자베트네 집도 점차 멀리하게 되었다. 나는 보피와 함께 책을 읽고, 여행 앨범과 일기장을 뒤적이기도 하고, 도미노 놀이를 하기도 했다. 기분 전환용으로 푸들 한 마리를 길렀고, 겨울이 시작되는 것을 창문 너머로 바라보았고, 매일매일 현명한 대화나 바보 같은 대화를 했다. 그 병자는 나보다 뛰어난 세계관을 갖고 있었고, 인생사의 잡다한 점을 관찰해서 그것을 악의 없는 유머로 따뜻하게 만들었다. 나로서는 매일매일 배울 것이 있었다. 함박눈이 펑펑 쏟아지고 겨울이 창문 밖으로 그 깨끗한 아름다움을 펼쳤을 때, 우리는 마치 어린아이처럼 기분이 들떠서 난롯가에서 은밀히 방 안의 전원시를 만들며 즐겼다. 내가 그렇게 오랫동안 발바닥이 닳도록 찾아 돌아다녔지만 결국 못 찾았던 인간 이해의 기술은, 나는 그 시절 바로 옆에 있는 그에게서 배웠다. 보피는 날카롭고 조용한 관찰자로서, 자기의 옛 삶에서의 영상을 가득 가지고 있었으며, 한번 이야기를 꺼냈다 하면 놀라울 정도로 이끌어나갔다. 그 불구자는 평생에 세 타스 이상의 사람을 만나지 못했고 커다란 흐름 속에 휩쓸려본 적도 전혀 없었으면서도, 가장 사소한 일까지 관찰하고 모든 인간 안에서 체험과 기쁨과 인식의 원천을 발견하는 데 익숙해 있었기 때문에, 나보다도 인생에 대해 훨씬 더 많이 알고 있었다.

우리가 가장 좋아했던 것은, 여전히 동물 세계에서의 즐거움이었다. 동물원의 동물들을 더 이상 찾아갈 수 없었기 때문에, 우리는 대신 온갖 이야기와 우화를 만들어냈다. 우리는 그것을 이야기로 하는 대신 대부분 즉흥적인 대사로 엮어나갔다. 예를 들면 앵무새 두 마리 사이의 사랑 고백이라든지, 들소들의 가정불화, 멧돼지들의 밤의 속삭임 같은 것이었다.

"그런데 어떻게 지내십니까, 족제비 씨?"

"감사합니다, 여우 씨. 그럭저럭 지내고 있어요. 당신도 아시겠지만, 제가 잡혀올 때 마누라를 잃어버리지 않았습니까. 붓털꼬리라는 이름인데, 왜 제가 이미, 영광스럽게도 당신께 말씀드렸지요. 진주 같았어요. 확신하건대 정말……"

"아, 그 옛날이야기는 그만하세요, 이웃집 양반. 내가 잘못 알고 있는 게 아니라면, 당신은 그 진주 이야기를 벌써 여러 번 했으니까요. 세상에, 사람은 결국 한 번밖에는 못 사는 거고, 사소한 즐거움이라도 망쳐서는 안 돼요."

"제발, 여우 씨, 당신이 내 마누라를 알았더라면, 나를 좀더 잘 이해하실 겁니다."

"아, 물론이죠, 물론. 그러니까 붓털꼬리라고 부르셨겠죠, 안 그래요? 그렇게 예쁜 이름인데요. 쓰다듬어주고 싶을 정도로! 그런데 제가 말하려고 했던 건? 당신도 저 뻔뻔스러운 참새들의 장난이 또다시 늘어난다는 건 눈치 채셨겠지요? 그래서 내가 작은 계획을 하나 세웠지요."

"참새들 때문에요?"

"참새들 때문에요. 보세요, 이런 생각을 했어요. 우리가 울타리 앞에 빵을 놓아두고, 조용히 뒤로 물러서서 그 녀석들을 기다린다는 겁니다. 그렇게 급습해서도 녀석들을 잡지 못한다면, 그건 귀신이 농간을 부린 거지요. 어떻게 생각하십니까?"

"멋지군요, 이웃집 양반."

"그렇다면, 빵을 좀 놓아주시겠습니까? 그렇게, 좋아요! 하지만 조금 더 왼쪽으로 보내세요. 그게 우리 둘 다한테 좋을 거예요. 제가 마침 빵이 떨어지고 없어서요. 그러면 됐습니다. 자, 망을 봅시다! 이제 엎드려서 눈을 감고, ─쉿, 저기 벌써 하나 날아왔네요!"

(잠시 침묵)

"그런데 여우 씨, 아직 안 됐나요?"

"참 성미도 급하시군요! 마치 사냥이라고는 처음 하시는 것 같아요! 사냥꾼이라면 기다릴 줄을 알아야죠. 기다리고 또 기다리고. 자, 다시 한 번!"

"그러죠. 그런데 빵은 어디 갔습니까?"

"파르동(뭐라고요)?"

"빵이 없어졌다고요."

"그럴 수가! 빵이? 정말─사라졌군요! 이런 빌어먹을! 분명히

저 망할 놈의 바람이 또 그랬을 거예요."

"아니, 제 생각은 다른데요. 아까 당신이 뭔가 먹는 소리를 들은 것 같아요."

"뭐요? 내가 뭔가를 먹었다구요? 그게 뭔데요?"

"아마 빵이겠죠."

"그런 억측은 분명히 날 모욕하는 거예요. 족제비 씨. 이웃 사람 말은 참아줘야겠지만, 하지만 이건 너무한데요. 아시겠어요? 그래 내가 그 빵을 먹었단 말이죠! 도대체 무슨 말씀을 하십니까? 처음에는 당신의 그 진주에 대한 얼빠진 이야기를 백번째로 들어줘야 했었고, 그다음에 내가 좋은 생각을 해내서 우리가 빵을 밖에 내놓았—?"

"그건 나였죠. 내가 빵을 내놨어요."

"— 우리가 빵을 내놨죠! 나는 뒤로 물러나 감시를 했고, 그래서 모든 것이 잘돼가고 있었는데 당신이 떠들어대지 않았습니까. 그러니 참새는 당연히 날아가버리고, 사냥은 엉망이 됐는데, 그런데 내가 빵을 먹어치웠다구요! 내가 다시는 당신하고 상대를 하나 두고 봐요!"

그러다 보면 저녁 한나절이 즐겁고 빠르게 지나갔다. 나는 최고의 컨디션이어서, 기꺼이 그리고 빠른 속도로 일을 했으며, 내가 전에 그렇게 게으르고 화를 냈고 살기 힘겨워했다는 게 놀라울 지경이었다. 리하르트와의 좋았던 시절도, 이 고요하고 유쾌한 나날

보다 더 아름답지는 않았었다. 밖에서는 눈송이가 춤을 추고 우리는 난롯가에서 푸들과 함께 기분 좋게 지냈다.

그런데 그때 나의 사랑하는 보피가 처음이자 마지막으로 바보짓을 하고 말았던 것이다! 나는 너무나 만족한 나머지 그가 전보다 더 고통스러워 한다는 것을 보지 못하고 있었다. 그러나 그는 커다란 겸손과 사랑으로, 어느 때보다도 더 평안한 듯 굴었고, 불평도 하지 않았으며, 내가 담배 피우는 것을 말리지도 않았다. 그리고 밤이면 자리에 누워 힘들어 하고 기침하며 나지막이 신음하는 것이었다. 아주 우연히 나는 어느 날 그의 옆방에서 밤늦도록 글을 쓰고 있었는데, 내가 이미 잠자리에 들었을 거라고 생각한 그가 신음하는 소리를 듣게 되었다. 내가 램프를 들고 그의 침실로 불쑥 들어가자 불쌍한 보피는 몹시 놀랐다. 나는 램프를 옆에 놓고 침대 한쪽에 앉아 심문하기 시작했다. 그는 기를 쓰고 숨기려고 했지만 결국은 자백을 하고 말았다.

"그렇게 심한 건 아냐." 그는 주저하며 말했다. "많이 움직일 때만 가슴이 경련하는 듯한 느낌이 들어. 때로는 숨을 쉴 때도 그렇고."

그는 병의 악화가 마치 범죄라도 되는 것처럼 즉시 용서를 빌었다!

아침이 되자 나는 의사를 찾아갔다. 매섭게 추웠지만, 맑고 아름다운 날씨였다. 가는 길에 나는 불안과 근심을 떨쳤고, 심지어는 크리스마스 때 보피랑 어떻게 재미있게 지낼까까지 생각했다. 의사는 마침 집에 있다가, 내 급한 부탁에 함께 와주었다. 우리는 편안히 마차를 타고 와서 계단을 올랐고, 보피의 방에 들어갔다. 의사는 진찰을 하고 두드리고 귀를 기울이고 했다. 그리고 의사가 약간 심각해지고 목소리가 조금 부드러워졌을 때, 내 즐거운 기분은 모두 사라졌다.

통풍(痛風), 심장쇠약, 심각한 지경? 나는 귀를 기울이고 그 모든 것을 받아 적으며, 의사가 병원으로 옮길 것을 권했을 때 전혀 반대하지 않은 데 스스로도 놀라고 있었다.

오후에 구급차가 왔다. 병원에서 돌아왔을 때 푸들이 내게 달려들었고 병자의 커다란 의자만이 한쪽 구석에 놓여 있을 뿐 방의 나머지는 텅 비어 있는 게, 끔찍한 기분이었다.

사랑을 한다는 게 이런 것이다. 그것은 고통을 가져오는 것이었다. 그리고 그 후 오랫동안 나는 무척 괴로웠다. 그러나 사람이 고통을 받든 전혀 안 받든, 그건 그다지 중요한 게 아니다! 함께 사는 굳센 삶이 있다면, 모든 살아 있는 것을 우리와 결속시켜주는 그 친밀하고 생생한 연결 고리를 느낄 수만 있다면, 그리고 사랑이 식지만 않는다면! 한 번만 더 그 시절에서처럼 가장 신성한 것을 들여다볼 수만 있다면, 나는 내 모든 즐거웠던 날들, 내 모든 사랑들, 내 작가로서의 계획까지도 다 내줄 수 있을 것 같다. 그것은 눈과 마음을 다치는 일일 것이며 아름다운 긍지와 자부심도 아픈 바늘로 찔리는 일이겠지만, 그 후에 나는 아주 조용해지고 겸손해지고 훨씬 더 성숙해질 것이며, 내면 깊은 곳은 한층 생동감에 넘칠 것이다!

당시 이미 작은 금발의 아기와 함께 내 밝은 본질의 한 조각은 죽어버렸었다. 이제 나는 내 모든 사랑을 바치고 모든 삶을 나누었던 내 꼽추가 고통받고 서서히, 천천히 죽어가는 것을 보며 매일 함께 괴로워하고, 죽음이 끔찍함과 성스러움에 참여하고 있었다. 나는 사랑의 기술에서는 아직 초보자였으며, 동시에 죽음의 기술의 첫 장을 진지하게 시작해야 했다. 나는 이 시기에 대해, 파리에 대해 그랬던 것처럼 침묵하지는 않겠다. 부인이 자기의 신부 시절에 대해 이야기하듯, 늙은이가 자기의 소년 시절에 대해 이야기하듯, 큰 소리로 말하겠다.

나는, 고통과 사랑만으로 가득 찼던 생애를 살았던 한 인간이 죽는 것을 보았다. 나는 그가 죽음의 징후를 자기 안에 느끼면서도 마치 어린아이처럼 재잘대는 소리를 들었다. 나는 극심한 고통 속에서도 그의 눈이 나를 찾는 것을 보았다. 내게 애원하기 위해서가 아니라 나를 위로하고, 이 경련과 고통이 그의 안에 있는 가장 소중한 것을 망치지는 못한다는 것을 내게 보여주기 위해서. 그러면 그의 눈이 커다래지고, 그의 시들어가는 얼굴에서는 오직 그 큰 눈에서 나오는 광채밖에는 보이지 않았다.

"내가 뭔가 해줄까, 보피?"

"얘기를 해줘. 맥에 관한 얘기를."

내가 맥에 관해 이야기하면 보피는 눈을 감았다. 나는 눈물이 나오려는 것을 참고 평소처럼 이야기하느라고 애를 써야 했다. 그가 이야기를 듣지 않는다고 여겨지거나 잠들었다고 생각되면 나는 곧 입을 다물었다. 그러면 그는 다시 눈을 떴다.

"―그래서?"

그러면 나는 맥에 대해, 푸들에 대해, 내 아버지에 대해, 꼬마 불량배 마테오 스피넬리에 대해, 엘리자베트에 대해 이야기를 계속했다.

"그래, 그녀는 바보 같은 녀석하고 결혼을 했더군. 그렇지, 페터!"

때때로 그는 갑자기 죽음에 대한 이야기를 꺼냈다.

"그건 하나도 재미있는 일이 아냐, 페터. 아무리 어려운 일이라도 죽는 일만큼 어렵지는 않아. 하지만 인간은 누구나 그걸 지나가지 않을 수는 없지."

혹은, "이 괴로움이 극복되면 나는 웃을 수 있어. 나한테는 죽는 게 오히려 이익이야. 이 곱사등과 짧은 나리와 마비된 허리가 사라질 테니까. 하지만 그렇게 넓은 가슴과 아름답고 건강한 다리를 가진 너한테는 손해겠지."

임종을 앞둔 어느 날, 그는 짧은 선잠에서 깨어나더니 아주 큰 소리로 말했다.

"신부님이 말한 그런 천국은 없어. 천국은 훨씬 아름다워. 훨씬 아름다워."

목공의 부인은 자주 찾아와서 그 나름대로 거들려고 했다. 그러나 목공은 정말 애석하게도 결코 나타나지 않았다.

"어떻게 생각해?" 나는 보피에게 우연히 물었다. "천국에도 맥이 있을까?"

"오, 물론." 그는 말한 뒤 고개까지 끄덕였다. "온갖 동물이 다 있지. 알프스 영양도."

크리스마스가 되어 우리는 그의 침대 곁에서 작은 잔치를 했다. 혹독한 추위가 왔다가 다시 풀렸고, 꽁꽁 언 얼음 위로 새로 눈이 내렸지만, 나는 그런 것을 전혀 알지 못했다. 엘리자베트가 아들을 낳았다는 소리를 들었지만 곧 잊어버렸다. 나르디니 부인에게서 익살스러운 편지가 왔다. 나는 대충 훑어보고 치워버렸다. 일은, 나와 환자의 시간을 훔쳐간다는 생각을 끊임없이 하면서 후딱후딱 해치웠고, 그런 뒤 헐레벌떡 조바심치며 병원으로 달려갔다. 그곳에는 해맑은 고요가 있었고, 나는 꿈같이 깊은 평화가 감도는 보피의 침대 곁에 한나절을 앉아 있곤 했다.

죽기 전 며칠 동안은 상태가 많이 나아졌다. 그때 그는 이상하게도, 이 근래의 시간에 대한 기억은 완전히 잃어버리고, 훨씬 이전의 날을 살고 있는 듯이 보였다. 이틀 내내 그는 자기 어머니 이야기만 했다. 오래 이야기할 수는 없었지만, 몇 시간이고 쉬는 중에도 어머니만 생각한다는 것을 알 수 있었다.

"너한테 어머니 얘기를 거의 안 했지" 하고 그는 탄식했다. "어머니에 관한 일을 네가 기억하고 있어야 돼. 안 그러면 어머니에 대해서 알고 감사할 사람이 하나도 없으니까. 사람들이 모두 그

런 어머니가 있다면 정말 좋을 거야, 페터. 내가 전혀 일을 못했는
데도 어머니는 날 극빈자 수용소로 보내지 않으셨어."

그는 누워서 힘들게 숨을 쉬었다. 한 시간이 지나자 그는 다시
시작했다.

"어머니는 우리들 중 나를 제일 귀여워하시고, 돌아가실 때까지
옆에 두셨어. 형들은 떠나고 누나는 목공하고 결혼했지만, 나는 집
에 앉아 있었지. 그렇게 가난했는데도 어머니는 날 절대 푸대접하
지 않으셨어. 넌 우리 어머니를 잊으면 안 돼, 페터. 어머닌 정말
작으셨지. 나보다 더 작았을 거야. 어머니가 돌아가셨을 때 옆집
뤼티만 씨는, 아이용 관을 써야겠다고 말했지."

그에게도 아이용 관이 맞았을 것이다. 그는 정말 꺼질 듯 조그맣
게, 깨끗한 병원 침대 속에 누워 있었다. 그의 손은 병든 여자의
손처럼 길고, 조그맣고, 하얗게 보였고, 약간 경련을 일으키고 있
었다. 어머니 꿈을 꾸는 것을 그치자, 이번에는 내 차례였다. 그는
마치 내가 옆에 없는 것처럼, 나에 대해 말했다.

"그는 정말 재수가 없는 사람이야. 하지만 그런 게 절대로 그에게
해를 입히지는 못했지. 어머니가 너무 일찍 돌아가시기는 했지만."

"날 알아보겠어, 보피?" 나는 물었다.

"물론이죠, 카멘친트 씨." 그는 장난스럽게 말하며 아주 나직이
웃었다.

"내가 노래할 수만 있다면." 그는 뒤이어 그렇게 말했다.

마지막 날에도 그는 물었다. "이봐, 병원 비용이 많이 들지? 너무 비쌀 텐데."

그러나 그는 대답을 기다리지 않았다. 그의 하얀 얼굴에 예쁜 홍조가 떠올랐다. 그는 눈을 감았고, 잠시, 몹시 행복한 사람처럼 보였다.

"임종이에요." 간호사가 말했다.

그러나 그는 다시 한 번 눈을 뜨고 나를 익살스럽게 쳐다보더니, 내게 고개를 끄덕이고 싶어 하는 것처럼 눈썹을 움직였다. 나는 일어나서 그의 한쪽 어깨 밑에 손을 넣고, 그가 늘 기분 좋아하던 대로 약간 일으켰다. 그렇게 내 손 위에 누워 그는 다시 한 번 짧은 고통으로 입술을 쫑긋거리더니, 머리를 살짝 돌리고 갑자기 한기를 느낀 것처럼 몸을 떨었다. 그것이 구원의 순간이었다.

"괜찮아, 보피?" 나는 또 물었다. 그러나 그는 이미 고통으로부터 풀려나 있었고, 내 손은 차가워지기 시작했다. 1월 7일, 오후 1시였다. 저녁 무렵 우리는 모든 준비를 끝마쳤고, 그 작고 덜 자란 몸뚱이는 평화스럽고 깨끗하게, 더 이상의 일그러짐 없이, 그를 운반하여 매장할 시간이 될 때까지 거기 누워 있었다. 그 이틀 동안 나는, 내가 특별히 슬퍼하거나 허망해하지도 않았고, 한 번도 울지 않았다는 데 끊임없이 놀라워하고 있었다. 헤어짐과 작별을, 그가 병중에 있는 동안 철저히 느끼고 있었기 때문에 더 이상 남은 것이 없었고, 내 표면적인 고통은 서서히 가벼워지며 다시 제자리를 찾아가고 있었다.

그럼에도 불구하고 내게는 지금이 이 도시를 조용히 떠나 어디든, 가능하면 남쪽 지방으로 가서 쉬면서, 어렴풋이 구상했던 내 작품의 실마리를 풀어내 한번 진지하게 엮어야 할 시간이라고 여겨졌다. 돈은 약간 남아 있었기 때문에 의무적인 글쓰기는 잠시 밀어놓고, 봄이 되기 시작할 무렵 짐을 싸고 떠나기로 했다. 우선 그 채소 장수 아줌마가 나를 기다리는 아시시로 갔다가, 어딘가 조용한 산속에 틀어박혀 열심히 일을 할 생각이었다. 죽음과 삶의 편린을 충분히 보았으므로, 약간은 으쓱거리며 다른 사람들에게 내 말을 들어주기를 요구할 권리가 내게는 좀 있다는 생각이었다. 나는 기분 좋은 초조함 속에서 3월이 시작되기를 기다렸다. 이미 귓가에는 이탈리아어의 억양 강한 말이 들려오는 것 같았고, 코에는 리소토와 오렌지와 챈티 포도수의 간질이는 듯한 달콤한 향기가 풍겨오는 것 같았다.

그 계획은, 생각하면 할수록 완벽하고 만족스러웠다. 그러나 그 사이 사정이 완전히 달라져서, 우선 챈티 포도주를 미리 마시는 걸로만 만족해야 했다.

2월에 고향의 술집 주인 니데거가 감동적이고 환상적인 문체의 편지를 보내온 것이었다. 마을에는 눈이 몹시 많이 와서 가축이고 사람이고 모두 엉망이며, 특히 우리 아버지가 심각하다는 것이었다. 내가 돈을 보내주거나 아니면 직접 오는 것이 좋겠다고 그는 쓰고 있었다. 돈을 보내는 건 여의치가 않은 일이었고 노인네가 정말로 걱정이 되기도 해서 나는 떠나야만 했다. 어느 황량한 날 나는 고향으로 돌아왔다. 눈사태와 바람 때문에 길도 집도 보이지 않았지만, 나는 장님이었더라도 길을 찾을 수 있을 정도였기 때문에 괜찮았다. 노(老) 카멘친트는 내 예상과 달리, 침대에 누워 있는 것이 아니라 난로 구석에 옹색하고 초라하게 앉아 있었다. 그 옆에는 우유를 가져다준 이웃집 부인이 죽치고 앉아서, 아버지의 고약한 행실에 대해 꼬치꼬치, 지칠 줄 모르고 판결문을 읽어대고 있었는데, 내가 들어서도 전혀 아랑곳하지 않는 눈치였다.

"어이구, 페터가 왔군, 그래." 백발의 피고가 말하며 내게 왼쪽 눈을 꿈쩍여 보였다.

그러나 이웃집 부인은 개의치 않고 설교를 계속했다. 나는 의자에 앉아 그녀의 이웃 사랑 정신이 고갈될 때까지 기다리면서, 그 설교 안에 내가 들어 해롭지 않은 대목도 있다는 것을 발견했다. 그러는 사이사이 나는 내 외투와 장화에서 눈이 녹아 떨어지며 의자 주위에 얼룩을 만들고, 그다음에는 고요한 웅덩이를 형성하는 것을 유심히 바라보았다. 설교가 끝나고 나서야 공식적인 재회는 이루어질 수 있었고, 그녀도 몹시 친근하게 한몫 끼어들었다.

아버지는 많이 쇠약해져 있었다. 나는 이전에 잠깐 들렀을 때 그를 돌봐줘야 했던 일을 떠올렸다. 그때 여행을 떠났던 건 하나도 도움이 되지 않았다. 물론 지금이 그때보다 더 어쩔 수 없는 상황이긴 하지만, 나는 이제 내 의무를 해낼 수 있을 것 같았다.

이 늙은 농부는, 좀 나았던 시절에도 결코 모범적인 인간이 아니었지만, 노약성 질병에 걸린 지금에 와서 온화해진다든가 아들이 꾸며내는 효성에 감동된다거나 하는 일을 기대할 수는 더욱 없었다. 그런 일은 전혀 없을 뿐만 아니라, 병이 더하면 더할수록 더욱 더 적대적이 되어갔다. 그리고는 내가 전에 아버지를 괴롭힌 만큼, 이자는 붙이지 않더라도, 정확히 그대로 되갚아주는 것이었다. 말은 조심스럽게 했지만, 말없이 불만스러워 하고 비통해하고 거칠게 나오는 철저한 수단을 총동원했다. 내가 저 나이가 되면 저렇게 까다롭고 괴팍스러운 별난 늙은이가 되지 않을지, 나는 때때로 의문이 들었다. 술은 끊은 것이나 다름없었는데, 내가 매일 두 번씩 고급 남국 포도주를 따라주면 아버지는 기분 나빠하면서 마셨다. 왜냐하면 내기 병을 즉시 빈 창고로 다시 가져가버리고, 열쇠를 긴네주지 않기 때문이었다.

2월 마지막 주가 되어서야 높은 산에 아직 남아 있는 겨울을 아름답게 만들어주는 밝은 주일이 시작되었다. 눈 덮인 높은 산의 절벽이 수레국화처럼 푸른 하늘을 배경으로 선명하게 서 있었고, 투명한 공기 속에 믿을 수 없을 만큼 가까워 보였다. 초원과 산등성이도, 골짜기에서는 아무도 볼 수 없는 하얗고, 수정처럼 맑고, 싸아한 향기가 나는 겨울 산의 눈으로 덮여 있었다. 약간 도드라진 좁은 땅에서는 오후의 햇빛이 빛나는 축제를 벌였고, 협곡과 산비

탈에는 풍성한 푸른 그림자가 드리워져 있었으며, 공기는 몇 주 동안 계속된 눈사태 덕분에 아주 깨끗해져서, 햇빛 속에서 숨을 한번 쉬는 것만도 커다란 즐거움이었다. 작은 등성이에서는 어린애들이 눈썰매 타기에 여념이 없었고, 오후가 되면 노인들이 길거리에 나와 서서 햇볕을 쬐었지만, 밤이 되면 지붕 서까래가 얼어붙어 삐걱거리는 소리가 들렸다. 그러는 동안 하얀 눈에 덮인 벌판은 고요히 누워 있었고, 절대로 얼지 않는 호수는 여름보다 더 아름답게 푸르렀다. 매일 점심 먹기 전 나는 아버지를 부축하고 문 앞으로 나가, 아버지가 그 갈색의 매듭지어진, 구부러진 손가락을 아름다운 햇빛의 따스함 속으로 뻗치는 것을 보았다. 그러면 그는 잠시 후 기침을 하고, 날씨가 춥다고 불평하기 시작했다. 그건 내게서 소주를 한잔 얻어 마시려는 아버지의 악의 없는 책략 중의 하나였다. 아버지의 기침도 추위도 그렇게 대단한 건 아니었기 때문이다. 그래서 엔치안이나 작은 압생트 한잔을 얻으면 아버지는 기술적으로 기침을 줄여가며 나를 속여 넘겼다는 데 대해 은근히 기뻐하는 것이었다. 점심 먹은 후면 나는 아버지를 혼자 남겨놓고 각반을 둘러차고 두어 시간 산을 발길 닿는 대로 돌아다니다가, 집으로 돌아올 때면 가져간 과일 망태를 미끄럼대 삼아 깔고 앉아서는 눈 덮인 비탈길을 미끄러져 내려왔다.

내가 아시시로 가려고 마음먹었던 때가 왔어도 눈은 아직 1미터나 쌓여 있었다. 4월이 되어서야 봄기운이 들기 시작했고, 몇 년간

유례가 없었던 사납고 급속한 눈보라가 왔다. 밤낮으로 푄이 울부짖는 소리가 들리고, 멀리 산사태의 우르릉 소리와, 바위 조각과 찢겨진 나무들을 휩쓸고 와서는 우리의 가난하고 좁은 토지와 과수원에 던지고 가는 급류의 성난 물살 소리가 들렸다. 나는 푄의 열기 때문에 잠을 못 이루었고, 밤마다 사로잡힌 듯 불안하게 폭풍이 울부짖는 소리와 산사태가 천둥치는 소리, 성난 호수가 호숫가로 날뛰며 부딪치는 소리를 들었다. 이 끔찍한 투쟁의 시기인 봄의 열기 속에서 억눌렀던 사랑의 열병이 다시 한 번 광포하게 나를 덮쳐, 나는 밤마다 일어나 창문에 기대서서 쓰라린 고통을 느끼며 엘리자베트에 대한 사랑의 말을 폭풍의 포효 속으로 내지르곤 했다. 내가 그 이탈리아의 여류 화가 집 뒤쪽에 있는 언덕 위에서 사랑 때문에 날뛰었던, 취리히에서의 그 나른한 밤 이후로, 정열이 나를 그토록 무섭게, 거역할 수 없이 휘둘렀던 적은 없었다. 때때로 아름다운 엘리자베트가 바로 내 곁에 서서 나를 향해 웃고 있는 것처럼 보일 때가 있었다. 그러나 내가 한 발짝 가까이 가면 그녀는 뒤로 물러서버리는 것이었다. 내 생각은, 어디에서 비롯되었든 늘 결국은 그 영상으로 되돌아왔고, 나는 상처 입은 사람처럼 그 곪은 자국을 터뜨리곤 했다. 나는 그토록 헛되이 괴로워하는 것을 혼자서 부끄러워했고, 푄을 원망하기도 했지만, 그 모든 고통 외에도, 귀여운 뢰지를 생각하면서 희미하고 어두운 파도가 덮치는 것을 느끼던 소년 시절처럼 비밀스럽고 따뜻한 쾌감도 또한 갖고 있었다.

이 병에는 약도 없다는 것을 알았지만, 나는 적어도 일이라도 좀 하려고 애썼다. 작품 구상에 착수하고 몇 가지 연구의 윤곽을 잡아 보았는데, 지금은 그럴 때가 아니라는 것을 곧 깨닫게 되었다. 여기저기서 뢴으로 인한 재난 소식이 들려왔고, 우리 마을도 피해가 심해졌기 때문이었다. 개울둑의 반이 무너졌고, 수많은 집과 헛간과 외양간이 심하게 손상되었으며, 마을 밖에서 집을 잃은 사람들이 자꾸만 찾아왔다. 어디에나 곤궁함과 한탄이 넘쳤지만, 아무 데도 돈은 없었다. 그런 즈음에 나한테는 다행스럽게도, 면장이 나를 재해대책위원회에 불러들이더니, 공동의 재난을 돕기 위한 모임에 동참하지 않겠느냐고 물었다. 마을 일에 대표로 나서서 신문을 통해 주 정부의 동참과 기부금을 얻어내라는 것이었다. 나는 지금이 바로 내 쓸데없는 열병을 진지하고 가치 있는 일을 함으로써 잊을 수 있는 기회라고 여기고, 결사적으로 일에 매달렸다. 바젤로 편지를 보내는 즉시 몇몇 후원자를 모았다. 주 정부는, 이미 짐작하고 있었지만, 돈은 없었고 일꾼만 몇몇 보내주었을 뿐이었다. 나는 신문에 소식을 실어 도움을 청했다. 편지와 성금과 문의가 밀려들었고, 나는 쓰는 일 외에도 위원회와 완고한 농부 사이를 조정하는 일도 했다.

몇 주 동안 내게 달라붙었었던 힘든 일이 내게는 도움이 되었다. 일이 차츰 정상 궤도로 돌아가고, 나는 그 일에 더 이상 쓸모가 없어지고, 초원은 점점 녹색을 띠어가고, 호수는 무심한 햇빛에 반짝거리며 눈 녹은 산등성이를 푸르게 비추고 있었다. 아버지는 그럭저럭 지내고 있었고, 내 사랑의 괴로움은 녹아가는 서러운 눈처럼 사라져 흘러버렸다. 전 같으면 이때에 아버지는 작은 배에 다시 칠을 하고, 어머니는 정원을 바라보고, 나는 아버지의 일이나 그 파이프에서 나는 연기나 노랑나비에 눈길을 주고 있었을 것이다. 그러나 이제 칠할 배도 없고, 어머니는 오래전에 돌아가셨고, 아버지는 황폐한 집 안에 짜증나는 듯 웅크리고 앉아 있다. 콘라트 외삼촌도 내게 옛 시절을 생각나게 해주었다. 나는 자주 아버지 눈에 띄지 않게 외삼촌과 술 한잔하면서, 그가 자기의 수많은 계획에 대해 기분 좋은 웃음과 약간의 자랑스러움을 가지고 이야기하는 것을 들었다. 한동안은 아무 발명도 하지 않았고, 나이든 빛도 역력했지만, 그래도 얼굴과 웃음에 뭔가 소년 같고 젊은이 같은 데가 있어서 나를 기분 좋게 했다. 내가 노인네와 집에서 함께 있는 것을 더 이상 못 견뎌했을 때 그는 자주 내 위로와 말상대가 되어주었다. 같이 술을 마시러 갈 때면, 아저씨는 내 옆에서 열심히 종종걸음을 치며 그 굽고 여윈 다리로 나와 보조를 맞추느라고 몹시 애를 썼다.

"돛을 달아야죠, 콘라트 외삼촌." 나는 그를 격려했고, 돛 이야기는, 이제는 사라진, 마치 사랑하는 사람을 보낸 듯 애통해하는 그 낡은 배 이야기로 매번 이어지곤 했다. 나도 그 낡은 배를 사랑했고 그리워했기 때문에, 우리는 그 배와, 배에 관계된 모든 일을 아주 사소한 것까지도 이야기하곤 했다.

호수는 여전히 푸르렀고, 태양은 여전히 축제 날처럼 따뜻했으며, 늙은 소년인 나는 때때로 노랑나비를 바라보면서 그때와 근본적으로 달라진 것은 없으며 다시 풀밭에 누워 소년다운 꿈이나 꾸면서 살 수 있겠다는 생각이 들었다. 그러나 그렇지 않다는 것, 내좋았던 시절은 이미 지나가 다시는 오지 않는다는 것을, 나는 매일세수하면서 녹슨 양철 대야에 강인한 코와 이지러진 입을 비추어보면서 알 수 있었다. 내가 세월의 흐름을 잘못 알고 있지 않다는 것은 노 카멘친트가 더 잘 가르쳐주고 있었다. 현재의 처지에서 벗어나고 싶다면 나는 내 방의 낡은 책상 서랍을 열기만 하면 되었다. 거기에는 내 미래의 작품이 들어 있었고, 몇 년 동안 묶인 채 있는스케치들과 사절지에 쓴 예닐곱 개의 초고가 있었다. 그러나 다른서랍은 거의 열지 않았다.

노인네를 돌보는 일 외에도 나는 망가진 집을 고치는 데 할 일이많았다. 마루에는 구멍이 입을 벌리고 있고, 난로와 화덕은 망가져서 연기를 내뿜으며 냄새를 풍겼고, 문은 닫히지 않았고, 아버지가나를 벌주던 광으로 가는 계단은 떨어져 다치기 딱 좋았다. 이런것에 손을 대기 전에 도끼를 갈고, 톱을 손보고, 망치를 빌려 오고, 못을 챙겨야 했다. 그리고 나서는 전에는 목재였던, 나뒹구는 허섭스레기 중 쓸 만한 조각을 추려야 했다. 연장과 낡은 숫돌을 고치는 것은 콜라트 외삼촌이 약간 도와주었지만, 너무 늙고 허리가 굽어 있어서 큰 도움은 되지 못했다. 나는 글만 쓰던 허약한 손을 거친 나무에 긁히고 건들거리는 숫돌을 밟아가면서, 곳곳이 새는 지붕 위로 기어 다니며 못질을 하고, 망치질을 하고, 지붕을 잇고 썰고 했다. 그러면서 기름기 낀 내 몸은 듬뿍 땀을 쏟아냈다. 그렇게 지붕을 고치면서 때때로 나는 망치질을 한참 하다 말고 편안히 앉아, 반쯤 꺼진 담배를 다시 피워 물거나 짙푸른 하늘을 쳐다보며, 이제는 아버지가 더 이상 나를 재촉하거나 야단치지 못할 거라는 느긋한 생각 속에 게으름을 즐기는 것이었다. 그러다가 이웃집 사람이라도 지나가면, 여자거나 노인이거나 학생이거나 간에 내가 빈둥거리고 있는 걸 얼버무리기 위해 그들과 아주 다정하게 대화를 나누었다. 그래서 차츰, 아주 기분 좋게 이야기를 나눌 수 있는 어떤 남자에 대한 소문이 퍼져나가게 되었다.

"리스베트, 오늘은 뭘 해?"

"맨날 똑같은 일이지, 뭐. 뭐하는 거야, 페터?"

"지붕 고쳐."

"나쁘진 않네, 벌써 오래전부터 고쳤어야 했는데."

"그럼, 그럼."

"노친네는 뭐 하셔? 일흔은 훨씬 넘으셨지, 아마?"

"여든이야, 리스베트. 여든. 우리가 그렇게 늙으면 어떻게 될까? 그리 기분 좋은 일은 아니겠지?"

"그래, 페터. 하지만 난 지금 가야겠어. 우리 남편 밥을 줘야 하거든, 그럼 수고해!"

"안녕, 리스베트."

그녀가 보자기에 싼 점심 보따리를 들고 계속 걸어가는 동안 나는 담배 연기를 내뿜으며 그 뒷모습을 바라보고는, 모든 사람들이 저렇게 자기 일을 열심히 하는데 나는 벌써 이틀째 똑같은 나무에 여기저기 못이나 박고 있으니, 도대체 무슨 까닭인가를 곰곰이 생각했다. 하지만 결국 지붕 수리는 끝났다. 아버지가 유난히 그 일에 흥미를 보였는데, 아버지를 지붕 위로 끌어올릴 수는 없는 일이라 나는 시시콜콜 설명을 하고, 추녀에 댄 나무까지도 일일이 보고해야 했다. 그러다 보니 약간의 허풍이 안 섞일 수가 없었다. "됐다." 아버지는 인정했다. "됐어. 하지만 난 네가 올해 안에 끝마치리라고는 생각 안 했다."

지금 나의 인생 여정과 살아가기 위한 노력들을 뒤돌아보고 곰곰 생각해보면, 기쁘기도 하고 화가 나기도 한다. 물고기는 물에서 놀아야 하고 송충이는 솔잎을 먹어야 한다는 것을, 아무리 재주를 부려봤자 니미콘 마을의 카멘친트는 도시인이나 세계인이 될 수 없다는 오랜 경험을 나 역시 체험했기 때문이다. 나는 이제 모든 일이 순조롭다고 생각하는 데 익숙해져 있었고, 행복을 찾아 어쭙잖게 세상으로 나간 것이, 정반대로 나를 다시 내가 속해 있는 고향,

내 덕과 악덕 특히 악덕을 평범하고 인습적인 것으로 여기는, 호수와 산으로 둘러싸인 두메산골로 돌아오게 만드는 결과가 되었다는 것이 기쁘다. 저 바깥세상에서 나는 고향을 잊었었고, 나 자신을 아주 드물고 기묘한 종자로 여기는 데 익숙해 있었다. 그러나 지금 나는 그것이, 바깥세상과는 어울리지 않는 니미콘 사람들만의 특성이었다는 것을 안다. 여기서는 아무도 나를 특이한 사람으로 취급하지 않는다. 그리고 나는 늙은 아버지와 콘라트 외삼촌을 볼 때면, 나도 평범하고 괜찮은 아들이며 조카라는 생각까지 든다. 정신세계와 소위 교양이라는 것들 안에서 헤매고 다녔던 일도 사실은 외삼촌의 저 유명한 돛단배와 비슷한 것이었다. 다만 내 경우가 돈과 노력과 상당한 세월을 더 바쳤다는 것뿐이다. 내 먼 친척인 쿠오니가 수염을 깎아주고, 다시 멜빵바지를 입고 소매를 걷어붙인 채 돌아다닌 이후 나는 외견상으로도 완전히 이곳 토박이가 되었고, 내가 늙어 백발이 되면 모르는 사이에 아버지의 자리와, 마을의 삶에서 그가 하던 역할을 물려받게 될 것이다. 사람들은 내가 그저 몇 해 동안 외지에 나가 있었을 뿐이라고 알고 있다. 나도 내가 거기서 얼마나 너절한 짓을 했고 얼마나 많은 진창에 빠졌었는가를 말하지 않으려고 애썼다. 말을 했다가는 곧 조롱에다 별명까지 얻어 가질 것이다. 내가 독일과 이탈리아와 파리에 대해 이야기할 때면 약간 허풍도 떨지만, 정말 솔직한 자리에서조차도 나 자신의 진실에 대해 의심이 가는 기분이다.

그런데 그 많은 방황과 흘려버린 세월에서 나는 무엇을 얻었단 말인가? 내가 사랑했고, 지금도 사랑하고 있는 여인은 바젤에서 두 귀여운 아이를 키우고 있다. 나를 사랑했던 여인은 재혼해서 과일과 채소와 씨앗을 팔고 있다. 아버지 때문에 고향으로 돌아왔지만, 돌아가시지도 완쾌되시지도 않은 채 내 맞은편 소파에 앉아, 내가 창고 열쇠를 갖고 있다는 이유로 날 질투하며 노려보고 있다.

하지만 그것이 전부는 아니다. 나는 어머니와 익사한 젊은 시절의 친구 외에, 금발의 아기와 내 조그만 꼽추 보피를 하늘나라의 천사로 갖고 있다. 그리고 마을의 집들이 다시 수리되고 두 개의 돌 제방이 다시 쌓이는 것을 보았다. 내가 원한다면 나는 마을 회의에 참여할 수도 있다. 그러나 거기에는 이미 카멘친트들이 충분히 있다.

최근 내게는 새로운 가능성이 열렸다. 나와 아버지가 베틀린이나 발리저나 바틀란트 술을 수십 리터나 마셔주었던 술집의 주인 니데거가 갑자기 기력이 쇄약해지기 시작해서 가게 일에 더 이상 흥미를 느끼지 못했다. 그는 어느 날 자기의 비참한 처지를 내게 호소했다. 가장 나쁜 일은, 자기 뒤를 이을 고향 사람이 아무도 없어서 외부의 양조장이 가게를 갖게 된다면, 모든 것이 망쳐지고 우리는 니미콘에 마음 편한 술집을 더 이상 가질 수 없다는 것이었다. 외부의 사람이 세를 내어 들어오면, 그는 자연히 포도주보다는 맥주를 팔 것이고, 그렇게 되면 그 좋은 니데거의 술 창고는 엉망이 되고 술맛은 버릴 판이었다. 그걸 알고 난 후 나는 마음이 편하지가 않았다. 바젤의 은행에는 아직 돈이 좀 있고, 니데거는 나를 그리 나쁘지는 않은 후계자로 보고 있는 것 같다. 문제는, 내가 아버지 살아생전에는 절대 술집 주인이 되고 싶지 않다는 것이다. 나는 이 노친네를 절대 술통에서 떼어놓을 수 없을 것이며, 게다가 그는 내가 라틴어 공부에 대학 교육까지 받고도 니미콘의 술집 주인밖에 되지 못한 것에 의기양양해할 것이다. 그건 안 될 말이다. 그래서 나는 점차로 아버지가 돌아가시기를 조금씩 기다리기 시작했다. 아버지를 참을 수가 없어서가 아니라, 그저 일이 잘되는 것을 바랐기 때문이었다.

요즘 들어 콘라트 외삼촌은, 하릴없이 조용히 보낸 오랜 세월 후 다시 맹렬한 일 욕심에 빠져들었는데, 그건 내 마음에 들지 않았다. 그는 늘 집게손가락을 입에 물고 이마에 사색의 주름을 잡으며, 자기 방에서 황급히 종종걸음으로 왔다 갔다 하기도 하고 날씨가 좋으면 물 위를 오랫동안 지켜보기도 했다. "저 양반, 곧 또 배를 만들 거다" 하고 그의 늙은 부인인 센치네 숙모가 말했다. 그는 정말 근래 드물게 활기 넘치고 침착해 보였으며, 이번에야말로 어떻게 시작해야 할지 제대로 알고 있다는 듯, 교활하고 신중한 표정을 짓고 있었다. 그러나 나는 그것이 배 때문이 아니라, 그의 피곤한 영혼이 이제 곧 고향으로 가기 위해 날개를 달고 싶어 하기 때문이라는 것을 안다. 돛을 달아야겠죠, 외삼촌! 그러나 그렇게 된다면, 니미콘의 어른들은 아마 들어본 적도 없는 일을 겪게 될 것이다. 왜냐하면 내가 그의 장례식 때 신부님 다음으로 몇 마디 하려고 결심하고 있기 때문이다. 그런 일은 여기서는 지금까지 한 번도 없었다. 나는 외삼촌을 성인으로서, 신의 사랑을 받은 사람으로서 추억할 것이다. 이 신앙적인 장면에 뒤이어 적당량의 풍자와 신랄함이 섞인 이야기가, 상복 입은 사람들을 위해 양념처럼 뿌려질 것이다. 그러면 그들은 아마 나를 쉽게 용서하고 잊을 수가 없을 것이다. 아버지도 거기 참석할 수 있다면 좋겠다.

그리고 서랍에는 내 위대한 시의 첫 부분이 들어 있다. '내 필생의 작업'이라고 말할 수 있는 것이다. 하지만 너무 거창한 것 같으니 그렇게 부르지는 않겠다. 왜냐하면 나는 그걸 계속해서 끝낼 자신이 없다는 것을 고백해야 하기 때문이다. 아마도 그걸 다시 시작하고 끌어나가서 완성시킬 때가 한 번쯤 올지도 모르겠다. 그렇게 된다면 내 젊은 시절의 그리움은 올바른 것이었고, 나는 진짜 시인이었던 것이 되는 셈이 된다.

그건 내게 마을 의회보다, 돌 제방보다 훨씬 더 가치 있는 일일 것이다. 그러나 내 지나가버린 삶, 그리고 잊지 못할 삶은, 날씬한 뢰지 기르타너에서 가엾은 보피에 이르기까지, 내가 사랑했던 모든 사람의 모습과 함께, 다른 어떤 것과도 바꿀 수 없는 것이다.

독일 문학 전통의 충실한 상속자

김주연

혜세의 문학은, 그의 생전 독일에서는 제대로 평가받지 못했다. 전쟁이 끝난 후 50년대에 와서도 사정은 비슷했다. 그가 히틀러의 나치 정권에 적극적인 저항을 하지 않았고, 만년에 스위스로 국적을 옮긴 것이 그 한 원인일 수도 있다. 그러나 보다 중요한 요인으로서 혜세의 문학이 독일 문학의 전통 속에서 벗어난 것으로 잘못 이해된 측면을 지적할 수 있다. 그만큼 혜세는, 그를 피상적으로 읽을 때, 환상적이며 관념적인 독일 문학의 본질과 상당한 거리에 놓여 있는 것처럼 보일 수 있다. 그러나 사실에 있어서 혜세만큼 독일 문학 전통의 충실한 상속자는 드물다는 것이 나의 생각이다.

혜세 문학의 재미와 그 아름다움은 무엇보다 그의 유머 정신에 있다. 유머란, 말의 정확한 뜻에 있어서, 인간에 대한 전면적인 사랑을 의미한다. 인간의 조건은 여러 가지로 구성되어 있다. 고귀함과 천박함, 유능함과 무능함, 시민적인 단정성과 예술적인 파격성, 아폴로적인 것과 디오니소스적인 것 등 서로 상반되는 조건들의 공존이 살아 있는 인간의 모습이다. 작가는 그의 시대와 개성에 따라서 어느 한쪽을 중요시하고 그 세계의 부각에 매달린다. 그러나 헤세의 세계에 나타나는 그 전면적인 수락의 눈물겨운 아름다움! 그것은 깊은 고통 끝에 도달된 깊은 자각의 결과이기에 요란하지 않으면서도 지혜롭다. 정말이지 헤세처럼 인간의 근원적인 문제에 도전하면서도 절망의 큰 절규 한번 보내지 않고, 낮은 목소리로 그 본질을 휘감는 작가가 얼마나 있을까. 예컨대 『나르치스와 골트문트』의 이질적인 세계 앞에서 그는 양자택일적인 질문을 내놓지 않는다. 두 인물은 삶의 다양한 모습을 제시하기에, 헤세에게는 모두 소중한 것이다.

헤세는 1877년 7월 2일 남부 독일 칼브라는 작은 도시에서 태어났다. 그의 출생에는 신비한 전설 비슷한 것이 따라다니는데, 그의 전생의 영혼이 '히말라야 산속의 은둔자'라는 섬광 같은 이야기가 그것이다. 아버지 요하네스는 러시아에서 태어나 선교사로 인도에서 활동하다가 독일 칼브로 귀국, 그곳의 출판 협회 회장을 맡고 있었다. 그는 인도와 중국 사상에 심취, 해박한 지식을 갖고 있어 헤세가 동양 사상에 눈을 돌리게 되는 데에도 적잖은 영향을 주었던 것으로 보인다. 게다가 어머니 마리 군데르트마저 인도학자의 딸이어서, 헤세의 작품 세계가 이 방면으로 기울었던 것은, 그 가정의 분위기만으로도 어렵잖게 짐작된다. 특히 헤세의 외할아버지 헤르만 군데르트는 실제로 많은 도움을 준 것으로 알려지고 있는 바, 그의 이름에서 헤르만 헤세라는 이름이 성립되었다는 일화는 흥미롭다.

헤세는 1891년 마울브론 신학교에 입학한다. 그러나 다음 해 봄, 이 학교를 그만두는데, 신학 교육의 틀이 그에게 맞지 않았던 까닭이었다. 선교사 집안의 전통을 갖고 있는 독실한 기독교 가문에서 헤세의 이러한 행동은 병적인 것으로 간주되었다. 정신병자로 취급되어 치료를 받기도 했다. 그러나 좀처럼 정신적 안정을 얻지 못하다가 1895년 이후 튀빙겐에서 4년간 서점 점원을 하면서 차츰 마음을 잡아갔다. 그러면서 그는 「자정이 지난 후의 한 시간」 등의 산문을 비롯하여 문학 창작에 본격적으로 착수한다. 소설로서의 처녀작인 『페터 카멘친트』가 그에게 작가적 명성을 가져다준 이후 그는 직업 작가로서의 탄탄한 길을 걷게 된다. 60년에 가까운 문필가로서의 길, 그리고 화려한 생애는 이렇게 시작되었다.

"처음에 신화가 있었다."

『페터 카멘친트』의 첫 부분에 이 표현이 나온다. 이와 비슷한 표현은 성경 속에도 들어 있다. 그러나 헤세는 성경의 세계를 뛰쳐나와 세상 속을 끝없이 방랑하면서 자신만의 진리를 찾아 쏘다녔다. 일찍이 신학교를 뛰쳐나오면서 '시인이 아니면 아무것도 될 수 없다'던 말 그대로 그는 신학이나 철학, 심지어는 문학의 전통까지도 벗어버리고 자유롭게 돌아다녔다. 애당초 문학적인 관념이나 지식, 혹은 유식한 인물은 그의 벗이 될 수 없었다. 산과 호수, 바람, 해, 별, 구름 들이 그의 벗이었다. 자연은 그에게 있어 신이었다. 교회 안에서 그에게 억압으로 작용하는 신이 아닌, 오히려 그를 위로해 주는 자연은 얼마나 소중한 신인가. 헤세를 따뜻하게 감싸준 자연은 그의 하느님이었다. 그러나 그 자연은 외부에서만 그를 포옹하지 않는다. 그는 그의 내부에서 샘솟는 자연을 또한 사랑하였으며, 모든 인간의 그것을 사랑하였다. 헤세 연구가들은 흔히 단일성(單一性)이라는 말을 잘하는데, 그것은 자연과의 일치, 그 경지를 신의 경지로 생각하는 그의 문학에 붙여지는 이름이다. "처음에 신화가 있었다"는 그의 생각은, 태초의 자연, 그 속에서 마치 신의 음성처럼 들리는 문학의 저 원초적 형상을 반영하는 것이리라. 그만큼 헤세는 자연과 문학의 전면적이며 순수한 만남 속에서 자기를 발견하였다. 앞서 유머 정신으로 지적된 바 있는 그의 방법론은 바로 이 자연성의 전면적인 수락 이외에 다름 아니다.

자연에는 혼돈과 질서가 공존한다. 조용하게 펼쳐져 있는 바다가 있는가 하면, 사납게 출렁거리는 바다도 있다. 어느 때는 따사로운 미풍으로 흔들거리는 바람도 어느 때는 무서운 폭풍우가 되어 세상을 뒤흔든다. 그러나 그 어느 한쪽만이 자연의 얼굴이겠는가. 헤세는 그 두 얼굴이 사실은 하나의 얼굴임을 안다. 그리고 그것을 그의 문학에 담고자 한다. 그렇기 때문에 그의 소설, 시, 산문에는 야성적인 광포함의 세계가 있는가 하면 지적인 고뇌의 세계도 존재한다. 그러나 그는 어느 한쪽의 얼굴만을 열광적으로 쓰다듬지는 않는다. 그는 모든 얼굴을 부드러운 손길로, 나지막한 음성과 함께 어루만진다. 이것이 바로 유머 정신이며, 사랑과 연민의 정신이다. 독일 문학에서는 전통적으로 이른바 양극성(兩極性)이 문제되어왔다. 혼돈과 질서로 요약될 수 있는 그 성격은, 현실적으로 볼 때 수많은 형태를 거느리고 있다. 예컨대 개인과 전체, 생명과 죽음, 빛과 어둠, 건강과 병, 예술성과 시민성, 동화와 소외 등등은 이 양극성의 구체적인 표출들로서, 오랫동안 독일 작가를 괴롭혀온 문제였다. 독일 문학은 이 문제와 싸우면서, 그 문학적 수준의 향상과 함께 극복의 정신을 개척해왔다. 가령 괴테는 파우스트를 통해 독일 민족의 고유한 신비주의와 헤브라이즘을 기독교적 역동성의 토착화로 내세웠으며 토마스만은 그의 특유한 아이러니 방법을 통해 고양(高揚)의 원리를 제시하였다. 독일 사상 속에서 개발된 변증법은 바로 이 같은 독일 정신사의 눈물어린 개가라고 할 수 있다. 헤세의 유머 정신도 그 방법의 하나로서, 독일 20세기 소설이 거둔 가장 조용한 성과로 평가된다.

헤세의 유머 정신이 인간에 대한 사랑과 연민의 표현이라는 사실은, 최초의 소설 『페터 카멘친트』에서부터 분명하게 태동된다. 독일 소설의 전통적인 양식인 교양소설, 혹은 성장소설의 테두리를 훌륭하게 계승하고 있는 이 소설은, 자연을 사랑하고 자연을 숭배하며, 또 거기서 힘을 얻는 카멘친트가 어떻게 통합적인 인간의 모습으로 커가는지 극명하게 보여준다. 그는 우선 가정과 부모라는 사회적인 둥지를 떠나, 보다 총체적인 인간성을 획득하기 위한 험한 길을 나선다. 친구의 죽음, 실연의 아픔을 겪으면서 그는 고뇌와 절망을 맛보지만, 그것을 극복해가면서 통합적·총체적인 인간상에 가까이 다가간다. 물론 그는 자살의 유혹을 받는 흔들림을 겪기도 하지만 이러한 체험의 넓이와 깊이가 그를 키우는 것이다. 어머니의 죽음을 회상하며, 그리고 이탈리아의 아시시 여행에서 알게 된 중세의 기독교 성자 성 프란체스코에 대한 감동을 통해 진한 인간애를 맛보면서 그는 삶의 경건성을 회복하고, 구체적인 삶의 현장에 대한 헌신을 다짐하게 된다. 지식이 많고, 부유하며, 총명한 자의 삶만이 아니라, 가난하고 고통받는, 때로는 지극히 못나보이는 자의 삶 역시 귀중하다는 인식에 카멘친트는 도달한다. 교회를 중심으로 한 신앙생활에서 떠났지만, 여기에는 보다 살아 있는 기독교적 사랑의 실천이 생생하게 그려진다. 죽어가는 목공의 딸을 간호하는 모습이나, 불구자 보피와의 다정한 교통의 장면 등은 총체적 인간상을 향한 카멘친트의 성숙을 실현하는 아름다운 대목이다. 그 성숙은 모든 종류의 삶, 그리하여 마침내 죽음까지도 전면적으로 수용하는 단계에 이르는 것이다. "페터, 아무리 어려운 일이라도 죽는 일만큼 어렵지는 않아. 하지만 인간은 누구나 그걸 지나가지 않을 수는 없지"라는 카멘친트의 지도자의 말은 무엇을 의미하는가. 헤세의 모든 작품 세계는 여기서 출발하고 있다.

헤세의 첫 소설인『페터 카멘친트』는, 1904년 베를린에서 피셔에 의해 간행되었는데, 쓰이기는 1901년부터 1903년까지 바젤에서였다. 1901년 이탈리아 여행을 하고 난 다음 헤세는 바젤에서 미술에 대해 깊은 관심을 갖고 있던 터였다. 윌, 뵐플린과도 만났다. 당시 유명한 출판인이었던 피셔는 라우셔를 읽고 난 다음, 젊은 작가를 격려, 새 소설을 써볼 것을 권유하였다. 이 소설은 1903년『노이에 룬드샤우』라는 전통 있는 잡지 10호에서부터 12호에 걸쳐 연재되었다. 1904년 초판 이후 1909년, 25년에 각각 재간행되었고, 1950년엔 베를린과 프랑크푸르트에서 주어캄프 출판사에 의해 다시 발간되었다. 1970년까지 독일어로 발간된 분량만 하더라도 약 54만 부에 이르는, 공전의 인기를 모았던 작품이다.

작가 연보

1877년   7월 2일 뷔텐베르크의 산간 도시인 칼프에서 요하네스 헤
         세와 마리 헤세 사이에서 태어남.
1881년   바젤에서 선교 학교의 교사인 아버지와 지냄.
1889년   칼프에 돌아와서 초등학교를 마침.
1890년   신학교 수험을 위해 괴핑겐 라틴어학교에 입학.
1890년   뷔텐베르크로부터 시민권 획득.
1891년   마울브론의 수도원에 있는 신학교에 입학.
1892년   신학교에서 도망 나와 퇴학. 6월 자살을 시도. 7~8월 신
         경쇠약으로 요양. 11월 칸슈타트의 고등학교에 입학허가를
         얻음.
1895년   칼프에서 1년간 시계 제작소의 견습공으로 일함.
1895년   튜빙겐의 헤켄하우어 서점에서 3년간 일함.
1899년   소설 「고슴도치」를 썼으나 분실. 『낭만의 노래』『한밤중

의 한 시간』.

1899~1930년   바젤에서 사무원으로 일함. 또한 신문(『알게마이네 슈
　　　　　　　바이쩌 짜이퉁』)에 기사와 서평을 쓰기 시작함.

1901년   첫번째 이탈리아 여행. 피렌체, 제노아, 피사, 베니스 등.

1902년   모친 사망.

1903년   두번째의 이탈리아 여행. 책 판매업자로서의 그의 직업과
　　　　인연을 맺게 됨.「페터 카멘친트」탈고. 출판업자 휘셔에게
　　　　보냄.

1904년   『페터 카멘친트』. 마리아 베르눌리와 결혼. 7월에 콘스탄
　　　　스 호숫가의 가이엔호펜으로 이주. 자유 문필가로서의 생
　　　　활을 함.

1905년   첫아들 부르군 득남.

1906년   『수레바퀴 아래서』. 주간지『메르츠』를 기초하고 1912년
　　　　까지 공동 편집장으로 일함.

1907년   『현세』.

1908년   『이웃사람』.

1910년   『게르트루트』.

1911년   『도중』. 한스 스투르젠네거와 인도 여행.

1912년   『돌아가는 길』. 독일을 떠나 가족과 함께 베른으로 이주.

1913년   『인도에서』.

1914년   전쟁이 나자, 독일 전쟁 포로를 위해 신문을 집필.

1914~1919년   그의 유명한 정치적 사설, 경고문, 공개 서간문이 독
　　　　　　　일·스위스 그리고 오스트리아 신문에 게재됨.

1915년   『크눌프』『고독자의 노래』『청춘은 아름다워라』. 부친 사

망. 정신분석학을 연구.

1919년	정치적 소책자인 『차라투스트라의 복귀』를 익명으로 출간. 싱클레어란 가명으로 『데미안』을 발간.
1920년	『화가의 시』『클링조르의 최후의 여름』『방랑』.
1921년	『혼돈으로의 시선』『시선집』. 취리히 근교의 키스나하트에서 융과 정신분석 연구.
1922년	『싯다르타』.
1923년	『싱클레어의 주석집』.
1924년	스위스 국적을 얻음. 루트 벵거와 결혼.
1925년	『온천객』.
1926년	기행과 여행의 감상을 적은 『그림책』 발간. 프러시아 작가 학술원의 일원이 되고 1931년 사임.
1927년	『뉘른베르크 여행』『황야의 늑대』.
1930년	『나르치스와 골드문트』.
1931년	세번째 부인인 니논 돌빈과 결혼. 「내부근의 여정」 등을 집필.
1932년	『동반순례』.
1932년	「유리알 유희」 집필 시작.
1933년	『작은 세계』.
1934년	『생명의 나무에서』.
1935년	『동화집』.
1936년	『정원에서의 시간』.
1937년	『신시집』.
1939년	헤세의 작품이 독일에서 출간되지 못함. 이후 6년간 계속됨.

1942년	헤세의 시를 완벽하게 편집한 『시집』 발간.
1943년	『유리알 유희』.
1946년	『만약 전쟁이 계속된다면』이 독일에서 주어캄프 출판사에 의해 출간됨. 괴테상과 노벨문학상을 수상.
1951년	『후기산문』 『서간문』.
1962년	『회상』. 8월 9일 85세의 나이로 몽따뇰라에서 별세.